W0318867

BASTEI
LÜBBE

Egbert Osterwald

Sieben Frauen & ein Mord

Kriminalroman

BASTEI LÜBBE

BASTEI-LÜBBE-TASCHENBUCH
Band 19614

Erste Auflage
Dezember 1996
Zweite Auflage:
Dezember 1996

© Copyright 1996 by
Bastei-Verlag
Gustav H. Lübbe GmbH & Co.,
Bergisch Gladbach
All rights reserved
Lektorat: Karin Schmidt
Titelbild und
Umschlaggestaltung:
Richardt – Turek – Savsek, Köln
Satz: Digital-Offset-Druck
W. Steckstor, Bensberg
Druck und Verarbeitung:
Clausen & Bosse, Leck
Printed in Germany

ISBN 3-404-19614-7

Der Preis dieses Bandes
versteht sich einschließlich der
gesetzlichen Mehrwertsteuer

Für Marie

1

»Es tut mir leid«, sagte ich. »Es tut mir wirklich leid.«

Ich legte den dritten Gang ein und beschleunigte. Der seidenweiche Motor meines Jaguars zog an, dennoch blieb das Ticken der Uhr das lauteste Geräusch im Wagen. Die Sonne brannte, aber die Klimaanlage erzeugte trotzdem eine angenehme Temperatur.

»Es ist Ihnen nicht zu warm?« fragte ich meinen Direktor.

»Nein, nein«, murmelte er eilfertig. »Wirklich nicht.«

Ich lächelte still. Unangenehme Gespräche mußte man immer so einleiten. Umgeben von Luxus, von Reichtum, der die anderen einschüchterte – und im Grunde genommen konnten die Statussymbole gar nicht aufdringlich genug sein.

Wir hatten freie Fahrt, und auf dem Messeschnellweg machten die anderen bereitwillig Platz. Ruckzuck waren wir auf 140.

»Ich halte nichts vom Rasen«, sagte ich. »Ein bißchen schneller als normal ist ganz okay, aber wir brauchen Schumacher keine Konkurrenz zu machen.«

»Ich danke Ihnen, daß Sie mich mitgenommen haben in die Stadt, ist ja wirklich ein schönes Auto, was Sie da haben ...«, murmelte er.

»Ein Jaguar Daimler Sovereign«, fügte ich hinzu und gab meiner Stimme einen jovialen Tonfall. »Na ja, die zwölf Zylinder merkt man schon, es ist doch entspannter, obwohl – einen Jaguar fährt man, weil man einen Jaguar fahren will, auch Ihr Passat ist ja ein gutes Auto, mein Gott, fahren tun sie doch alle ...«

Ich fühlte direkt den neidischen Blick von der Seite.

Nach einer kurzen Pause nahm mein Vorgesetzter einen neuen Anlauf. »Was ich noch sagen wollte ...«

Ich lehnte mich in die Polster zurück und schaute ihn nur erwartungsvoll an.

»Wie Sie wissen, wollen wir ja zum zehnten Jahrestag unserer Partnerschaft mit England eine kleine Broschüre herausbringen.

Fotos, Interviews, Zeitungsausschnitte. Und da haben wir in einer Besprechung der Schulleitung ...«

Ich bremste ab und fädelte mich in den Westschnellweg ein. Aber meinen Direktor konnte ich diesmal nicht aus dem Konzept bringen.

»Und da hatten wir uns gedacht, ob Sie vielleicht nicht die Abfassung der Broschüre übernehmen wollten?«

Ich schwieg. Schweigen war immer gut. Gleich würde er sagen, daß er meine Arbeit sehr schätzte. Und daß ich der geeignete Mann dafür wäre.

»Ich muß nicht betonen, daß ich Ihre Arbeit sehr schätze. Wir alle in der Schulleitung waren uns einig, daß besonders Sie dafür ...«

Ich unterbrach ihn freundlich, aber bestimmt.

»Sehen Sie, Herr Dr. Weinert, natürlich kann ich eine solche Broschüre erstellen. Ich glaube, das habe ich ja schon zweimal unter Beweis gestellt, und Sie würden sicherlich eine professionelle Arbeit bekommen. Gutes Layout, hervorragende Recherchen, gutes Finish. Also, das ist kein Problem.«

Mit Freude bemerkte ich den erwartungsvollen Gesichtsausdruck meines Vorgesetzten.

»Aber«, ich machte eine Pause, »ich glaube, ich kann es nicht ... Ich kann *es einfach nicht.«*

Etwas wie Fassungslosigkeit stand auf dem Gesicht von Dr. Weinert.

»Sehen Sie«, jetzt hatte ich wieder frei Fahrt, der Wagen beschleunigte und glitt an einem läppischen Passat-Kombi vorbei – typisches Lehrerauto, nicht einmal die Friedenstaube fehlte. Ich lehnte mich in meinen Sitz zurück und genoß es, meinen Vorgesetzten auflaufen zu lassen. »Sehen Sie, es ist ganz einfach ... An einer solchen Broschüre sitze ich, mal knapp gerechnet, dreißig Stunden. Freizeit, wohlgemerkt. Dreißig Stunden mal einem Stundenlohn von zweihundert Mark, das wären etwa sechstausend. Aber ich könnte Ihnen einen guten Preis machen, sagen

wir pauschal vielleicht vier- bis fünftausend. Sagen wir fünftausend. Dafür erhalten Sie eine professionelle Arbeit, kein Problem ...«

Dr. Weinert blieb die Luft weg.

»Fünftausend Mark«, sagte ich freundlich, aber sachlich. »Für fünftausend Mark mach' ich es. Ich verdiene hier in der Schule nicht so viel, daß ich Ihnen die fünftausend Mark schenken könnte, und ich verdiene zuviel, als daß ich Sie Ihnen schenken möchte.«

Dr. Weinert faßte sich. »Als Beamter und Pädagoge sind Sie zu mehr verpflichtet als nur zu Unterricht.«

Ich lächelte dünn. Obwohl ich herunterschaltete, war der Motor kaum zu vernehmen. Dann fädelte ich mich in die Hildesheimer Straße ein.

»Eben deswegen habe ich ja mit meiner Klasse schon eine kleine Sammlung von Erzählungen erstellt«, entgegnete ich liebenswürdig. »Immerhin fast fünfzig Stunden und damit ungefähr zehntausend Mark. Das sollte allerdings für dieses Jahr reichen.«

Dr. Weinert sagte nichts mehr, und als ich ihn beim Klett-Verlag betont freundlich, aber mit der leichten Spur von Herablassung, der Vorgesetzte auf die Palme bringt, herausgelassen hatte, fühlte ich in meinem Rücken den Blick, mit dem er versonnen mein Auto musterte. So etwas würde er sich nie leisten können ...

Diese Szene stand mir vor Augen, als ich auf die Straßenbahn wartete. Ich entspannte mich einen Moment und kostete sie aus. Bis in die Einzelheiten. Allerdings hatte sie einen Nachteil: Es gab sie nicht. Überhaupt nicht. Leider.

Ein Blick zum Himmel belehrte mich rasch, daß ich offenkundig auch die Beständigkeit des heutigen Wetters falsch eingeschätzt hatte, jedenfalls schien meine Lederjacke (griechisches Ziegenleder, Peek & Cloppenburg, von achthundertfünfzig auf vierhundert Mark reduziert) angesichts der dunklen Wolken vielleicht etwas fehl am Platze zu sein. Ich stand in dem zugigen Straßenbahnhäuschen und hoffte, daß die Bahn bald kommen würde. Mit mir all die anderen vertrauten Gesichter, die ich morgens mehr oder weniger regelmäßig sah. Ein paar Schulkinder, die immer herumalberten und wohl in die nahegelegene Orientierungsstufe gehörten, die kleine Sekretärin, die spätestens bei der nächsten Straßenbahnhaltestelle schon ihren Liebesroman herausgenommen hatte. Eigentlich sah sie ganz gut aus, ein sonnengebräuntes, fein geschnittenes Gesicht, dezente schwarze Kleidung, schwarze Nylonstrümpfe mit Naht. Aber das Make-up war ein wenig zu stark aufgetragen, und wenn man in ihre Augen sah, dann bemerkte ich manchmal die Traurigkeit, die sie immer dann ausstrahlte, wenn sie sich nicht beobachtet glaubte. Einen Ring trug sie nicht. Ob sie einen Freund hatte? Der kleine Angestellte, der immer sein schwarzes Köfferchen neben sich hinstellte und darauf aufpaßte, als ob Goldbarren drin wären, fehlte heute. Er hatte wohl die Bahn früher genommen.

Es war vermutlich eine gute Idee gewesen, denn während die Wolkenwand langsam näherkam, bemerkte ich mit Ungeduld, daß die Bahn wohl wieder einmal Verspätung hatte. Wenn ich rechtzeitig zur Schule kommen wollte, dann würde ich mich nachher beeilen müssen. Und so starrte ich intensiv die baumbestandene Allee entlang, neben der die Gleise der Bahn liefen.

Es wurde kalt, und die Bahn kam nicht.

Den grünen Jaguar sah ich sofort. Er glitt im Strom mit den anderen Autos Richtung Innenstadt. Die Farbe des Wagens war dieses dunkle Flaschengrün, das ich so gerne mochte. Und er war auch mit diesen Doppelscheinwerfern ausgestattet, die die Daimler-Version von der insgesamt weniger geratenen Normalversion mit den eckigen Scheinwerfern unterscheidet. Für einen Moment glaubte ich, daß das Geräusch der vorüberziehenden Autoschlange etwas leiser wurde, aber das war vermutlich nur Einbildung. Keine Einbildung hingegen war, wen ich am Steuer sah. Ich blickte noch ein zweites Mal hin, aber ich hatte mich nicht getäuscht. Es war Klaus-Dieter. Kein Zweifel. Der Anzug schien elegant zu sein, und Krawatten hatte er früher auch nicht getragen, aber er war es. Ohne mich zu sehen, glitt er an mir vorbei. Ich kannte ihn schon seit meiner Schulzeit. Wir waren sogar befreundet gewesen, jedenfalls solange, bis ich ihm Marion ausgespannt hatte. Er hatte sie sehr umworben. Aber schließlich ... Abitur hatte er nicht gemacht, sondern war letztendlich in der zwölften Klasse irgendwie hängengeblieben. Latein Fünf und noch ein Nebenfach. Was er gemacht hatte, wußte ich nicht, ich glaube, eine Banklehre. Gelegentlich hatten wir uns noch gesehen, auf Klassentreffen etwas geredet ...

Wie kam der an so viel Geld, denn das Auto kostete locker mehr als Hunderttausend? Geerbt? Ich glaubte es nicht. Sein Vater war Gemüsehändler gewesen, so große Reichtümer hatte der sicherlich nicht anhäufen können.

Neid kenne ich eigentlich nicht, aber in dem Augenblick gab es mir dann doch einen Stich. Grundstücke in der ehemaligen DDR? Eine Erbtante?

Glücklicherweise kam jetzt doch noch die Bahn. Wieder mal ziemlich voll. Ich drängelte mich hinein und hielt mich an einer der Halteschlaufen fest. Eigentlich war dies überflüssig, denn ich wurde von meinen Nachbarn von allen Seiten so eingekeilt, daß ich mich ohnehin nicht richtig bewegen konnte.

Neben mir kramte die kleine Sekretärin ihren Roman heraus. *Dr. Bergers schwere Entscheidung*. Sie war schon auf Seite zweiunddreißig, so bekam ich von der ergreifenden Geschichte nicht mehr besonders viel mit. Nur daß es Dr. Berger nicht gutging, auch eine Krankenschwester gab es. Nein, sie hieß nicht Ingeborg, wie ich erst spöttisch vermutet hatte, sondern Jessica. Schwester Jessica. Ich glaube, den Rest des Romans, die nächsten zwanzig oder dreißig Seiten, konnte ich mir denken. Schwester Jessica würde mit Sicherheit ihren Dr. Berger kriegen. Und dann würden sie ein Leben in Luxus führen, in einem wundervollen Haus, einen Jaguar fahren ... Warum, zum Teufel, gab es so etwas immer nur in diesen Romanen?

Wir tauchten in die U-Bahn-Strecke ein, und die Straßenbahn beschleunigte. Meine Mitfahrerin verließ die Bahn. (Dr. Berger fuhr übrigens keinen Jaguar, sondern einen Porsche, wie ich den nächsten Seiten entnommen hatte.) Kurz danach, Haltestelle Schlägerstraße, mußte ich dann auch aussteigen. Der Weg zur Schule war nicht mehr weit, der Regen hatte noch nicht eingesetzt, und ich würde es gerade noch einmal rechtzeitig schaffen.

Ich kann nicht sagen, daß ich das Lehrerzimmer mochte. Früher war es sicher einmal modern gewesen. Gemütliche Ikea-Kieferntische, eine Sitzecke, viel abgelegtes Papier, Postfächer, einige Plakate und ein paar Gummibäume, nein, nicht die wie bei den Behörden, sondern irgendeine Yucca-Art mit kleinen Blättern, von den Biologiekollegen anfangs noch sehr gehätschelt. Sie waren ziemlich widerstandsfähig, und das mußten sie in dieser Umgebung sicherlich auch sein. Mal viel Wasser, mal wenig, mal gar keins, dann aber wieder eine Überschwemmung. Doch mit der Zeit war aus der dynamischen Gemütlichkeit der ersten Jahre so etwas wie Gilb geworden: Die Sessel waren durchgesessen, die Polster verschlissen. Noch war es nicht schäbig, aber die Betonung lag eher auf *noch* als auf *nicht*. Die Jahre waren darüber hinweggegangen.

Monika hastete über den Gang, sie wohnte nur wenige Fahrradminuten entfernt und kam häufig auf den letzten Drücker. Ich kannte Monika deswegen besonders gut, weil ich mit ihr vereidigt worden war. Es war unsere erste Stelle hier an dieser Schule gewesen. In letzter Zeit, wenn ich denn besonders in den Pausen ausgiebiger Gelegenheit hatte, sie zu betrachten, fiel mir auf, wie auch die Jahre auf ihrem Gesicht Spuren hinterlassen hatten. Falten, manchmal ein verdrossener Zug um den Mund, dann, wenn sie sich unbeobachtet glaubte oder abgespannt war. Geschieden, keine Kinder, wechselnde Beziehungen, lange Urlaube, deren Bräune immer weniger vorhielt. Eigentlich war sie ganz nett. Ohnehin, wir verstanden uns alle so leidlich, mußten miteinander auskommen. Die Gesichter waren seit Jahren die gleichen, lang andauernde Feindschaften, gebrochene Herzen, Kollegenflirts, das lag schon ziemlich lange zurück. Und die wenigen neuen, die zuweilen kamen, meistens waren es Referendare, machten mir nur noch deutlicher, daß wir langsam anfingen, die Fünfzig ins Auge zu fassen: unaufgeregt, ereignislos.

Wir grüßten uns flüchtig, aber freundlich, und dann eilte ich mit dem ersten Klingeln (etwas später, um genau zu sein) in meine Klasse. Der Putz blätterte von den Wänden. Irgendeine Projektwoche hatte vor Jahren einmal eine Verschönerungsaktion durchgeführt. Dilettantische Schülergemälde, grelle Popstars, Palmenlandschaften, Werner-Figuren hingen in selten unharmonischer Mischung und zierten seit mindestens sieben oder acht Jahren die Wände. Die Aktion war nie wiederholt worden, und die Stadt hatte sich beharrlich geweigert, die Folgen zu beseitigen. Seit drei Monaten regnete es in der oberen Etage durch das Flachdach, immerhin hatten wir neue Eimer bekommen, um sie darunter zu stellen. Manchmal mußten sie jede Stunde vom Hausmeister geleert werden.

Vielleicht war es mein Tagtraum von vorhin gewesen, vielleicht der Jaguar von Klaus-Dieter, jedenfalls hatte ich heute besonders scharfe Augen für die Schäbigkeit meiner Umgebung. Seit Jahren war nichts mehr renoviert worden.

Die Stadt leistete sich eine Weltausstellung, aber sie war pleite. Ich kannte schlimmere Schulen, viel schlimmere, auch einige bessere, der Landkreis gab etwas mehr aus, wenn es um Bildung ging, aber trotzdem ging mir das alles heute ganz gefährlich auf den Geist. Der Zustand meiner Umgebung zeigte mir nachdrücklich, welchen Stellenwert meine Arbeit im Bewußtsein der Öffentlichkeit hatte, und das beflügelte nicht gerade meinen Arbeitseifer. Natürlich lagen auch eine zerdrückte Cola-Dose und eine zermatschte Pappschachtel auf dem Flur, aus der eine undefinierbare gelblich-grüne Flüssigkeit sickerte, irgendein Fruchtsaftimitat. Einen Moment schwankte ich, ob ich mit gutem Beispiel vorangehen und es in den nächsten Papierkorb werfen sollte, wie es unser Direktor von uns erwartete, aber da keiner zuschaute, ging ich zielstrebig vorbei.

Ich war nachher nicht einmal überrascht, als ich in der Pause von Dr. Weinert angesprochen wurde. Ich nippte gerade an meinem zu heißen Kaffee, der aus diesem neuen Automaten kam, den der Personalrat kürzlich im Lehrerzimmer aufgestellt hatte. Ein moderner, gut designter Nirostaautomat mit automatischem Wasserzulauf, leicht wechselbarem Filter und allem möglichen Schickimicki, nur daß eben der Kaffee etwas heiß war. Das einzige Stück im Lehrerzimmer, das nach etwas aussah. Mein Direktor blickte amtlich drein und bat mich auf ein Gespräch in sein Dienstzimmer. Den Kaffee in der Hand, folgte ich ihm, die grünliche Fruchtsaftpfütze noch in der Gedächtnisschublade für schlechtes Gewissen.

»Tja«, sagte er gedehnt, »da wäre es ja fast so weit ...« Er wippte mit den Füßen und schaute mich gütig und mit einem Schuß Wohlwollen an. Er war Ende Fünfzig, und die väterliche Attitüde stand ihm. Wegen der Fruchtsafttüte war ich offensichtlich nicht hier.

Ich schaute ihn freundlich, aber erwartungsvoll an.

»Herr Reimann, seit nunmehr fast sechzehn Jahren sind Sie an unserer Schule, Ihre erste Stelle ...«

Wieder machte er eine Pause. Worauf wollte er hinaus?

Sollte etwa eine meiner zahlreichen Bewerbungen für das Amt eines Studiendirektors positiv ausgefallen sein? Immerhin, die letzte lag erst eineinhalb Jahre zurück, und ich hatte seit dieser Zeit noch nichts davon gehört. Beurteilt worden war ich damals übrigens mit einer Eins, wie auch bei den meisten der fünf vorangegangenen Bewerbungen. Studiendirektor Felix Reimann, nicht schlecht ...

»Um es kurz zu machen, Herr Reimann, die Bezirksregierung hat mich informiert, daß sie gedenkt, Sie (gleich mußte es kommen ...!) in Kürze (erwartungsvolles Aufblicken) zu befördern. Und zwar zum Oberstudienrat.«

Das freudige Lächeln war wohl so schnell aus meinem Gesicht verschwunden, wie es vorher gekommen war.

»Meine Bewerbung ...«, flocht ich zaghaft ein.

Dr. Weinert schüttelte nachsichtig den Kopf. »Darüber weiß ich natürlich nichts Genaues, aber soweit ich weiß, ist dafür eine Frau vorgesehen, erfahrene Kollegin, zehn Jahre im Dienst ...«

Vermutlich wieder so eine grüne Quotenfrau, wie sie sie mir das letzte Mal schon vor die Nase gesetzt hatten.

»Viel besser als mit Eins kann man ja wohl nicht abschneiden«, sagte ich verdrossen.

»Ich finde die Sache auch nicht in Ordnung«, erklärte Dr. Weinert plötzlich. »Aber immerhin, Oberstudienrat ist auch schon etwas. Besichtigt werden Sie dann in etwa ein, zwei Monaten, dann ... ich glaube, bei Ihnen wird man dann sehr schnell entscheiden, dann kommt natürlich noch die Beförderungssperre, also in etwa eineinhalb Jahren haben Sie den neuen Titel – und das Geld.«

Ich nahm erst einmal einen tiefen Schluck aus meiner Tasse.

»Besichtigung?« fragte ich.

»Leider ja«, meinte Dr. Weinert, »Sie halten eine Stunde, leiten eine Konferenz, natürlich wird alles nicht so streng bewertet wie bei einer Bewerbung für eine Direktorenstelle, aber durch den ganzen Parcours müssen Sie durch.«

»Ich bin fünfmal besichtigt worden«, sagte ich leise, aber immer noch gut vernehmlich, »fast immer mit Eins, zuletzt vor einem guten Jahr, so langsam wird man doch wohl wissen, was ich kann und was ich nicht kann.«

Dr. Weinert bot mir einen Stuhl an, und wir nahmen in der kleinen Sitzecke mit Couchtisch Platz. Sie war aus gediegenem Teak, so wie es in den sechziger Jahren Mode gewesen war. Endlich konnte ich meinen Kaffee abstellen. Inzwischen war er natürlich nur noch lauwarm.

»Ich verstehe Sie«, sagte er.

Für eine Weile schwiegen wir. Ich schien nur mühsam meine Verärgerung verbergen zu können, denn Dr. Weinert fühlte sich bemüßigt, mich zu beschwichtigen.

»Ich kann Sie ja verstehen, aber ich habe die Bestimmungen nun auch nicht gemacht. Wenn Sie sich bewerben, dann muß Ihre fachliche Eignung festgestellt werden. So ist das nun mal. Auch wenn Sie tausendmal vorher besichtigt worden sind – Sie müssen da immer wieder neu durch. Auch wenn man darüber nur den Kopf schütteln kann. Also nehmen Sie es mit dem nötigen Humor, und in eineinhalb Jahren, vielleicht schon eher, sicherlich schon eher, lachen Sie darüber.«

Lachen konnte ich eigentlich nicht darüber, aber lächerlich fand ich es schon jetzt.

Besichtigung – hinter diesem unscheinbaren Wort standen viele Stunden Arbeit. Sorgfältige Unterrichtsstunden, mit Bedacht ausgewählt, en detail geplant, auch für erfahrene Füchse eine Menge Arbeit. Und in jeder einzelnen Phase konnte etwas schiefgehen. Die Schüler nicht gut drauf, irgendeine technische Panne, der Overheadprojektor gerade in diesem Augenblick defekt ... Kurz und gut, reichlich Gelegenheit, eine Stunde in den Teich zu setzen. Und die freundlich aufmunternden Hinweise der Schulaufsicht *(»Bitte halten Sie eine ganz normale Stunde, so wie immer, wir wollen doch einen wirklichen Einblick in Ihren Unterricht gewinnen, nicht nur irgendeine Show, und wir wissen doch, Sie haben dreiundzwanzig, vierundzwanzig Stunden in der Woche zu erteilen!«)* erwiesen sich spätestens dann als völliger Unfug, wenn man diese Ratschläge wörtlich nahm. Einmal hatte ich diesen Fehler begangen, es war dann auch prompt eine Drei geworden.

Aber Dr. Weinert hatte ja recht, zu machen war wirklich nichts. Mein Kaffee war endgültig kalt. Kalt mochte ich ihn zwar nicht, trank aber dennoch in einem Rutsch die Tasse leer.

»Kann ich Ihnen nachschenken?« fragte er noch, aber bevor er zur Tat schreiten konnte, klingelte es schon zur Stunde. Wieder einmal war die Pause zu schnell vorbei. Oberstudienrat. In eineinhalb Jahren. Hundertfünfzig Mark mehr im Monat. Na super ... Eine Flasche Sekt war das heute abend sicherlich nicht wert. Oder doch?

»War was?« fragte Arno Möller, als ich wieder ins Lehrerzimmer hastete. Arno Möller war immer ziemlich neugierig und konnte so gut wie nie etwas für sich behalten. Wenn man daran interessiert war, etwas an die große Glocke zu hängen, dann mußte man es ihm nur unter dem Siegel der Verschwiegenheit anvertrauen. Er war ziemlich groß und trug nach wie vor seine Pullover aus der Apo-Zeit, die sicherlich schon einige Demonstrationen mitgemacht hatten und seither nicht erneuert worden waren. Wie er an unsere Schule gekommen war, wo die meisten inzwischen mit Schlips und Kragen herumliefen, war mir immer ein Rätsel geblieben.

»Nö«, sagte ich und schaute ihn herausfordernd an. Ich merkte, wie es in ihm arbeitete. »Na, dann überleg mal schön«, dachte ich mir und trottete langsam zu meinem Unterricht.

Oberstudienrat. 150 DM mehr im Monat. Oder sollten es gar 200 sein? Vielleicht sogar 210,56 DM? Mein Jaguar schien weiter entfernt denn je.

Am Ende der Stunde fragten mich die Schüler, ob ich heute schlecht geschlafen hätte.

Zu Hause sah Marion nicht ganz so schwarz.

»Kleinvieh macht auch Mist«, pflegte sie bei solchen Gelegenheiten zu sagen. Und damit war der Fall für sie erst einmal erledigt und ich mit meinen düsteren Gedanken allein. Auch das Folgende war nicht dazu angetan, mich aus meinem Stimmungstief zu reißen.

»Rate mal, wer angerufen hat?« überraschte sie mich. »Du wirst es nicht glauben!«

Ich schaute sie fragend an. Etwa Michael? Mein ach so geliebter Cousin, der mit seinem mittelmäßigen Abizeugnis schließlich doch noch Arzt geworden war? Und der mir bei jeder sich bietenden Gelegenheit vorhalten mußte, wieviel Geld er jetzt in seinem kleinen Kaff dort hinten irgendwo in den Weiten des Weserberglandes scheffelte?

»Michael?« fragte ich.

»Nein«, sagte Marion. »Ich sagte dir schon, du rätst das nie.«

Ich zuckte mit den Schultern. Wer konnte das sein?

»Klaus-Dieter. Klaus-Dieter Schreier.«

»Da brat mir doch einer 'nen Storch«, sagte ich. »Darauf wäre ich nie gekommen ... Wie hat der denn unsere Telefonnummer herausbekommen?«

»Er sagte, er hätte dich heute morgen an der Straßenbahn gesehen. Und dann hat er einfach angerufen. Außerdem stehen wir ja im Telefonbuch.«

Marion schien sich ehrlich zu freuen. Meine Begeisterung war mäßig. Klaus-Dieter. Immerhin besser als Michael. Trotzdem. Andererseits war ich gespannt, wie es ihm nun in der Zeit gegangen war. Und ausladen konnte man ihn sicherlich nicht mehr.

»Haben wir schon etwas zum Abendessen?« fragte ich. Soll keiner sagen, daß ich nicht einen Sinn fürs Praktische habe.

Um sieben stand er dann schließlich vor der Tür.

Wir hatten uns vielleicht so sechzehn, siebzehn Jahre nicht gesehen. Und auf den ersten Blick schien er mir fremd. Natürlich waren die Jahre nicht spurlos an ihm vorübergezogen, hier und da hatte sich eine kleine Falte eingegraben, auch ein wenig fülliger war er geworden, aber immer noch wirkte er sportlich, gutaussehend mit seinen blonden Haaren und den blauen Augen, der durchtrainierten Figur. Dennoch war etwas anders an ihm, etwas, das ich nur sehr schwer einschätzen konnte. War es seine Kleidung, die diesen Eindruck erzeugte? Er war gut gekleidet, besser als die meisten meiner Bekannten, die als Lehrer nicht allzuviel auf ihr Äußeres gaben. Zwar trug auch er wie sie Jeans, Sakko, Hemd ohne Krawatte. Aber dennoch: Sein braunes, zurückhaltend-modisches Tweed-Jackett saß perfekt, das Hemd harmonierte damit farblich bis in die kleinste Nuance und verriet an den Kragennähten jene Sorgfalt der Verarbeitung, die den Preis so sehr nach oben treibt. Die Schuhe schienen etwas älter zu sein, doch verrieten sie auch jetzt noch ihren Preis. Kein Zweifel. Klaus-Dieter legte Wert auf seine Kleidung und ließ es sich etwas kosten. Und jetzt wurde mir mit einemmal klar, was an ihm anders geworden war: Es war nicht nur das Aussehen, nicht die Kleidung, auch nicht seine lässige, aber doch bestimmte Art, sondern es war jene Aura von Sicherheit um ihn, die nur Geld vermittelt. Viel Geld. Klaus-Dieter hatte es geschafft. Und vor unserem Haus zeichneten sich die Linien des dunkelgrünen Jaguars ab. Doppelscheinwerfer. Ein Daimler.

Ein Anflug von Unsicherheit streifte mich. Aber andererseits freute ich mich ehrlich über das Wiedersehen.

»Klaus-Dieter, was für eine Überraschung«, sagte ich und bat ihn herein.

Zielstrebig stapfte er in das Wohnzimmer. Marion erwartete ihn schon. Ein wenig verlegen sahen sie sich an. Immerhin waren sie fast ein halbes Jahr miteinander gegangen, bevor ich sie ihm ausgespannt hatte. Aber das lag lange zurück.

Die ersten Höflichkeiten wurden ausgetauscht.

»Richtig nett habt ihr es hier. Wirklich schön.« Er ließ seinen Blick über unsere alten Möbel schweifen und blieb schließlich an unseren Gemälden hängen. Er musterte sie mit Kennerblick.

»Russen«, sagte er nachdenklich. »Man sieht es gleich, die Farben, die Aufnahme impressionistischer Motive, die Leuchtkraft der Farben ...«

Er nickte versonnen. Ich hatte gar nicht gewußt, daß er sich überhaupt für Kunst interessierte, geschweige denn Ahnung hatte.

»Die kyrillischen Schriftzüge sind ja kaum zu übersehen«, meinte ich trocken.

Klaus-Dieter sagte nichts, aber kramte in seiner Plastiktüte, die er mitgebracht hatte, zwei Flaschen hervor. Echten Champagner. Veuve Clicquot-Ponsardin. Marion machte große Augen. Das war etwas anderes als die ewigen Recycling-Geschenke, die wir ansonsten von unseren Bekannten gewohnt waren.

»Unser Wiedersehen müssen wir doch richtig feiern«, sagte Klaus-Dieter. War er eine Spur zu laut?

Marion holte die Gläser heraus.

Anstoßen. Auf unser Wiedersehen.

»Und natürlich auf das neue Auto«, fügte ich hinzu.

»Neues Auto?« fragte Marion.

Klaus-Dieter lächelte still vor sich hin. »Nicht der Rede wert ...«

»Der Jaguar draußen ...«

»Dein Auto? Ehrlich??«

Marion hätte wirklich etwas zurückhaltender sein können. Doch nach dem ersten Zuprosten erfuhr ich, daß sein neuer Wagen 240 Stundenkilometer auf der Autobahn machte. Aber eine solche Geschwindigkeit fahre man ja normalerweise nicht, wie er laut lachend hinzufügte.

Ich führte ihn durch unseren Garten. Der letzte Sonnenschein des beginnenden Spätsommers lag auf den Büschen und Blumenrabatten, ließ die Rosenkugeln im Sonnenlicht noch einmal aufleuchten und tauchte alles in ein mildes Licht.

Der Jaguar hatte übrigens auch eine Klimaanlage, aber das gehöre ja schon fast zum Standard, und die neue Sauna im Keller seines Hauses hatte jetzt einen Durchgang zum neuerbauten Swimmingpool.

Mercedes wollte er übrigens nicht fahren. So ein Etabliertenauto, nein danke.

Im Garten wurde es kühl, und wir gruppierten uns um den Wohnzimmertisch. Der Urlaub in Kenia war übrigens sehr schön gewesen, einfach traumhaft, Tauchen, müßt ihr einfach selber mal machen, kaum zu beschreiben, daß es so etwas noch gibt.

Ich stand auf, um nach der Quiche im Ofen zu sehen, Marion lauschte gebannt den Urlaubserzählungen. Ngorongorokrater, Kilimandscharo, Löwen, Antilopen, Elefanten.

Klaus-Dieter trank mit einem Rutsch seinen Champagner leer. Ich schenkte ihm nach und vergaß auch nicht, mein Glas und das Marions zu füllen.

Dann war die Flasche leer.

Marion kam mit dem Essen, und Klaus-Dieter griff beherzt zu.

»Wie in alten Zeiten!« sagte er und beugte sich vor. »Habe ich euch nicht einmal auch im Studentenwohnheim besucht? Die enge Küche damals?«

Für einen kurzen Augenblick brachten uns die Erinnerungen in die alte Zeit zurück. Klassenfahrten, gemeinsame Lehrer. Das Thema Abitur umgingen wir.

Die Quiche schmeckte, war aber ein kleines bißchen salzig. Auch früher hatte ich gern ein wenig zu tief in den Salztopf gegriffen.

Die nächste Flasche wurde geöffnet.

»Studienrat biste jetzt«, sagte Klaus-Dieter und lehnte sich zurück. »Ist ja auch was Feines. Studium, Pension, gutes Gehalt ... Und die Beförderung zum Oberstudienrat kommt sicherlich dann auch bald.«

»Er ist schon vorgeschlagen worden«, sagte Marion eilfertig. In diesem Augenblick wäre ich ihr fast über den Mund gefahren. Mein Gott, merkte die denn wirklich nichts?«

»Aber schlecht geht es dir anscheinend auch nicht«, flocht ich mit einer zuvorkommenden Handbewegung ein. »Gut sitzendes Jackett, teures Hemd, Jaguar ... Hast du eine Tante in Ost-Berlin gehabt? Villengrundstücke am Müggelsee vielleicht?«

Klaus-Dieter lachte breit. »Nein, so einfach war es nicht. Es war nicht alles so gebahnt wie bei dir. Du kamst aus der besseren Ecke. Vater Akademiker, gute Position ... und ich ... nach der zwölften Klasse war es aus. Latein fünf und Geschichte sechs. Geschichte sechs, das muß man sich mal vor Augen halten ...«

Es war in der Tat eine Gemeinheit gewesen. Dr. Jensen, unser Direx, hatte ihn mit seinen beiden Fächern einfach abgesägt. Gemüsehändler sollten Gemüse verkaufen, hatte er damals zu Klaus-Dieter gesagt.

Das wußte ich noch genau.

Klaus-Dieter nahm noch einen Schluck und genoß unser wachsendes Interesse.

»Es war wirklich nicht einfach, Banklehre bei der Stadtsparkasse, du kennst ja die kleine Klitsche da in Peine an der Turmstraße ... Vielleicht mal Filialleiter werden ... nein, nichts für mich ...«

»Und, wie hast du es gemacht?« Marion war kaum zu bremsen. Klaus-Dieter schenkte sich ein. Ich verteilte die Pfützen in unsere Gläser.

»Weißt du, als ich merkte, daß überall diese Dr. Jensens sitzen, egal wie sie nun heißen mögen, da hab' ich mir gesagt: ohne mich. Das Geld, weißt du, Felix, das Geld liegt auf der Straße. Und dann bin ich losgezogen. Immobilien, ein bißchen hier, ein bißchen da. Und dann ... die Börse. Nicht diese Peanuts, die du so in der Bank verdienst, diese Kleckersummen im öffentlichen Dienst – nein, Geld, wirkliches Geld. Du kannst dort in einer Nacht mehr machen als ein Pauker in einem ganzen Jahr ...«

»War's schwer?« fragte Marion. Ihr Blick schwebte schon in anderen Welten.

»Na ja«, Klaus-Dieter räkelte sich. »Eigentlich nicht. Ein bißchen verkaufen, ein bißchen kaufen, und dann natürlich der gute Riecher. Zu wissen, was man kaufen kann und was nicht. Und der richtige Zeitpunkt. Eine Woche zu spät oder zu früh, dann kannst du den ganzen Gewinn abschreiben.«

Das hätte ich mir zur Not auch noch selbst denken können. Aber ich nickte mitfühlend. Vielleicht verriet er mir ja noch einmal etwas Sinnvolles.

»Da mußt du ja wohl ganz schön viel lesen. Handelsblatt, Frankfurter Allgemeine ...« Aktives Zuhören nannte man das wohl, was ich jetzt machte.

Klaus-Dieter nickte. Kam mir sein Gesicht auf einmal noch selbstgefälliger vor?

»Schon, schon«, meinte er. »Aber die wirklich wichtigen Informationen erhält man dort nicht.«

Ich wartete gespannt. Aber Klaus-Dieter sonnte sich im Gefühl unserer Neugier und nahm erst einmal wieder einen Schluck Champagner, drehte das Glas in seiner Hand und ließ den Lichtstrahl der Lampe auf unserem Tisch durch das leere Glas fallen.

»Ich könnte dir helfen«, meinte er plötzlich versonnen. »Weißt du, mir hätten anfangs auch einige Tips gutgetan. Man zahlt weniger Lehrgeld, macht weniger Fehler. Hat schneller Erfolg. Und warum sollen die anderen immer absahnen?«

Er setzte das leere Glas ab. Marion gab mir einen energischen Wink.

»Ich hole noch eine Flasche rauf«, meinte ich und ging in den Keller. Als ich vor dem Weinregal stand, schauten mich die Flaschen an. Gute Frankenweine, exzellente Bordeaux, ein paar Flaschen Sekt von Aldi, übrigens wirklich gar nicht schlecht, im Sommer sehr gut trinkbar, und die drei Flaschen Champagner. Ebenfalls Veuve Clicquot, ein Pommery war auch da. Ich hatte sie alle vor ein paar Wochen für besondere Gelegenheiten gekauft.

War dies eine solche? Ich war mir ziemlich sicher, daß es keine war. Klaus-Dieters zur Schau gestellte Selbstsicherheit störte mich und noch mehr der Blick, mit dem Marion an seinen Lippen hing. Aber irgendwie hatte ich das Gefühl, mich jetzt nicht lumpen lassen zu dürfen, so nahm ich beide Veuve Clicquot-Flaschen und ging nach oben, legte eine in den Kühlschrank und öffnete die andere am Tisch. Marion hatte unterdessen die Kerzen angezündet, und der fallende Abend gab ein gemütliches Licht.

Der Champagner perlte und füllte die leeren Gläser. Michael kippte das Zeug runter wie Wasser.

»Schmeckt echt gut«, sagte er befriedigt und schien

wenigstens den letzten Schluck nachzukosten. »Ein Champagner, wie er sein soll. Das hätten wir uns alle nicht gedacht ... Ja, gut geht es uns ...«

»Und was kaufst du so?« fragte ich.

»Alles, mal dies, mal das ... Im Moment übrigens Waldmühle, in Waldmühle habe ich gerade fünfhunderttausend investiert. Waldmühle-Papierunion, das ist es ... Das mußt du machen, Felix.«

Das Gespräch versandete. Ich blickte auf die Uhr. Viertel nach zehn. Wann würde er endlich gehen? Klaus-Dieter nahm noch einen tiefen Schluck und schaute auf sein leeres Glas. »Noch einen Schluck?« fragte ich.

Klaus-Dieter nickte bereitwillig.

Erneut füllte sich sein Glas. Marion war vom Champagner schläfrig geworden, gähnte verstohlen und hielt die Hand über ihres.

»Danke, für mich nicht, außerdem ist morgen wieder ein anstrengender Tag.« Offensichtlich wollte sie zu Bett.

Ich zögerte auch.

»Ach was, das schmeißt uns doch nicht um ...« Er gab mir einen freundschaftlichen Stoß in die Seite. Ich schenkte mir auch ein.

Marion stand auf.

»Ihr habt euch sicherlich noch viel zu erzählen, aber ich bin jetzt müde. Und morgen muß ich wieder früh raus.«

»Ich müßte eigentlich auch nach Hause«, meinte Klaus-Dieter zögerlich.

»Du kannst auch bei uns schlafen«, bot ich ohne innere Überzeugung an.

Seine Miene hellte sich auf.

»Wenn das ging? Morgen macht sowieso mein Büro das meiste, da kann ich mal fehlen.«

Marion verabschiedete sich. Ich wußte, daß sie diese Art von Saufgelagen haßte.

Auch mein Glas war leer. Morgen mußte ich erst zur dritten Stunde, also um etwa zehn Uhr, in der Schule sein. Ich konnte also ausschlafen.

Nach der dritten Flasche, wir kippten den Champagner jetzt runter wie Wasser, legten wir noch etwas Musik auf. Songs der Sechziger, alte Platten, sie klangen knisternd und erinnerten uns an früher, Bee Gees, Stones, alles durcheinander. Erinnerungen wurden wach und ausgetauscht, auch solche, von denen Marion aus gutem Grund nichts wissen durfte. Wann wir zu Bett gingen, weiß ich nicht mehr. Die Flasche Pommery war noch zu einem Viertel gefüllt, aber ich fand den Sektverschluß nicht und ließ sie stehen.

In meinem Kopf drehte es sich. Ich war doch keine fünfundzwanzig mehr. Und morgen hatte ich zu arbeiten. Und das Champagnerbesäufnis würde sicherlich Ärger geben. Schließlich schlief ich ein.

Der morgendliche Wecker weckte mich und meinen Kater. Glücklicherweise hatte ich mir gestern abend noch eine Aspirin eingeworfen, für ›den Tag danach‹. Ich hatte zwar nicht gedacht, daß ich sie brauchen würde, aber vorbeugen schien mir allemal besser. So hatte ich auch keine Kopfschmerzen, aber der Vorhang des nicht abgebauten Alkohols legte sich wie ein Schleier auf mein Bewußtsein. Nur im Halbschlaf merkte ich, wie Marion sich aus ihrem Bett drehte, um zu ihrem Kindergarten zu gehen, wo sie als Erzieherin arbeitete. Normalerweise strich sie mir bei dieser Gelegenheit noch leicht über den Kopf, heute unterblieb es. Zwei Stunden später machte mich der harte Strahl der Dusche wieder nüchtern. Natürlich bot der Spiegel mir mein wenig ansprechendes Konterfei dar, das bekam ich noch mit, obwohl das Badezimmer von Kondensationswasser schon ziemlich beschlagen war.

Die Augen von Klaus-Dieter, die entschieden blutunterlaufener waren als meine, gaben mir beim Frühstück ein

Gefühl von morgendlicher Frische. Es war eben alles nur eine Frage des Vergleichs. Dies sagte ich mir allerdings auch noch, als sich sein Hundertfünfzigtausend-Marks-Geschoß mit quietschenden Reifen vor unserem Haus in Bewegung setzte.

Dann ging es wieder zur Straßenbahn.

Und zurück blieben ein schwerer Kopf, vier leere Champagnerflaschen und unser betagter BMW. Die Welt war ungerecht.

Ich glaube, mein Unterricht war nicht besonders traumhaft an jenem Tage. Ich mußte so angegriffen ausgesehen haben, daß mich einige Kollegen bereits im Lehrerzimmer aufforderten, doch bei Grippe nicht in die Schule zu kommen, ich solle mich doch bitte sorgfältig auskurieren. Derartige Bemerkungen waren nur Balsam für meine wunde Seele, ich mimte den Tapferen, erzählte etwas von Fieber und Erkältung (meine Stimme klang auch belegt genug) und ersehnte das Ende meiner wenigen Stunden.

Schließlich war es fast geschafft. Bei der Kurzgeschichte, die ich schon zum x-tenmal durchnahm, ›The Secret Life of Walter Mittey‹, rettete mich die Routine, mit der ich meinen Unterricht inzwischen auch bei starker Müdigkeit noch abreißen konnte. Oft konnte ich mir solche Vorstellungen allerdings nicht leisten. Aber mal mochte es gehen. Und der aufmunternde Blick von Susanne Mittelberg aus der ersten Reihe und ihre mitfühlende Frage, ob es mir denn vielleicht nicht gutginge, taten mir wohl, und ich merkte, wie ich durch meine unbeugsame Pflichterfüllung wieder einmal in der Achtung meiner Schüler stieg.

Marion empfing mich leicht vorwurfsvoll, zeigte wenig Verständnis für meinen Kater und schlug ein Pizzaessen vor. Das Essen im Kindergarten sei mal wieder ›unter aller Sau‹

gewesen. Wenigstens schimpfte sie nicht über gestern abend.

»Ich habe einen Mordshunger«, stellte sie nur fest. Ob ich ebenfalls Hunger hatte, danach fragte sie nicht, und es schien mir ungeschickt, sie vom Gegenteil überzeugen zu wollen. Also trabte ich zu unserer Stammpizzeria um die Ecke. Bei Mario. Warum die Italiener immer so aussagekräftige Allerweltsnamen finden mußten? Um diese Zeit war natürlich wenig los, ich spendierte eine Flasche Prosecco. Sie revanchierte sich mit einer zusätzlichen Bestellung eines Bauernsalates. Wenn das so weiterging, dann würde ich in der nächsten Woche wohl ein paar Runden mehr um den Maschsee laufen müssen, damit ich mein Gewicht hielt.

Als wir uns zuprosteten, merkte ich, wie ihr auf einmal wieder der letzte Abend vor Augen stand.

»Der hat es geschafft«, sagte sie.

»Ja«, meinte ich.

»Der weiß, wie man zu Geld kommt ...«

»Er hat Glück gehabt«, sagte ich. »Aber ich habe ja mit dir auch Glück gehabt«, fügte ich schäkernd hinzu und kniff sie leicht in den Oberarm.

Unwillig schüttelte sie mich ab.

»Hat er dir wenigstens ein paar Tips verraten? Nachher, als ich schon gegangen war?«

»Eigentlich nein«, meinte ich. »Aber er wollte mich mal wieder anrufen.«

»Na hoffentlich ...«

Der Salat kam, und ich stocherte lustlos in ihm herum. Marion war auf einmal still.

»Scheiße«, sagte sie nur leise. Mehr zu sich selbst als zu mir. »Der macht Geld. Und wir?«

Ich schwieg. Ich stimmte ihr zwar nicht so ganz zu, aber was sollte ich schon sagen?

»Der hat sich doch bloß aufgespielt«, sagte ich plötzlich.

»Wie teuer der Wagen war, hat er uns bestimmt zehnmal gesagt. Ein Angeber. Ein einfacher Angeber, nicht einmal sein Abi hat er gemacht.«

»Wir könnten auch Geld gebrauchen ...«

Marion schnitt in ihre Pizza, als ob sie einen Feind auf dem Teller hätte. Ihre Gabel bohrte sich ins Holz des Tellers, und der harte Teig zerbrach.

»Wir müßten auch Geld haben«, meinte sie mehr für sich. »Viel Geld. Mal was ausgeben können, nicht jeden Pfennig umdrehen müssen. Die Schulden vom Haus weg ...«

Was wir mit dem vielen Geld eigentlich machen wollten, darüber waren wir auch in einer ganzen Reihe von Gesprächen nie zu einer Einigung gekommen. Während ich neben meinem Jaguar vor allem eine Weltreise im Auge hatte, vielleicht auch ein schönes Ferienhaus in einem der südlichen Länder Europas (warmes Wasser, schöne Klippen, einsame Bucht ganz für uns allein, vielleicht irgendwo auch noch eine dunkeläugige, exotische Schönheit), dachte Marion eher an ein neues Haus in einer besseren Wohngegend, etwas, was mir nicht so am Herzen lag. Ich erinnere mich noch, daß die Debatte um die Verwendung eines Lottogewinns vor vielen Jahren, damals, als wir uns gerade erst kennengelernt hatten, unseren ersten Streit ausgelöst hatte.

Marion führte mir begeistert vor Augen, wie schön Hannover-Waldhausen oder gar Kleefeld sei. Kleefeld, das sei das Höchste überhaupt ... Dabei wohnten wir nun auch nicht gerade in einer ›sozial problematischen‹ Ecke. Ich hörte nur mit halben Ohr hin. Sogenannte bessere Wohnlagen interessierten mich nicht oder nur am Rande.

Trotzdem, viel Geld ... Ich würde auch an die Börse gehen ...

»Du hörst ja gar nicht zu«, sagte Marion.

»Stimmt ja gar nicht«, protestierte ich lautstark. »Du hast gerade davon geredet, daß wir uns einen schönen Park mit alten Bäumen leisten könnten. Eventuell sogar einen Gärtner.«

Marion maß mich mit einem mißtrauischen Blick und schwieg.

2

Das *Cheval Noir* lag etwas abseits, und ich mußte an einem Taxistand halten, um mir den Weg erklären zu lassen. Der Taxifahrer hatte wohl auch gerade nichts zu tun, stieg kurz aus und zeigte mir die kleine, von Bäumen fast verdeckte Einfahrt auf den Hof. Kein Schild, kein Hinweis darauf, daß hier eines der nobelsten Lokale Hannovers lag.

Ich parkte meinen schwarzen Dreier-BMW neben zwei, drei größeren Geschwistern dieses Autokonzerns. Allzu schlimm wirkte er nicht, und ich war wieder einmal froh, keinen Passat zu fahren wie viele meiner Kollegen.

Als ich der Empfangsdame sagte, daß wir vorbestellt hatten, führte sie mich durch die große Halle des Bauernhauses hin zu einer kleinen Nische. Klaus-Dieter erwartete mich bereits. Er stand auf, ging die paar Schritte um den Tisch herum und begrüßte mich, nicht ohne der Empfangsdame noch ein freundliches Neigen des Kopfes zu schenken.

»Frau Meininger, bringen Sie als Begrüßung doch bitte einfach zwei Prosecco für meinen Freund und mich«, sagte er freundlich. »Du hast doch nichts dagegen, Felix?« wandte er sich mir zu.

Ich hatte keine Einwände.

Dann schüttelte er mir fest die Hand. Als er sich wieder setzte, fiel mir sein Anzug auf. Eine Kombination, eine dunkle Stoffhose und ein eleganter Einreiher mit schmalem Revers in dazu passendem Anthrazit. Oder war das Jackett eher grau-schwarz? In dem Licht der Kerzen, die überall an der Wand des Restaurants brannten, war das nicht so genau auszumachen. Es saß jedenfalls – perfekt. Die Art des Hemdes kannte ich bereits, und trotzdem beeindruckte sie mich. Noch mehr beeindruckte mich jedoch die Sicherheit, die selbstverständlich wirkende Sicherheit, mit der Klaus-Dieter hier auftrat. Wollte er mir das alles vorführen, als er mich hierher gebeten hatte? Hätte es nicht eine ganz normale Kneipe in Linden oder im Norden Hannovers auch getan?

Nun bin ich im Leben sicherlich auch schon verschiedentlich in Restaurants gewesen, ohne allzu übel aufzufallen. Ich schmatze nicht, kann manierlich mit Messer und Gabel umgehen und werfe auch nicht die abgenagten Knochen hinter mich, wie es ein englischer König getan haben soll. Dennoch fühlte ich mich in diesem Restaurant befangen. Das mochte daran liegen, daß die Preise nun wirklich um ein Erkleckliches über dem lagen, was ich normalerweise ausgeben wollte und konnte. Menüs zu achtundneunzig Mark hatte ich mir bisher selten gegönnt, denn sie entsprachen nicht ganz meinen Einkommensverhältnissen. Nach einigem Suchen fand ich in der auf handgeschöpftem Papier handschriftlich beschriebenen Speisekarte unter ›Kleinigkeiten‹ schließlich ein halbes Dutzend Schnecken. Das mochte noch angehen, obwohl sie mit ihren fünfunddreißig Mark nicht gerade mein Entzücken erregten. Und so zögerte ich.

»Ich möchte nur etwas Kleines essen«, sagte Klaus-Dieter, meine leichte Unsicherheit bemerkend. Offensichtlich schien sie ihn zu amüsieren.

Mit einer grazilen Handbewegung wählte er ein Dutzend Schnecken und einen leichten Sancerre. Die Bedienung schaute mich an.

»Ich hätte gern ein halbes Dutzend Schnecken«, gab ich zu verstehen und bemühte mich um einen gelassen überlegenen Gesichtsausdruck.

Fast erwartete ich eine Nachfrage. »Darf ich Ihnen noch etwas bringen?« Doch sie kam nicht. Das freundlich-höfliche Gesicht der jungen Kellnerin blieb weiterhin ausdruckslos.

»Ißt du immer hier?« fragte ich Klaus-Dieter. Die Frage rutschte mir gegen meine Absicht heraus. Klaus-Dieters Gesicht verzog sich nicht zu leichter, spöttischer Überlegenheit, sondern fast kumpelhaft prostete er mir mit dem Prosecco zu.

»Natürlich nicht«, stellte er klar. »Hier ist es teuer, die Portionen mußt du mit der Lupe suchen. Fast wäre ich einmal – wie in dem alten Kalauer – nach einem Abend hier noch in eine Pommesbude gegangen. Jedenfalls habe ich mir zu Hause erst noch ein oder zwei Brote geschmiert. Außerdem ist das Essen zwar gut, aber so gut nun auch wieder nicht. Jedenfalls ist das Preis-Leistungs-Verhältnis hier völlig aus den Fugen geraten. Aber es ist halt ein In-Lokal. Und wenn du dazugehören willst, dann mußt du mitmachen . . .«

Ich nickte verstehend. Vielleicht schien Klaus-Dieter doch auf dem Teppich geblieben zu sein.

»Gut siehst du aus«, lobte er mich und setzte seinen Prosecco ab. »Jackett ist in Ordnung, paßt zu dir, Hose sitzt, die Krawatte okay.«

Das Lob freute mich einerseits, andererseits aber fand ich es nun auch nicht gerade toll, hinsichtlich meiner Vorzüge und Schwächen offen begutachtet zu werden. Außerdem war mir nicht ganz klar, warum er sich ausgerechnet hier mit mir hatte treffen wollen. Und ausgerechnet um halb sieben, wo kaum etwas los war. Eine einfache Kneipe hätte es meiner Meinung nach auch getan. Doch behielt ich meine Meinung für mich und schaute ihn nur erwartungsvoll an.

Die Schnecken kamen. Ich legte meine schwere Leinenserviette zur Seite und griff nach der Zange.

Klaus-Dieter probierte den Sancerre und gab dann mit einem leichten Nicken seine Zustimmung. Die junge Kellnerin verhüllte die Flasche mit einem Tuch und schenkte ein. Dann plazierte sie die Flasche in einen schweren silbernen Weinkühler, der auf einer Art Säule neben uns stand. Ich klopfte mit meinem Finger leicht gegen den Kühler, aber er bestand wirklich aus schwerem Metall. Nicht nur Aluminium wie bei uns zu Hause. Wenigstens die Form stimmte.

Dafür schienen mir die Weinbergschnecken eher Babys gewesen zu sein.

»Hast du Marion gesagt, daß du jetzt in das Börsengeschäft einsteigen willst?« fragte mich Klaus-Dieter unvermittelt, als ich mich bemühte, ein besonders kleines Schneckenbaby aus seinem Gehäuse zu locken.

»Ich habe es angedeutet«, entgegnete ich und konzentrierte mich auf meine Schnecke. »Aber es war, nun, es gab nicht die richtige Gelegenheit ... du weißt ... Marion will Geld, aber nun auch wiederum nichts riskieren ...«

»In anderen Worten, ihr beide seid Beamte ... Was macht sie denn heute?«

»Sie hat einen Gruppenabend. Jeden Mittwoch haben sie im Kindergarten eine Gruppenbesprechung, und meist gehen sie dann alle anschließend noch essen. Sie läßt dich aber schön grüßen. Na ja, heute wird sie spät zurückkommen, wie immer nach solchen Abenden, ich habe jedenfalls Ausgang bis zum Wecken ...«

Klaus-Dieter lachte, als er diese alte Formulierung aus Bundeswehrzeiten hörte. Seine Schnecken schienen übrigens größer zu sein und leichter zu finden. In wenigen Minuten waren alle seine Gehäuse leer.

»Noch ein Menü?« fragte er. »Es ist wirklich gut, und wenn man das Dutzend Schnecken vorher gegessen hat, sogar sättigend.«

Resignierend nickte ich. Klaus-Dieter orderte mit unnachahmlicher Grazie zwei Menüs. Der Abend schien teuer zu werden. Hoffentlich waren die Tips, die er mir versprochen hatte, das wert.

Langsam füllte sich das Lokal. Damen und Herren, teils leger, teils festlich gekleidet, und fast alle hatten vorbestellt.

Die reichhaltige Vorspeise Jung-Spargel mit Sauce Béarnaise entpuppte sich als drei grüne Spargelkümmerlinge mit weißlich gelber Soße. Sie regten den Appetit an, schmeckten nach mehr und hinterließen ein Gefühl des Hungers.

Wir redeten über Weine. Schließlich unterbrach ich den Small talk und wurde direkter.

»Du wolltest mir ja ein paar Tips geben«, sagte ich freundlich, aber mit einem Tonfall, der deutlich machte, daß ich jetzt wirklich endgültig zur Sache kommen wollte.

»Was weißt du denn von Aktien?« fragte er mich.

»Ich habe drei Semester bei den Volkswirten gehört. So ein bißchen kenne ich mich aus. Ich weiß, daß man sie kaufen und verkaufen kann. Und daß man dabei einen Gewinn machen kann.«

»Weißt du, was Optionsgeschäfte sind?« fragte er mich.

»So ungefähr«, erwiderte ich. »Du kaufst ein Anrecht auf Aktien zu einem bestimmten Kurs in drei, vier Monaten.«

»Stimmt«, meinte er. »Du spekulierst. Und damit ist das große Geld drin. Wenn du mit Aktien handelst, dann gewinnst du vielleicht ein bißchen. Aber davon geht einiges ab: Spesen, Provisionen und so weiter, und so weiter ... Zunächst verdient die Bank. Wenn du zehntausend eingesetzt hast, und das ist schon viel, dann hast du bei zehn Prozent Kursanstieg vielleicht fünfhundert gewonnen. Vielleicht sechshundert. Das mußt du schon ziemlich lange machen, um zu Geld zu kommen. Besser: Du kaufst ein Anrecht auf den Kurs, und wenn die Kurse dann steigen, dann kannst du schnell dein Geld verdoppeln. Vielleicht verdreifachen. Und bei ersten Adressen ist das Risiko überschaubar.«

Insgeheim machte ich ein Fragezeichen. Was waren schon erste Adressen? Die Milliardenverluste von Mercedes und diverser Banken geisterten durch meinen Kopf. Da schien mir doch Lotto eine reellere Chance zu bieten. Diese Tips konnte ich mir selbst geben.

»Wenn das so einfach wäre, dann würden das doch alle

machen«, meinte ich zweifelnd. »Und welche Aktien sind denn schon sicher?«

Klaus-Dieter machte eine abwehrende Handbewegung. »Keine«, sagte er einfach. »Ohne Risiko kein Gewinn. Aber schau mich an ...«

Sollte ich nur das Forum sein, das er brauchte, sich aufzuspielen. Wollte er mir nur beweisen, wie gut er war?

Ein leichtes, aber dennoch gut zu vernehmendes elektronisches Piepen durchbrach unser Gespräch. Natürlich, das Handy durfte ja bei diesem Neu-Yuppie nicht fehlen.

»Es geht jetzt nicht, rufen Sie in einer Stunde noch einmal an«, Klaus-Dieter klang entschieden und beendete das Gespräch. Ob es ein echtes war? Immerhin gab es in Hannover eine Reihe von Firmen, die sich darauf spezialisiert hatten, die Handybesitzer auch anzurufen, vor allem bei Gelegenheiten wie dieser.

»New York«, sagte Klaus-Dieter leichthin. »Mein Makler in New York.«

Wenigstens die Uhrzeiten kannte er, denn Tokio hatte wohl schon längst geschlossen, und in New York war es Nachmittag.

Der zweite Gang kam, ein Doradenfilet in Fischstäbchengröße. Wenn das so weiterging, dann würde ich heute noch nicht einmal satt. Insgeheim addierte ich die Kosten des Abends. Schnecken, die Hälfte des Weins, das Menü ...

Die Verärgerung mußte wohl deutlich von meinem Gesicht abgelesen werden können, denn Klaus-Dieter meinte begütigend: »Also ich gebe dir gerne ein paar Tips für den Anfang. Und wenn dir die Optionsgeschäfte zu riskant sind, und von Junk-Bonds und Zero-Bonds wollen wir noch gar nicht reden, dann kannst du ja auch einfach Aktien kaufen und verkaufen. So habe ich auch angefangen. Vor einigen Jahren.«

Dann griff er in seine Jackentasche und holte einen zusammengefalteten Katalog der Stadtsparkasse heraus. *Wie werde ich Aktienbesitzer? Ein Leitfaden.*

»Hier solltest du mal reinschauen. Besonders lukrativ erscheint mir im Augenblick allerdings«, er senkte die Stimme so, daß er schwer zu verstehen war, »Waldmühle.« Er flüsterte fast. »Waldmühle-Papierunion.«

Ich schaute voller Andacht. Darauf wäre ich nie gekommen. Ein weiterer Zettel lag auf dem Tisch. Der Kurszettel des heutigen Handelsblattes.

»In fünf Monaten fast hundertfünfzig verloren, so tief standen sie noch nie. Und dabei ist es ein solides Unternehmen, grundsolide ... ein bißchen Schwierigkeiten im Management, hast du sicherlich auch in der Zeitung gelesen ...«

Ich nickte wissend, las ich doch seit Jahren den Wirtschaftsteil der HAZ nicht mehr.

»Da weißt du ja Bescheid«, meinte er. »Dieser Tip ist Gold wert. Ich würde ein Optionsgeschäft machen. Vielleicht zwanzigtausend für den Anfang.«

So langsam verdichteten sich meine Zweifel. Ich wußte zwar nicht, auf welche Weise Klaus-Dieter sein Geld verdient hatte, aber an der Börse bestimmt nicht. So dämlich konnte man doch gar nicht sein.

Sein Handy piepte wieder.

Er machte aber keine Anstalten, das Gespräch anzunehmen.

»Es ist wahrscheinlich Singapur«, meinte ich. »Du solltest besser abheben.«

Klaus-Dieter warf mir einen skeptischen Blick zu. »Singapur hat doch schon geschlossen«, meinte er.

»Die Informationen nach Börsenschluß sind die wichtigsten«, entgegnete ich. »Laß dich nicht stören.«

Klaus-Dieter nestelte an seinem Handy herum. Es sah noch verdächtig neu aus.

Er hörte einige Zeit konzentriert zu.

»Ich muß leider gehen«, sagte er, als er den Knopf drückte und die Verbindung unterbrach.

»Tut mir leid, aber es ist geschäftlich. Business. Es macht dir doch nichts aus? Oder?«

Natürlich machte es mir nichts aus.

Klaus-Dieter lächelte erleichtert und stand auf. »Es tut mir auch wirklich leid, ein so intensiver Abend, wir müßten uns häufiger mal sehen. Und denk dran: Waldmühle. Mit Waldmühle machst du im Augenblick das große Geld.«

In diesem Augenblick wurde der Hauptgang serviert. Kalbsbraten mit Mischgemüse auf Kartoffelgratin. Erstaunlich war, daß dies alles auf einem Handteller Platz gehabt hätte.

»Sie wollen schon gehen, Herr Schreier?« fragte die Bedienung erstaunt.

»Leider, aber mein Freund kann ja meine Portion mitessen. So richtig satt wird man bei Ihnen ja doch nicht.« Er lachte, und offensichtlich hatte auch die Bedienung Mühe, ernst zu bleiben.

»Du bist übrigens eingeladen«, sagte er noch, als er seine Eurocard-Gold zückte. »Wenn es dir nichts ausmacht.«

Es machte mir nichts aus.

Seelenruhig schaufelte ich seine Portion auf meinen Teller, der auf diese Weise wenigstens halb gefüllt aussah. Ich dankte noch einmal für seinen Tip. Dann ging er.

Da saß ich nun. Zwei Portionen eines teuren Menüs auf meinem Teller, in feinem Zwirn, und auf einmal ganz allein. Was war das für eine Show, die Klaus-Dieter abgezogen hatte? Brauchte er Publikum? Denn diese ›Börsentips‹, falls es denn welche waren, hätte mir jeder Amateur geben können. Ein Anflug von Ärger packte mich. Erst mußte er mir unbedingt vorführen, wie lässig er Champagner saufen konnte, mir mit Penetranz unter die Nase halten, wieviel Geld er verdiente, jetzt dies. Trotz meiner anerzogenen Sparsamkeit fing ich an, mich zu ärgern, daß er die gesamte Rechnung bezahlt hatte. So viel hätte ich, weiß Gott, auch noch übrig gehabt! Freizuhalten brauchte man mich nicht. Daß die Leute sich so änderten, sobald sie ein wenig Kleingeld in der Hand hielten.

Während ich zunehmend lustlos in meinem Kartoffelgratin herumstocherte und mehr aus Gewohnheit (Der Teller wird leergegessen!) als aus Überzeugung weiteraß, überdachte ich seinen Vorschlag. Vielleicht waren Aktien wirklich gar nicht so schlecht. Natürlich – Optionsscheine waren das reine Lotteriespiel. Dann konnte ich gleich in die Spielbank gehen oder es zum Fenster hinauswerfen.

Aktien.

Der Traum vom Reichtum, dem plötzlichen, unerwarteten, hatte mich gepackt. In meiner Familie übrigens keine Seltenheit. Mein Urgroßonkel, das schwarze Schaf unserer Sippe, hatte offensichtlich an ähnlichen Vorstellungen gelitten. Jedenfalls hatte er eines Tages die gesamte Verwandtschaft mit der dringlichen Bitte um Geld überrascht. Insgesamt investierte er knapp achtzigtausend Goldmark in Aktien einer mexikanischen Silbermine, die nur den einen Nachteil hatte, daß sie sich als ausgemachter Schwindel erwies. Jedenfalls waren die achtzigtausend futsch, und damit das Vermögen der ganzen Familie.

Es ist etwas Merkwürdiges, allein in einem Restaurant zu sitzen. Klaus-Dieter war gegangen, einen Gesprächspartner hatte ich nicht mehr. Meine Gedanken kreiselten. Ich hatte zwar nicht viel getrunken, aber doch genug, um den Alkohol zu spüren. Die Speisen waren gut und durch die doppelte Portion auch ausreichend, aber die Lust am Essen hatte ich verloren, und so betrachtete ich die Personen in meiner Umgebung. Geschäftsleute, die ihre vorwiegend jüngere Begleitung ausführten, meist bemühte, lässige Unterhaltung mit gespielter Zurückhaltung. Das Restaurant war elegant, vielleicht nicht steif, aber auf Form bedacht. Trotz aller Bemühungen war die Atmosphäre jedoch nicht stimmungsvoll, sondern blieb kühl. Nur zwei Tische weiter saß ein Paar mittleren Alters, das offensichtlich einen Jahrestag zu feiern schien. Sie waren sehr vertraut miteinander und verbreiteten eine Art heiterer Fröhlichkeit, fast Ausgelassenheit, die ich sonst in diesem Restaurant vermißte. Gelegentlich lachten oder kicherten sie und stachen so von dem wohlgesetzten Verhalten der anderen ab. Doch das Beobachten fremder Leute hatte mir noch nie den ganz großen Spaß gemacht, so daß ich mein Dessert sehnsüchtig erwartete. Innerlich war ich bereits gegangen. Aber das Restaurant war voll, gefüllt bis auf den letzten Platz, soweit ich dieses beurteilen konnte, und offensichtlich stand ich nicht ganz oben auf der Prioritätenliste der Bedienung.

Schließlich kam die junge Kellnerin doch auf mich zu. Hinter ihr eine gutaussehende mittelgroße Frau Ende Dreißig.

»Hätten Sie etwas dagegen, wenn sich die Dame zu Ihnen setzen würde?« fragte sie mich freundlich. »Alle anderen Tische sind leider besetzt, und da Sie allein sitzen, dachten wir, Sie hätten vielleicht nichts dagegen.«

Die Tatsache, daß sie wohl damit rechneten, daß ich schnell gehen würde, erwähnte sie freundlicherweise nicht.

»Selbstverständlich nicht«, antwortete ich, »bitte nehmen Sie doch Platz.« Ich erhob mich kurz zur Begrüßung.

Die Dame bedankte sich für meine Zuvorkommenheit. Ihre Stimme hatte einen leicht süddeutschen Klang, der mir gefiel. Die Frau trug ein rosenholzfarbenes Kostüm, das gerade soweit tailliert war, daß es ihre schlanke Figur unterstrich, gleichzeitig aber auch noch einen Eindruck von Seriosität vermittelte. Vermutlich war sie eine Geschäftsfrau auf Dienstreise. Sie blätterte in der Speisekarte. Ihr Blick glitt suchend über die Zeilen. Dann blickte sie auf.

»Sie scheinen doch schon gegessen zu haben«, sagte sie, »können Sie mir etwas empfehlen?«

Ich lächelte spöttisch. »Das Menü ist gut, und wenn Sie zwei bestellen, dann werden Sie davon sogar satt.«

Sie schmunzelte. »Ist es so schlimm?«

»Eigentlich ja«, meinte ich. »Ich habe sogar noch Schnecken vorweg gegessen, jetzt zwei Hauptgerichte, es klingt zwar ein bißchen komisch, aber jetzt bin ich so eben gesättigt.«

»Essen Sie immer so viel?« fragte sie mit einem leichten Anflug von Spott. »Und noch dazu im *Cheval Noir*?«

Ich hob beschwichtigend meine Hände. »Um Gottes willen. Leider mußte meine Begleitung schon vorzeitig gehen, so daß ich die beiden Menüs alleine essen mußte.«

»Lieber den Magen verrenken als dem Wirt was schenken ...« Sie taxierte mich mit ihrem Blick.

Ich wußte nicht, was ich darauf antworten sollte, und suchte nach einer witzigen Formulierung, die mir aber in diesem Augenblick natürlich nicht einfiel. Es ist immer so: Zu Hause wären mir sicherlich eine Reihe von klugen oder witzigen Sentenzen eingefallen, die ich hätte anbringen können, um diese zweifellos interessante Frau auf mich aufmerksam zu machen, aber offensichtlich hatte heute mein Charme seinen freien Tag. So beschränkte ich mich darauf, vielsagend zu schweigen.

Pausen sind für Gespräche meist nicht sonderlich förderlich. Und den Eindruck, daß ich tumb oder gar verschüchtert einer schönen Frau gegenübersitze und kein Wort herausbringe, den wollte ich erst gar nicht entstehen lassen. So versuchte ich es mit der einfachsten aller Annäherungsversuche: einer freundlichen Bestechung.

»Dürfte ich Ihnen etwas von meinem Wein anbieten?« fragte ich nach kurzem Schweigen.

»Was haben Sie denn?«

Offensichtlich war die Dame wählerisch.

»Einen Sancerre, 1990, beste Lage, gewachsen und gereift am Oberlauf der Loire, hervorragend geeignet zu ...« deklamierte ich übertrieben ehrfurchtsvoll und drehte ihr das Etikett zu.

»Hören Sie auf«, unterbrach sie mich und lachte. »Sie reden ja gerade so, als ob Sie mir einen ganzen Weinkeller verkaufen wollten. Schmeckt er denn wenigstens?«

»Für einen Sancerre ist er bereits etwas alt, aber durchaus zufriedenstellend. Très agréable«, fügte ich noch hinzu, meine wenigen französischen Brocken zusammensuchend.

Sie antwortete mit einem französischen Wortschwall, von dem ich so gut wie nichts verstand. Warum mußte auch gerade Französisch die Sprache der Gourmets sein und nicht etwa Englisch, was mir weit besser über die Lippen ging? Aber vermutlich sprach sie dies auch noch recht gut.

Während ich noch, ohne rot zu werden, den einzigen französischen Satz, den ich kannte (›Je ne parle pas français‹ – Ich spreche kein Französisch), mit möglichst großer Anmut aufsagte und damit zu erkennen gab, daß ich die Unterhaltung in einer anderen Sprache fortzusetzen gedachte, spielte ein leichtes Lächeln über ihre Lippen. Kein Zweifel, sie war amüsiert. Und in diesem Augenblick merkte ich, daß sie mir gefiel.

Es war nicht nur die gute Kleidung, das leichte, dezent aufgetragene Make-up, ihre sportliche, aber trotzdem elegante Figur – auch Marion sah schließlich gut aus und konnte sich sehen lassen –, sondern die Zwanglosigkeit, die amüsierte Leichtigkeit der Unterhaltung, die mich in ihren Bann zog.

Ich schenkte ihr ein.

»Nicht übel«, meinte sie.

Mein Dessert kam. Natürlich doppelt, da schließlich auch Klaus-Dieter eine Portion bestellt hatte. Dreierlei Eis mit

Früchten. Die Dekoabteilung des Restaurants hatte wieder eine Meisterleistung vollbracht.

»Möchten Sie zur Abwechslung mal den Nachtisch vorweg?« fragte ich sie. »Denn Ihr Rehragout auf dreierlei Gemüse mit Pommes Artois wird vermutlich auch noch einige Zeit dauern. Und wenn Sie Hunger haben ...«

Sie sagte nicht nein.

Wir wechselten von der Diskussion französischer Weinsorten zu Urlaubszielen und weiteren wichtigen Belanglosigkeiten. Und tatsächlich stellten wir eine Menge Gemeinsamkeiten fest.

Wir lachten über die gleichen Späße, schüttelten den Kopf über die gleichen bornierten Verhaltensweisen von Touristen, waren wir doch beide ganz anders, klüger, sensibler, kurz fast perfekt ...

Es machte Spaß, mit ihr zu plaudern.

Und während ich redete, merkte ich, wie neben der Freude an der Unterhaltung, gelungenen Wortwechseln und Pointen sich etwas anderes einschlich. Unmerklich, und doch war es plötzlich da. Ein Einverständnis, noch nicht ausgesprochen, aber trotzdem schon fast greifbar.

In jedem Gespräch zwischen einem Mann und einer Frau gibt es diesen einen Punkt, wo entweder jene Nähe entsteht, die den anderen auf einmal in einem neuen, begehrenswerten Licht erscheinen läßt, gleichgültig, ob man ihn nun fünf Jahre oder fünf Minuten kennt. Oder wo deutlich wird, daß der Abend über ein Gespräch nicht hinauskommen wird.

Daß ihr Essen kam, störte nicht einmal. Bei den Portionen war ohnehin nicht davon auszugehen, daß sie damit lange beschäftigt sein würde. Ich bemerkte es ihr gegenüber, und wiederum hatten wir beide etwas zu lachen.

Privates wurde ausgetauscht. Es ist immer wieder erstaunlich, wie sehr sich zwei Menschen öffnen können, wenn sie sicher sind, daß sie einander nie wieder sehen würden. Sie war verheiratet mit einem netten Mann, immer wieder betonte sie, wie nett er sei. Vor zwei Monaten hatte sie sich von ihrem Liebhaber getrennt, des Versteckspielens, der Ausflüchte müde.

Erst spät erzählten wir uns, was wir machten. Sie war beruflich für eine Computerfirma aus München in Hannover. Die nächste CEBIT, die Computermesse, mußte vorbereitet werden, und der morgige Tag war ausgefüllt mit Verhandlungen und Gesprächen. Und heute abend?

Die Frage stand im Raum. Sollte ich sie stellen? Ich zögerte. Eigentlich war ich Marion immer treu gewesen. Wenigstens fast immer, von ein oder zwei Ausnahmen abgesehen, aber das lag schon lange zurück.

»Was machen Sie heute abend?«

Einen Augenblick zögerte sie, dann sah sie mich ernst an.

»Ich werde zu Bett gehen«, sagte sie, »und zwar allein.«

Sah man mir meine Enttäuschung an?

»Das hat nichts mit Ihnen zu tun, oder doch ...« Versonnen nahm sie ihr Glas. Wir hatten eine zweite Flasche Sancerre angebrochen, und auch diese war fast leer. Die meisten Tische um uns herum waren nicht mehr besetzt, die Kerzen an den Wänden waren schon einmal erneuert. Im Hintergrund spielte leise Musik. Irgendein Barockstück, das ich nicht näher kannte.

»Ich habe nichts gegen ein Abenteuer«, sagte sie. »Wirklich nicht. Aber ...«

»Gefalle ich Ihnen nicht?« fragte ich nach. Es war eine blöde Frage.

Sie sah einen Augenblick in den leeren Raum, auf die gelöschten Kerzen am Nachbartisch, das Geländer der Empore im ersten Stock.

»Doch«, sagte sie. »Sie gefallen mir sehr. Zu sehr. Aber Sie sind in Hannover, und ich bin in München. Und wir beide sind gebunden. Es führt zu nichts, und einfach nur so, ich glaube, da unterschätzen Sie sich, und ich möchte keine Affäre mit langen Folgen. Und die hätte sie bei mir mit Sicherheit . . .«

Der Ernst wich einen Moment aus ihrem Gesicht. »Sie sind charmant, plaudern gut, sind erotisch, ja, wirklich, lachen Sie nicht . . . Sie sollten damit Geld verdienen! Wirklich!«

Plötzlich war der träumerisch-melancholische Gesichtsausdruck aus ihren Zügen verschwunden. Wie aus dem Stegreif schien sie ein Projekt für mich zu entwickeln.

»Sie sollten damit Geld verdienen – wirklich!« wiederholte sie.

Ich muß sie wohl verblüfft angestarrt haben.

»Sie meinen, so etwas wie Richard Gere, ein Mann für gewisse Stunden? So eine Art männliches Callgirl?«

»Aber nein!!« Sie schüttelte entschieden den Kopf.

»Es gibt Frauen, die einfach eine Begleitung suchen, nur zum Reden, Sie kennen doch diese Anzeigen in der Zeitung. Charmanter, gutaussehender Mann für abendliche Begleitung gesucht oder so ähnlich. Das ist absolut seriös. Es gibt Agenturen dafür. Für Geschäftsfrauen wie mich zum Beispiel, die keine Lust haben, allein im Hotelzimmer zu sitzen oder am Abend mit ihren Verhandlungspartnern loszuziehen.«

Mir waren solche Anzeigen bisher noch nicht aufgefallen, die Rubrik ›Vermischtes‹ wurde bisher immer von Marion abgedeckt. Aber dieser Vorschlag riß mich dann doch fast vom Hocker.

»Sie meinen, es gibt Frauen, die sind bereit, nur für ein bißchen Ausgehen und Reden Geld auszugeben?« fragte ich verwundert.

»Aber ja doch. Es gibt sogar eine Reihe von Agenturen dafür. In München durchaus üblich. Ich habe es auch schon einmal gemacht. Und wie gesagt: völlig seriös. Kein Sex, keine Bettgeschichten. Und die Bezahlung nicht schlecht. Und Ihnen dürfte es mit Sicherheit Spaß machen.«

»Und wirklich kein Sex?«

Um ihre Lippen huschte ein spöttisches Lächeln. »Das stört Sie wohl, was? Aber es ist wirklich so.«

Die Lust am Spiel hatte uns ergriffen. Ich beugte mich über die Tischplatte und lächelte.

»Meine Frau würde dabei kaum mitspielen. Keine Frau täte das. Und das alles im geheimen . . .«

Sie schüttelte überlegen den Kopf. »Sie müßten es Ihrer Frau schon sagen, außerdem, Sie sollen sich ja nicht verlieben, es ist rein geschäftlich, anders geht es auch gar nicht. Stellen Sie sich vor, Sie lassen sich auf eine etwas intensivere Beziehung ein. Es macht Spaß, die Frau ist liebenswürdig, klug, gebildet und so weiter – und Sie verlieben sich! Glauben Sie, daß Sie das durchhalten? Und für wie lange? Nein, Sie müssen ein professionelles Verhältnis zu Ihren Klientinnen haben, sonst können Sie das alles gleich vergessen. Dann sollten Sie die Finger davon lassen. Und Ihrer Frau müssen Sie natürlich reinen Wein einschenken. Und Sie müssen ehrlich sein. Keiner etwas vormachen. Dann haben Sie Erfolg. Die beiden Männer, mit denen ich einmal ausgegangen bin, die waren beide verheiratet, übrigens sehr gebildete, charmante Männer – so wie Sie.«

Ich dankte für das Kompliment und gab es zurück.

»Trotzdem«, meinte ich, »ich glaube, ich kann das gar nicht. Außerdem sehe ich nicht aus wie Richard Gere oder ein Dressman.«

Sie lachte schallend. »Ich bitte Sie. Wer will denn im Ernst einen Dressman haben? Sie sehen gut aus, aber auch nicht zu gut. Schönlinge mögen die wenigsten. Und Sie haben etwas, das nur wenige Männer haben . . .« Einen Augenblick schwieg sie und genoß meine Erwartung. Wer hört nicht schon gerne, was ihn vor allen anderen auszeichnet?

»Und das wäre?« fragte ich nach. Ich wollte es wirklich zu gerne wissen.

»Sie mögen Frauen«, sagte sie schließlich.

Ich war enttäuscht. »Alle Männer mögen Frauen«, versetzte ich.

»Da täuschen Sie sich«, entgegnete sie schlicht. »Da täuschen Sie sich grundsätzlich. Fast alle Männer gehen gerne mit Frauen ins Bett, keine Frage, aber das ist etwas anderes. Die meisten Männer wollen sich überlegen fühlen, können auch meist nicht zuhören, kurz und gut, sie sind nicht an ihnen als Person interessiert. Bei Ihnen ist das anders. Sie reden gerne mit ihnen, flirten, aber machen sie nicht plump an, genießen es, Komplimente zu geben und zu empfangen, sind gewandt, kurz und gut: Das wäre Ihr Job, wenn sie ihn haben wollen.«

Sie zögerte. »Wenn Sie wollen, kann ich Ihnen sogar behilflich sein«, fügte sie dann hinzu.

Einen Augenblick kramte sie in ihrer Handtasche, dann holte sie eine Art Visitenkarte mit Telefonnummer heraus.

»Hier ist eine solche Agentur«, sagte sie und gab mir die Karte. »Und wie gesagt, ganz seriös. Ich selbst nehme ihre Leistungen manchmal auch in Anspruch. Und wenn Sie keine Agentur nehmen wollen, dann geben Sie eine Annonce auf. In den nächsten Wochen kommt übrigens eine Geschäftsfreundin nach Hannover, wenn Sie wollen, dann gebe ich ihr Ihre Telefonnummer.«

Interessiert, aber längst nicht überzeugt, kritzelte ich meinen Namen und meine Nummer in ihr Notizbuch.

Das Restaurant war inzwischen fast leer geworden. Die Uhr zeigte deutlich nach elf.

Ich fühlte die Müdigkeit und merkte auf einmal die zweite Flasche Sancerre. Meiner Tischpartnerin schien es ähnlich zu gehen.

»Was für ein lustiger und schöner Abend«, sagte sie und

lehnte sich zurück. »Aber jetzt müssen wir, glaube ich, gehen.«

Sie zahlte, einladen ließ sie sich nicht, dafür brachte ich sie mit meinem Wagen noch zu ihrem Hotel. Das Dorint, in dem sie abgestiegen war, lag in meiner Richtung, nicht einmal einen Umweg brauchte ich zu machen.

Vor dem Hotel hielt ich. Der Motor sirrte leise vor sich hin.

»Haben Sie herzlichen Dank für den schönen Abend«, sagte sie noch einmal. »Und wenn Sie Geld verdienen wollen, dies ist eine Möglichkeit, eine gute und eine ordentliche. Und Sie tun vielen Frauen einen Gefallen, glauben Sie mir das. So wie mir heute abend.«

Spontan beugte sie sich zu mir herüber und drückte mir einen leichten Kuß auf die Wange. Ich roch ihr Parfüm, ein leichtes, aber dennoch süßliches. Ein kurzes Winken, dann war sie im Hoteleingang verschwunden.

Erst als ich nach Hause fuhr, fiel mir auf, daß sie mir ihren Namen nicht genannt hatte.

Auch am nächsten Tag ließ mich das Gespräch nicht los. Und am übernächsten auch nicht. Natürlich nicht das mit Klaus-Dieter. Das hatte ich gleich dorthin getan, wo es meiner Meinung nach auch gehörte: in die Schublade für geistigen Müll. Unterabteilung Größenwahn. Der Tip mit den Aktien mochte allgemein nicht schlecht sein, viele waren damit reich geworden, aber viele hatten auch ihr Vermögen damit verloren. Karl Marx, der es doch eigentlich hätte wissen müssen, war arm geblieben trotz oder wegen seiner Spekulationen, David Ricardo, sein großer Vorgänger, hatte in wenigen Jahren ein Vermögen zusammengerafft. Aber Klaus-Dieter mit seinen Sparkassentips? Da verließ ich mich doch lieber auf meine eigene Nase. Wer weiß, woher der sein Geld hatte. Vom Lotto? Von Aktien jedenfalls nicht.

Trotzdem. Wenn ich es recht bedachte, war ich wirklich gar nicht abgeneigt. Ich sollte es wirklich mal ausprobieren. Aber dann mit genaueren Informationen. Eigenen. Ich nahm mir vor, das Handelsblatt in nächster Zeit zu abonnieren.

Aber das Gespräch mit der unbekannten Frau. Ihre absonderliche Idee, die Idee, als Mietmann zu arbeiten, als Walker, wie es jetzt wohl auf Neudeutsch hieß. Natürlich war es nichts für mich. Ehrbarer Beruf, soziales Prestige, Seriosität – und dann dieses zwielichtige Gewerbe. Da konnte ich mich ja gleich am Steintor an die Ecke stellen. Vielleicht sah mich ja sogar eine Schülerin?

Trotzdem. Gerade, weil es so verrückt war, so völlig daneben, so absolut skurril, so total halbseiden ... faszinierte mich der Gedanke.

Wie immer, wenn mich etwas gepackt hatte, arbeitete mein Gehirn auf Hochtouren. Nebenbei gesagt, genoß ich dieses Gefühl, und einer der Gründe, warum mir mein jetziger Beruf nicht mehr den Spaß machte wie noch vor einigen Jahren, war der, daß ich dieses Gefühl zunehmend vermißte.

Im Geiste ging ich die Sache durch. Zunächst das Geld. Was würde man wohl für einen Abend bekommen? Dreihundert? Fünfhundert? Jedenfalls wahrscheinlich eine ganze Menge. Telefon? Natürlich brauchte ich einen separaten Anschluß. Und wie kam ich an Adressen? Die Agentur? Ich zögerte.

Fragen kostet nichts. Kurz entschlossen hängte ich mich ans Telefon und rief am nächsten Tag nach der Schule an. Marion war nicht da.

Es klingelte dreimal, viermal. Schließlich wurde mein Warten belohnt. Ich hörte das typische Einschaltgeräusch eines automatischen Anrufbeantworters. Die gedämpfte Hintergrundmusik (*When you're lonesome tonight ...*) verriet mir, daß ich mich nicht in der Nummer geirrt hatte. Eine sympathische Frauenstimme erklärte mir, daß ich mit dem

Diamant-Service verbunden sei, und bat mich um meine Personalien. Alternativ bot sie mir noch eine andere Nummer an. Die Online-Nummer. Leider verstand ich sie nicht, denn der Sänger schluchzte gerade etwas lauter, und die Dame sprach schnell.

Ich legte auf. Das war doch wohl ein schlechter Scherz! Ich hatte jedenfalls keine Lust, auf einmal in irgendeiner Rotlichtkartei aufzutauchen. Und das, bevor ich auch nur eine einzige müde Mark gesehen hatte. So einfach wollte ich meine Adresse nicht herausrücken. Vielleicht klappte es bei der anderen Nummer. Noch einmal wählte ich. Die süddeutsche Vorwahl verhieß allerdings für meine Telefonrechnung nichts Gutes. Dafür schien mir Elvis diesmal noch länger durch das Telefon zu schluchzen. Er brauchte das Gespräch ja auch nicht zu bezahlen. Die freundlichen Einleitungsworte hörte ich noch einmal, genauso wie die Aufforderung, meine Daten zu hinterlassen, was ich wiederum nicht tat. Dann notierte ich rasch die Nummer, die im Anschluß durchgegeben wurde. Ich weiß nicht, was ich mir von der Online-Nummer versprochen hatte. Vermutlich eine Art Notnummer für dringende Fälle. Und dringend wurde mein Fall, je länger ich einen Einstieg suchte. Der durchdringende Pfeifton verriet mir jedoch, daß ich offenkundig an einen Computeranschluß gekommen war.

Nun sind technische Schwierigkeiten meistens eher eine Herausforderung für mich. Ich habe – wie eine ganze Reihe meiner Geschlechtsgenossen – eine Vorliebe für technische Spielereien, über die Marion manchmal nur den Kopf schüttelt. So nenne ich neben einem recht modernen Computer, einem 486 DX4-00 für Spezialisten (nun gut, ich weiß, es gibt natürlich schon neuere, und ausgesprochene Freaks werden jetzt die Nase rümpfen), ein Modem mein eigen. Ein computerbegeisterter Kollege hatte es mir vor gut einem Jahr aufgeschwatzt. (Brauchst du unbedingt, hatte er mir in den

Ohren gelegen und etwas von Internet erzählt). Die wenigen Male, die ich im Internet gesurft hatte, hatten mir jedoch verdeutlicht, daß ich weniger im Internet als auf meiner eigenen Telefonrechnung surfte. Anläßlich einer Vierhundert-Marks-Telefonrechnung und nach einem lautstarken Streit mit Marion hatte ich Zurückhaltung gelobt und getreulich versprechen müssen, nur ernsthafte und wichtige Gespräche darüber abzuwickeln. Dies hier war offensichtlich ernsthaft und wichtig.

Nach einem kurzen Studium meines Handbuches für das Modem und zwei vergeblichen Versuchen, dieses zu starten, stellte ich schließlich die gewünschte Verbindung her.

Als der Bildschirm wie zur Begrüßung blau aufflammte, fühlte ich mich wie selten zuvor als Meister der Technik. Ich war in ein Datennetz eingedrungen! So mußten sich Hacker fühlen, wenn sie das Codewort für das Pentagon entschlüsselt hatten! Was Hacker im Pentagon suchen, ist mir zwar nie ganz klargeworden. Ich für meinen Teil würde lieber den Code der Deutschen Bank oder vielleicht auch den der Stadtsparkasse knacken. Aus naheliegenden Gründen, die ich hier als Beamter nicht näher ausführen möchte.

Kurz und gut. Diamant-Service begrüßte mich zwar unpersönlich, aber dafür weiß auf blau. Auch die Frage nach der Übertragungsart – *Möchten Sie Z-Modem? X-Modem? Y-Modem?* – konnte mich auch nicht mehr aus dem Konzept bringen. Ich aktivierte Z-Modem. Ich erwartete so etwas wie ein Sesam öffne dich. Der Eintritt in die Schatzkammer.

Doch weit gefehlt. Neben der technischen Mitteilung, daß nun eine etwas größere Datei auf meinen Computer übertragen werden würde, geschah zunächst einmal nichts. Diamant-Service machte auf geheimnisvoll. Die geschätzte Übertragungszeit von drei Minuten schien mir auch ein kalkuliertes Wagnis in bezug auf meine Telefonrechnung zu sein, so daß ich noch einmal bejahte.

Mit Mißmut bemerkte ich, daß aus den drei Minuten rasch fünfzehn wurden. Quälend langsam ging alles, entsprach doch die Leitungsqualität der Post weniger einer hochgelobten Datenautobahn, sondern eher dem Feldweg zu Zeiten des römischen Statthalters in Germanien, Varus, der ja bekanntlich im Teutoburger Wald mit seinen Legionen einfach im Schlamm steckenblieb. Ich hingegen blieb nicht im Schlamm stecken. Und die Wartezeit ging auch vorüber. Ein freundlicher Hinweis von Diamant-Service informierte mich noch darüber, daß ich über Windows die übertragende Datei einfach installieren solle, und bedankte sich artig für die Verbindung. Obwohl ich jederzeit mit Marions Rückkehr rechnete, nahm ich die nächsten Schritte in Angriff: Installation. Hoffentlich holte ich mir keine Viren in den Computer.

Schließlich lag das Werk in Windows-Bildchen vor mir, einfach zum Anklicken.

›Bitte geben Sie Ihren Namen und Ihre Telefonnummer ein‹, wurde ich aufgefordert. Zögernd tat ich es. Doch als sich beim nächsten Tastendruck der Computer nach automatischer Modem-Konfiguration selbständig in das Telefonnetz einschaltete und ich das Klicken meiner Wählscheibe hörte, zog ich einfach das Kabel heraus. Das hätte gerade noch gefehlt, daß ich jetzt per Datenfernübertragung gleich meine Adresse ablieferte.

Trotzdem war ich jetzt genauso schlau wie zuvor. Auch die moderne Technik hatte mich in eine Sackgasse geführt. Ohne Telefonnummer und Adresse gab es keinen Zugang zur Agentur.

Außer Spesen nichts gewesen! ging es mir durch den Kopf. Aber darin hatte ich bei meinem Essen mit Klaus-Dieter ja schon einige Übung.

Die erfolglose Sucherei hatte mich ziemlich frustriert. Sollte diese Stunde wirklich völlig vertändelt gewesen sein? Oder sollte ich einfach ins kalte Wasser springen? Telefonanschluß hin, Marion her. Natürlich war es unlogisch. Aber wer handelt schon immer logisch? Rasch entwarf ich einen kurzen Text: *Suchen Sie eine seriöse männliche Begleitung für verschiedene Gelegenheiten?* Und dann meine Telefonnummer. Ich rief bei der Hannoverschen Allgemeinen an, die Anzeigenaufnahme war noch empfangsbereit, und innerhalb von einer Minute war die Anzeige draußen.

Eine seltsame Erregung hatte mich gepackt. Das war der Sprung ins kalte Wasser. So mußten sich Menschen fühlen, die mit zweihundertzwanzig über die volle Autobahn rasen! Das Risiko. Der Nervenkitzel. Vielleicht brauchte ich das. Mein Adrenalinausstoß stieg auf bisher lange nicht erreichte Höhen, ich fühlte mich euphorisch wie längst nicht mehr. Und daß Marion heute offensichtlich wieder einmal ihr Erzieherinnentreffen hatte, schien mir ein geradezu perfektes Timing.

Als Marion gegen halb neun nach Hause kam, spürte ich an ihrem Schritt und der Lautstärke, mit der sie die Tür schloß, daß das Gesprächsthema des Abends offensichtlich wieder einmal Männer gewesen waren. Es war eigentlich nicht schwer zu erraten, denn sie waren *immer* das Gesprächsthema dieser Abende. Als Waffe hatte sie wieder eine neue Ausgabe von *Emanzipation jetzt*, dem kämpferischen Frauenmagazin, in der Hand.

Soweit ich wußte, hatte Bettina es abonniert, und bei solchen Gruppentreffen wurden die letzten Exemplare an die anderen Kolleginnen verteilt.

Obwohl Marion Kreppsohlen trug, war ihr Auftreten laut genug, den leisen, alten Hit der Scorpions *Winds of Change*, der gerade aus meiner Stereoanlage kam, so zu übertönen, daß außer dem Rauschen der Moskwa nichts mehr zu vernehmen war.

»Es ist einfach unglaublich!« rief sie, noch bevor sie richtig drin war.

»Es ist empörend«, stimmte ich ihr zu und drehte die Anlage einen Tick lauter. »Hat Sylvias Mann wieder nicht abgewaschen, oder mußte Bettina heute selber kochen?«

»Du verstehst überhaupt nichts«, sagte sie. »Aber jetzt werden wir etwas dagegen machen. Und zwar bereits nächste Woche.«

Ihre Stimme klang kämpferisch. Offensichtlich war wieder ein weitgehender und tiefgreifender Anschlag auf die Vorherrschaft des Patriarchats geplant. Nicht der erste übrigens. Da ich an diesem Abend keine Lust zum Streiten hatte, griff ich wieder nach meinem Buch. Ein schlichtes, einfaches Buch über eine Welt, die noch in Ordnung war, wo Männer noch einfach Männer sein konnten, ein gutes Schwert Llandawyn-Ungeheuer und Drachen besiegte, schöne Königstöchter nur schön waren, wo Magier ihr okkultes Wesen treiben und die Gefahren für Männer weniger in der Verurteilung zum Abwaschen als zur Sklavenarbeit in den Bleiminen von Orkistan bestanden. Genau die richtige Art anspruchsvoller Lektüre für den Feierabend eines studierten Sprachwissenschaftlers.

»Wenn du ein Glas Rotwein möchtest, ich schenke dir gerne eines ein«, erklärte ich freundlich, »und hole dir auch noch ein Glas aus dem Schrank.« Ob sie wohl gemerkt hatte, daß ich heute nachmittag das Klo geputzt hatte?

Das Glas Wein ließ den entschiedenen Widerstand gegen Männer allgemein zunächst auf den Widerstand gegen die Mehrzahl der Männer schrumpfen, was den Vorteil hatte, daß ihr eigener Gatte zunächst einmal aus dem Schußfeld war und sich der Befreiung der schönen Königstochter auf Seite 234 widmen konnte.

»Findest du es nicht auch ungerecht, nicht auch eine Schweinerei, was wir heute erfahren haben?«

Marions Stimme hatte den Unterton gerechtfertigten, heiligen Zorns. Vermutlich hatten sie zusammen wieder eine eklatante Benachteiligung entdeckt.

»Vermutlich hast du recht«, sagte ich, »aber könntest du mir vielleicht trotzdem mal sagen, was euch so auf die Palme gebracht hat?«

Marion nahm einen neuen Schluck, setzte sich aufs Sofa und zog ihre Schuhe (etwas dreckig, ungeputzt – und das im Wohnzimmer!) aus.

»Rate mal, wie viele Männer Kindergärten leiten. Oder Kindertagesstätten? Und das, das weißt du ja, obwohl immerhin fast 95 Prozent der Erzieher und Erzieherinnen Frauen sind?«

Ich zuckte mit den Schultern. »Keine Ahnung. Wenn du so fragst, sicherlich eine ganze Menge.«

»Es sind 12,4 Prozent«, sagte sie. Und die Empörung der letzten zwei Stunden schwang noch in ihrer Stimme mit. »12,4 Prozent.«

»Nur?« fragte ich. Ich war wohl wieder einmal etwas begriffsstutzig.

Marion klärte mich rasch auf. »Bei 4,3 Prozent Männern sind sie fast dreimal überrepräsentiert. Um dreihundert Prozent.«

»*Fast* dreihundert Prozent«, korrigierte ich sanft. »Es sind nur *fast* dreihundert Prozent. Und ihr Frauen müßt euch nun die verbleibenden 88 Prozent der Leitungsposten teilen?«

»Ich habe gleich gedacht, daß du es nicht verstehen würdest«, versetzte sie giftig. »Immer mußt du alles ins Lächerliche ziehen.«

»Aber nicht doch«, sagte ich. »Ich finde es genauso ungerecht wie du. Und das einzige, was mich verblüfft, ist, daß diese Ungerechtigkeit schon seit Jahrhunderten von euch ertragen wird.«

»Aber das ändert sich jetzt«, betonte Marion. »Auch wenn

du deinen Spott darüber ausgießt. Wir unternehmen nämlich etwas.«

Sie machte eine bedeutungsschwere Pause, die ich offensichtlich nutzen sollte, um nachzufragen. Ich kuschelte mich in meine Sofaecke, griff nach meinem Rotwein, nahm einen tiefen Schluck, genoß den vollen Geschmack und den leichten Abgang des Cahors. Dann tat ich ihr den Gefallen.

»Was habt ihr euch denn ausgedacht?«

»Wir gehen auf Fortbildung. Nächste Woche bin ich auf Fortbildung«, erklärte Marion bestimmt.

»Fortbildungen sind bei solchen Fragen immer gut«, meinte ich. »Man muß sich ja schließlich informieren. Worum geht es? Die Lage der Frauen in Pakistan oder im Iran? Solidarität mit den unterdrückten Schwestern in Gambia? Oder die Wahrheit über die Salemer Hexenprozesse 1685?«

Marion rückte von mir ab. »Keins von allen. Managementkurs für angehende Führungskräfte. *Weibliche* Führungskräfte.« Sie schwieg triumphierend.

»Finde ich gut«, sagte ich. »Finde ich wirklich gut. Wenn du auf diese Weise eine interessante Aufgabe bekommst – warum nicht? Und schaden kann es keinesfalls. Wie bist du so schnell daran gekommen? Da dürfte es doch bestimmt Wartezeiten geben.«

Mit Begeisterung in der Stimme erzählte Marion. Es sei ein Gewerkschaftskurs, leider aber nicht genügend belegt. Und da hätte Bettina, die ja über Uli, ihren Mann, Kontakt zur Gewerkschaft habe, noch schnell drei Plätze ergattern können.

»Geht das denn überhaupt?« fragte ich nach, denn so langsam begann mich die Angelegenheit zu interessieren. »Drei Leute in einer Woche weg. Und so auf die schnelle?«

»Bettina fährt doch nicht, Alexander muß wieder zum Kieferorthopäden, und Uli hat gerade etwas Wichtiges vor, ein Gewerkschaftskongreß in Düsseldorf oder so ähnlich. Und wenn ...«

»Also bist du die einzige, die fährt?« unterbrach ich ihre Philippika.

Marion nickte. »Bei den anderen klappt es leider nicht.«

Die nächste Woche allein. Freie Hand für alles! Jetzt war ich endgültig sicher, daß ich Marion vorläufig nichts von der Sache erzählten sollte. Solange alles noch so unbestimmt war, gab es keinen Grund, sie mit dieser möglicherweise peinlichen Angelegenheit zu belästigen. Später, wenn erst einmal die Hundertmarkscheine auf dem Tisch lagen (oder gar die Tausender?), dann war immer noch Zeit. Vermutlich hatte ich doch die richtige Entscheidung getroffen. Entschlußkraft, das war es, was immer wieder gefordert wurde!

Ich nahm einen weiteren Schluck Rotwein und vertiefte mich in mein Buch, denn Marion hatte schon die Fernbedienung des Fernsehers ergriffen und pendelte zwischen RTL und SAT1.

Erst später, als ich neben Marion im Bett lag, kamen mir Bedenken. Wie immer, erst hinterher ...

Und je näher der Sonnabend rückte, je näher der Tag der Veröffentlichung der Anzeige kam, desto mulmiger wurde mir. Ich verfluchte meinen Leichtsinn, und meine wagemutige Entschlußkraft verwandelte sich in meiner Vorstellung in sträfliche Fahrlässigkeit.

Was konnte alles geschehen?

Meine Nummer bekannt, ohne weiteres über eine CD der Post sogar zu mir verfolgbar! Sicherlich würden in der nächsten Zeit sogar schon einige schmutzige Schmierereien in der Schule auftauchen. Die ersten anzüglichen Blicke der Schülerinnen und der Kolleginnen und Kollegen. Dann der Direktor. »Könnte ich Sie einmal kurz sprechen, Herr Reimann? Mir ist da eine merkwürdige Geschichte zu Ohren gekommen ...«

Kurz entschlossen rief ich am Donnerstag die Hannoversche Allgemeine noch einmal an. Aber die Anzeige konnte natürlich nicht mehr zurückgezogen werden. Und als ich ihren Text vorlas, spürte ich förmlich das spöttische Lächeln der Sekretärin in der Anzeigenaufnahme. Hoffentlich kannte sie mich nicht.

Am Sonnabend wachte ich früh auf. Das war eigentlich nichts Besonderes, denn meine innere Uhr funktionierte nicht nur am Wochenende, sondern sogar noch in den ersten Ferientagen mit einer Zuverlässigkeit, die manchen quarz- oder funkgesteuerten Wecker alt aussehen läßt. Punkt sechs Uhr bin ich wach. Normalerweise drehe ich mich erst noch ein bißchen im Bett herum, heute hingegen schlich ich mich auf leisen Sohlen nach draußen. Und richtig, der Zustellbote war offensichtlich noch früher aufgestanden und hatte die Zeitung schon in den Briefkasten gesteckt.

Ich fand die Anzeige nicht auf Anhieb, denn tatsächlich war die Rubrik jede Woche an einer anderen Stelle. Offensichtlich befürchteten die Redakteure, daß man sonst die anderen Rubriken überlesen würde, und sorgten so wenigstens für ein flüchtiges Durchblättern. Neben Heimtiermarkt und Wassersport, aber noch vor den Handwerkern fand ich schließlich meine eigene Anzeige. Meine heimlichen Hoffnungen auf eine falsch geschriebene Telefonnummer oder irgendwelche anderen sinnentstellenden Druckfehler erfüllten sich nicht. So etwas passierte erfahrungsgemäß ja auch nur, wenn man das alte Auto unbedingt loswerden wollte.

Am Knarren des Bettes hörte ich, daß Marion offensichtlich ebenfalls wach geworden war. Rein vorsorglich, um späteren Konflikten aus dem Wege zu gehen oder sie zumindest zu dämpfen, rief ich munter »Schlaf noch ein bißchen!« und huschte in rasch übergezogenen Jeans und Pullover zum nahegelegenen Kiosk. Ich kam mit ein paar Brötchen zurück und bereitete das Frühstück, das ich ihr dann auch prompt im Bett servierte. In den letzten Jahren war ich im Bezeigen solcher Aufmerksamkeiten etwas nachlässig geworden. Leider, wie Marion gelegentlich resigniert feststellte.

Heute jedoch glitt der Anflug eines Lächelns über ihr Gesicht.

»Daß du daran gedacht hast«, flüsterte sie dankbar. »Und gerade heute . . .«

Gerade heute, da hatte sie wohl recht. *Gerade heute???* Hatte ich etwa ein wichtiges Datum vergessen?

»Nicht wahr, ist doch schön . . .« Diese meine Antwort war zwar nichtssagend, verschaffte aber eine Atempause.

Gerade heute?

Natürlich, siedendheiß überfiel es mich. Heute war doch Kennenlerntag. Wir hatten ihn seit einigen Jahren nicht mehr gefeiert, es fiel mir schon schwer genug, mich an unseren Hochzeitstag zu erinnern, aber in solchen Sachen hatte Marion ein besseres Gedächtnis. Jedenfalls freute sie sich ehrlich, daß ich daran gedacht hatte.

Sie rückte näher an mich heran, was sie zu dieser Tageszeit nur selten tat. Der Morgen versprach nett zu werden. Ich stellte meinen Blick auf sinnliches Flirten und kraulte ihr zärtlich den Nacken, was ich normalerweise kaum und meist nur bei eindeutigen Gelegenheiten tat. Marion räkelte sich behaglich.

»Ich würde jetzt gerne Zeitung lesen«, seufzte sie zufrieden.

Ich hasse Zeitunglesen im Bett und in solchen Augenblicken ganz besonders. Heute hatte ich sogar noch einen sachlichen Grund dafür, las doch Marion gerne die Rubrik Vermischtes im Anzeigenteil.

»Müssen wir denn jetzt wirklich Zeitung lesen?« fragte

ich einschmeichelnd und verstärkte mein Kraulen. Ich ging über zu ihrer Schulterpartie, was sie meist sehr genoß.

Prompt fing sie auch wie eine Katze an zu schnurren und flüsterte dann leise, aber gut vernehmlich: »Wir können die Zeitung ja auch erst hinterher lesen.«

›Hinterher‹ konnte ich ihr die Zeitung dann auch unmöglich abschlagen. Die einzige Hoffnung war nur, daß die Layouter die Rubrik wieder einmal gut versteckt hatten. Heute in der Nähe des dünnen Sportteils, der Marion normalerweise nicht interessierte. Eine Sekunde der Unaufmerksamkeit reichte mir, den Sportteil samt Vermischtem erst auf dem Fußboden, dann unter dem Bett verschwinden zu lassen. Dort schien er sicher.

Kaum jedoch war auch diese Klippe umschifft, tat sich eine andere, noch viel größere vor mir auf: Wann würde das Telefon anfangen zu klingeln? Und wie oft?

Der Tag verging mit süßem Nichtstun und banger Erwartung. Ich bereitete wie immer am Wochenende das Mittagessen, und obwohl mir einerseits ganze Wagenladungen von Steinen von meiner Seele fielen, gab es mir doch einen Stich, als sich bis in den Nachmittag noch keine Anrufer gemeldet hatten. So viele einsame Herzen gab es in Hannover vielleicht auch nicht. Oder war meine Anzeige nicht eindeutig genug? Oder zu eindeutig? Sollte ich das nächstemal zwei aufgeben? Oder gar keine?

3

Es war Mittwoch nachmittag, als ich das Klingeln vernahm. Ich war nicht einmal überrascht, als ich eine fremde Frauenstimme hörte. Sie klang freundlich, sachlich und trotz der Höflichkeit eine Spur geschäftsmäßig.

»Spreche ich mit Herrn Reimann?«

Ich bestätigte.

»Eine Freundin von mir hat mir Ihre Telefonnummer gegeben und mir gesagt, daß Sie möglicherweise etwas Zeit für mich hätten, wenn ich in Hannover bin.«

Es war keine Verlegenheit in dieser Stimme, keine Aufgeregtheit. So hätte sie auch einen Mietwagen bestellen können. Freundlich, bestimmt, wie beim Kauf einer Dienstleistung. Kein heimliches oder stilles Gekichere, Verkrampftheit, Peinlichkeit.

Wiederum bestätigte ich. Verkaufte ich hier wirklich etwas? Mich selbst?

»An welchen Zeitraum hatten Sie gedacht?«

»Ich komme morgen gegen fünfzehn Uhr zwanzig in Hannover an. Ich würde mich freuen, wenn wir uns gegen siebzehn Uhr treffen könnten.«

Ich hatte am folgenden Tag nichts vor. Dennoch griff ich nach meinem Kalender und zögerte die Antwort einige Sekunden hinaus.

»Siebzehn Uhr, das ginge bei mir«, sagte ich und bemühte mich um einen geschäftsmäßigen Ton. »Wo kann ich Sie treffen?«

»Ich bin im Dorint-Hotel abgestiegen, bitte fragen Sie einfach an der Rezeption nach mir. Mein Name ist Mechtersheimer.«

»Kein Problem«, versicherte ich vielleicht eine Spur zu eifrig, »um siebzehn Uhr bin ich bei Ihnen.«

Eine kurze Verabschiedung, das ganze Gespräch hatte vielleicht eine Minute gedauert, nicht länger. War es wirklich so einfach? Wirklich eine geschäftliche Verabredung, mehr nicht?

Für einen Augenblick war ich versucht, sie mir vorzustellen. Eine große, schlanke Geschäftsfrau Mitte Vierzig, vielleicht noch etwas jünger, natürlich mit Jackett oder Blazer, eine Frau, die wußte, was sie wollte. Und die sich gerade eben einen Mann gemietet hatte. Für einen Abend. Möglicherweise würde sie jetzt anschließend mit Hertz, Avis oder Europ Car telefonieren. Ob sie mich auch von der Steuer absetzen konnte? Merkwürdigerweise störte mich diese Geschäftsmäßigkeit ebenso, wie sie mich beruhigte. Ein Geschäft, mehr nicht. Seriös – genau, wie es mir die unbekannte Dame an dem Abend damals vorhergesagt hatte. Eine Dienstleistung.

Trotzdem.

Erst nach einer Weile fiel mir ein, daß die Anruferin nicht nach dem Preis gefragt hatte. Erstaunlich, wie wenig dieses Thema bisher eine Rolle gespielt hatte. Nicht einmal ich hatte ja klare Vorstellungen davon, wieviel ich an einem solchen Abend nehmen konnte. Pro Stunde hundert Mark oder zweihundert? Oder pauschal den Abend fünfhundert? Ohnehin, eine Reihe von Überlegungen stellten sich erst jetzt, als es zum ersten Mal ›ernst‹ wurde. Eigenes Auto? Straßenbahn? Kleidungsfrage? Würde sie den Abend bestimmen? Und was wollte sie an Programm geboten bekommen? Kino? Essen gehen? Sehenswürdigkeiten? Spazieren gehen?

Ich glitt immer tiefer in ein Thema hinein, das ich nur unvollkommen durchdacht hatte. Ich ließ mich spontan auf etwas ein, bei dem ich weder Ziel noch Vorgehen noch Gewinn genau abschätzen konnte. War es leichtfertig?

Ich freute mich jetzt, daß ich in dieser Woche wenigstens

so etwas wie eine sturmfreie Bude hatte. Marion war ja auf Fortbildung, peinliche Fragen würde ich nicht gestellt bekommen.

Ich hatte mir vorher immer vorgestellt, ich würde aufgeregt sein, Lampenfieber haben oder vielleicht sogar Herzklopfen wie vor einem Rendezvous mit einer neuen Freundin. Doch nichts von allem war wahr. Geradezu mechanisch entschloß ich mich, die notwendigen Schritte zu erledigen. Ich beschloß, meinen eigenen Wagen zu nehmen. Der BMW war vorzeigbar, auch zierte ihn keine lästige Friedenstaube oder ein ähnlich grün-alternativer Aufkleber. Dann einigte ich mich mit mir selbst auf fünfhundert pro Abend und fand dies einen akzeptablen Preis, zumal mich die letzte Handwerkerrechnung belehrt hatte, daß da draußen in der ›freien Wirtschaft‹ mit Honorarforderungen nicht besonders zimperlich umgegangen wurde. Und immerhin bot ich doch einiges als Gegenwert, was man von unserer schlampig angebrachten Dachrinne, die das Vierfache gekostet hatte, nun wirklich nicht sagen konnte. Ich fand sogar noch Zeit, einen Termin mit der Telekom zu vereinbaren, die mir einen zweiten Anschluß in mein Arbeitszimmer legen sollte. Ich würde ihn Marion gegenüber als Fax-Anschluß deklarieren, er sollte jedoch ausschließlich für meinen Nebenjob reserviert bleiben. Wir hatten uns schon immer ein Faxgerät kaufen wollen. Nun dies würde eben auch noch ein Anrufbeantworter sein. Und da Marion von technischen Dingen ohnehin nicht viel verstand, würde sie kaum bemerken, daß auch noch ein zweiter Anschluß gelegt worden war.

Punkt siebzehn Uhr betrat ich das granit-, chrom- und holzglänzende Foyer des Dorint-Hotels. Es war ein neues Hotel im äußeren Bereich der Innenstadt, sowohl mit dem Auto als auch mit der U-Bahn gut zu erreichen.

Ich hatte eine lässige, aber durchaus elegante Kombination gewählt. Ein blaues Leinen-Jackett mit hellerer Hose. So konnte ich mich sowohl in einem guten Restaurant wie auch in einer Kneipe oder in einem Kino sehen lassen.

Mit einer Selbstsicherheit, die mich erstaunte, verlangte ich Frau Mechtersheimer zu sprechen. Die junge Dame an der Rezeption schaute kurz in die Computerliste.

»Wen soll ich melden?« fragte sie freundlich.

»Reimann, mein Name ist Reimann. Frau Mechtersheimer erwartet mich«, entgegnete ich beiläufig und blickte mich um.

Im *Cheval Noir* hatte ich mich fehl am Platze gefühlt, dieses Hotel gab mir aus irgendeinem Grunde ein Gefühl der Sicherheit. Es war modern, sicherlich auch luxuriös, aber in meinen Ferien hatte ich schon in teureren gewohnt, das Ambiente war mir nicht fremd. Eine hohe Empfangshalle, Granitfußboden, getöntes Glas, skandinavische Sitzgruppen. Weitläufigkeit und Intimität. Die Innenarchitekten hatten ihren Job verstanden. Modern, repräsentativ, aber keiner dieser seelenlosen Glaspaläste.

»Frau Mechtersheimer wird gleich kommen«, unterbrach mich die freundliche Dame in Uniform. »Wenn Sie so lange Platz nehmen wollen . . .«

Ich schlenderte zu einer Sitzgruppe hinüber, griff nach einer Zeitung, aber trotzdem spürte ich jetzt zum ersten Mal Nervosität. Streik der Pariser U-Bahn, Bahnpreise wieder erhöht, Diäten angehoben . . . aber alles interessierte mich nicht. In meinem Kopf spürte ich auf einmal die Aufregung wie eine Faust. Eine eiserne Faust, die unaufhaltsam Besitz von mir ergriff.

Du verkaufst etwas, du verkaufst eine Dienstleistung, beruhigte ich mich. Mehr nicht.

Aber die so gut zurückgehaltene Anspannung, die Aufgeregtheit, die ich bisher nicht gefühlt hatte, brach mit Gewalt über mich herein, so, als wolle sie die Gelassenheit der letzten Tage gründlich ausradieren. Wie würde sie aussehen?

Würden wir uns überhaupt einen ganzen Abend beschäftigen können? Würde ich das Minimum von Sympathie für sie aufbringen können, das für einen gelungenen Abend notwendig war? Und wenn uns jemand sah ...

Frau Mechtersheimer trat aus dem Fahrstuhl. Ich wußte, daß sie es war, obwohl sie so ganz anders aussah, als wie ich sie mir vorgestellt hatte. Eine große, schlanke, vielleicht dunkelhaarige Frau hatte ich erwartet. Kühl, eine Geschäftsfrau, die wußte, was sie wollte.

Frau Mechtersheimer war klein, schlank und blond. Sie trug keinen Blazer, sondern ein weit geschnittenes, glockenförmiges, hellblaues Kleid. Der Schein der Lampen im Foyer brach sich auf ihren Haaren und gab ihnen einen etwas kitschigen Glanz, ganz wie in der Werbung. Mit zielstrebigen, aber nicht zu raschen Schritten trat sie auf mich zu. Ich stand auf und legte die Zeitung nieder.

»Sie sind Herr Reimann? Mechtersheimer ist mein Name.« Sie lächelte gewinnend, aber es war Freundlichkeit in ihren Zügen und ein Maß an Natürlichkeit, das ich nicht erwartet hatte. Ich fühlte mich linkisch, als ich ihr die Hand gab und ein »Reimann, angenehm« herausbrachte. Wenn das so weiterging, dann würde ich heute abend bestimmt kein Geld verdienen.

Auf einmal erschien mir das Hotel kalt und abstoßend. Bestimmt schaute auch schon das Mädchen von der Rezeption. Ich sah, wie es sich zu seiner Kollegin beugte, sie sahen in meine Richtung und fingen an zu lachen. Galt das mir?

Lachende Schüler kennst du, sagte ich mir. So schnell regt dich das nicht auf. Und mehr als schiefgehen kann das alles heute abend nicht.

Außerdem, was wollte ich denn wirklich von ihr? Doch wohl nur ihr Geld. Na also.

Ich riß mich zusammen.

Doch was sagte man jetzt in dieser Situation? Schön, Sie

zu sehen? Ich habe mich schon das ganze Vierteljahr auf dieses Treffen gefreut? Oder gleich: fünfhundert vorab?

Ich entschloß mich, nichts dergleichen zu sagen, sondern setzte ein freundliches, aber unverbindliches Lächeln auf.

»Sind Sie gerade erst angekommen?« fragte ich.

Sie gab den freundlichen Blick zurück. »Vor etwa zwei Stunden«, meinte sie.

»Aus München?«

»Schlägt meine Mundart so durch?«

»Ein bißchen schon«, entgegnete ich. »Aber nur ein kleines bißchen, gerade so, daß es ein angenehmer südlicher Tonfall ist.«

»Charmant, charmant«, entgegnete sie. »Wie ich sehe, hat Isabelle mir nicht zuviel versprochen, als sie mir Ihre Telefonnummer gab.«

Das interessierte mich denn doch.

»Was hat sie Ihnen denn gesagt?«

»Neugierig, wie?« Wieder lachte sie. Es war ein helles, freundliches Lachen, das zu ihr paßte. Offensichtlich schien ich den richtigen Ton gefunden zu haben.

Sie beantwortete meine Frage, die übrigens ehrlich gemeint war, nur mit einem nichtssagenden »nur Gutes« und einem Blick, der mich wohl daran zweifeln lassen sollte. Dann schaute sie mich erwartungsvoll an.

Offensichtlich sollte ich jetzt einen Vorschlag zur Gestaltung des Abends unterbreiten.

»Sie kennen Hannover?« fragte ich sicherheitshalber.

»Was heißt kennen«, entgegnete sie nur. »Ich war ein paar Mal hier. Meistens zur Messezeit. Essen mit Geschäftsfreunden. Eigentlich kenne ich hier nichts, wenn man es mal ehrlich sieht.«

Sie blickte auffordernd zur Tür. Und ich verstand diesen Wink und schlenderte mit ihr durch die Glastür hinaus in den späten, aber noch warmen Nachmittag.

»Wonach steht Ihnen denn der Sinn?«

Sie zuckte mit den Schultern und hakte sich dann bei mir ein, als wir die immer noch belebte Pobielskistraße entlangschlenderten.

»Wir könnten einen kleinen Stadtbummel machen, eventuell anschließend etwas essen gehen ...«

»Stadtbummel ja«, antwortete sie entschieden, »aber Essen gehen bitte nicht. Dieses ewige Essen gehen. Jeder, der einen ausführt, geht mit einem essen. Jeder Geschäftsfreund, jeder Bekannte, jeder ... Und meist sind es Lokale, die ich in- und auswendig kenne. Teuer, französisch, erlesen mit immer den gleichen Gesichtern ... Bitte tun Sie mir das heute nicht an! Sie hatten doch nicht die Absicht, mich in dieses *Cheval Noir* zu führen, von dem jetzt alle schwärmen?«

Ich verneinte entschieden, obwohl ich genau daran gedacht hatte.

So schlenderten wir nur die Straße entlang. Den Lister Platz, die Lister Meile mit ihren Geschäftsauslagen, Straßencafés. Ich machte Sightseeing. Rathaus, Marktkirche, Schloß ... Einen Großteil der Gebäude hatte auch ich seit langem nicht mehr gesehen. Ich glaube, ich gebe einen recht guten Fremdenführer ab, jedenfalls bin ich mit der Geschichte der Stadt ziemlich vertraut, und ich kann gut erzählen. Ich gewann den Eindruck, daß sie mir gebannt zuhörte.

»Merkwürdig«, sagte sie, als wir uns schließlich am Rathaus in der Eingangshalle die Modelle der Stadtentwicklung ansahen. »Ich bin vielleicht schon zehnmal hier in Hannover gewesen. Aber außer der Messe, ein paar Restaurants, ich glaube einmal auch die Herrenhäuser Gärten, habe ich nichts gesehen. Seltsam, daß man eine Stadt nur privat kennenlernt ...«

Sie arbeitete für eine große Textilfirma aus München, das

hatte ich inzwischen herausbekommen. Über ihren Job erzählte sie wenig. Einkauf, Disposition, mit dem Design hatte sie nicht viel zu tun.

»Und was machen Sie beruflich?« fragte sie auf einmal, als wir ein bißchen müde durch den Maschpark schlenderten.

»Lehrer«, sagte ich. »Ich bin Lehrer. Englisch und Geschichte. Oder, wenn Sie es etwas hochtrabender wollen: Historiker und Anglist.«

»Und, macht's Spaß?«

»Es gibt Schlimmeres.«

Meistens nervt es mich, wenn ich anderen meinen Beruf erklären muß. Meist stößt man entweder auf unverhohlene Ablehnung oder aber Mitleid. Und die gezeigte Anteilnahme, wenn die Schwierigkeiten unseres Berufes näher umschrieben werden, ist meist geheuchelt. Und weder Heuchelei noch Mitleid noch offenkundige Ablehnung sind etwas, was ich besonders gut ertragen kann. Also hatte ich es mir angewöhnt, derartige Themen zu vermeiden.

Wir waren inzwischen in der Nähe des Leineschlosses angelangt, und während unser Gespräch dahinplätscherte, lud ich sie in eines der kleinen Eiscafés ein. Wir nahmen Platz und genossen die Aussicht. Die Sonne hatte an Kraft nachgelassen, und obwohl der Tag warm gewesen war, spürten wir die Kühle des hereinbrechenden Abends. Wir machen Konversation.

Plötzlich tauchte die Frage des Honorars in meinen Gedanken auf. Ich hatte sie bisher noch gar nicht thematisiert, und dies war vermutlich auch ein Fehler, denn jetzt konnte ich kaum damit kommen, ohne die Stimmung zu beeinträchtigen.

Dennoch war nicht zu übersehen, daß unser Gespräch auch so an einem toten Punkt angekommen war. Die ersten gemeinsamen Themen Essen, die Stadt, kleine Anekdoten waren erschöpft, wir streiften die Allgemeinheiten der großen Politik, und das auch nur auf einer Ebene, wo wir Festlegungen möglichst vermieden. Der Kanzler, doch, er würde es wohl noch eine Weile machen, seine Verdienste unbestreitbar, allerdings, innenpolitisch viel bewegt habe er doch nicht, natürlich könne man da auch anderer Meinung sein. Zukunft der FDP, historische Verdienste, aber andererseits: So viele Zahnärzte, daß sie überleben könne, gebe es nun auch wieder nicht ...

Ich fing an, mich zu langweilen. Vielleicht ging es ihr ebenso. Sie mochte hübsch sein, sie mochte sicherlich auch liebenswert und interessant sein, aber mein Typ war sie nicht, und das Gefühl, mit ihr nur die Zeit zu vertreiben, höflich Konversation zu machen, beflügelte mich nicht. Ich hatte das Gefühl, neben mich zu treten. Ein Beobachter zu sein.

Das Eis war aufgegessen und der Abend kalt. Trotz meines Jacketts fröstelte ich, und Frau Mechtersheimer war noch dünner und damit unpassender angezogen.

Ein Stellungswechsel war angesagt. Ins Kino gehen? Doch noch ein Restaurantbesuch?

Ein bißchen wie Kindergeburtstag. Warten, daß die Zeit vergeht.

Wir entschieden uns schließlich noch für einen Film. Merkwürdigerweise wollte sie einen brutalen Action-Streifen sehen. *Stirb langsam, Teil drei.* Unter Marions Einfluß hatte ich eine Abneigung gegen derartige Machwerke entwickelt, aber der Film überraschte mich dann doch. Ein gut gemachter Actionfilm, nicht entfernt so brutal, wie der Titel nahelegte.

Gegen zehn war er zu Ende. Ich schlug einen irischen Pub in der Nähe des Kinos vor. Frau Mechtersheimer verspürte noch etwas Appetit, und so bestellten wir uns in der verräucherten Atmosphäre noch eine Kleinigkeit zu essen.

Die Unterhaltung drehte sich um den Film und wurde

zunehmend belangloser. Wichtige Dinge konnten und wollten wir uns nicht sagen, und die kleinen unverfänglichen Schmeicheleien hatten wir vorher schon ausgetauscht. Schließlich bemerkte ich, wie Frau Mechtersheimer verstohlen gähnte. Es ging gegen elf, wie ich mit einem kurzen Blick auf meine Uhr feststellte. So langsam spürte ich die Anstrengungen des Tages auch.

»Wollen wir gehen?« fragte ich. Ich glaubte, daß meine Stimme nicht allzu hoffnungsfroh klang.

»Doch, ja«, entgegnete sie. Und beschwert von zwei, drei Guinness machten wir uns auf den Heimweg. Es waren noch einige Passanten auf der Straße, denn so spät war es noch nicht. Wir sprachen wenig.

»Sie bekommen noch Ihr Geld«, meinte sie plötzlich nach einigen hundert Metern. »Was wollen Sie haben?«

»Ich weiß nicht ...«, sagte ich zögernd.

»Fünfhundert sind üblich«, meinte sie nur. »Sind Sie mit sechshundert einverstanden?«

Ich nickte. »Wenn ich Sie nicht allzusehr gelangweilt habe ...«

»Nein«, sagte sie kurz. »Haben Sie nicht.« Für einen Augenblick suchte sie meinen Blick. Dann fuhr sie fort: »Und glauben Sie mir, wenn wir uns das nächste Mal sehen, haben wir uns schon mehr zu erzählen. Zu Anfang ist es häufig mühsam. Aber das war es bei Ihnen nicht. Wirklich nicht.«

»Nein?« fragte ich. Ich versuchte ein aufforderndes Lächeln, aber es mißlang wohl.

»Sie haben noch keine Erfahrung in Ihrem Zweitberuf?«

Ich schüttelte den Kopf.

»Merkt man das so deutlich?«

»Ja.« Sie lachte leise. »Die Honorarfrage sollten Sie vorher sicherlich geklärt haben. Aber wenn Sie damit meinen, ob Sie mich gut amüsiert haben? Ja, das haben Sie.«

»Besser als ein leeres Hotelzimmer?«

Einen Augenblick schaute sie mich ernst an. »Machen Sie sich nicht kleiner, als Sie sind. Und fischen Sie nicht nach Komplimenten. Das haben Sie nicht nötig. Und das leere Hotelzimmer ist kein Vergleich. Wenn ich mit Geschäftsfreunden hätte ausgehen wollen, dann hätte ich es gemacht.«

Den Rest des Weges legten wir schweigend zurück. Sie hatte sich untergehakt und drückte leicht meinen Arm. Kurz vor dem Dorint gab sie mir verstohlen mein Geld. Dann winkte sie mir kurz zu und verschwand hinter der Glasfassade. Ich ging die paar Schritte zu meinem Wagen und fuhr nachdenklich nach Hause. Fünf bis sechs Stunden hatten wir zusammen verbracht. Hatten wir uns kennengelernt?

Zu Hause fand ich einen Anruf von Marion auf dem Anrufbeantworter vor.

Die Adresse kannte ich nicht, aber nach der Lektüre des Stadtplanes entpuppte sie sich als eine der Seitenstraßen der Calenberger Neustadt, einem der ältesten Stadtviertel Hannovers.

»Auto nicht nötig«, hatte mir die sympathische Frauenstimme verkündet. Bei der Parkplatznot in dieser Gegend war ich für den Hinweis dankbar. Die von mir nun mit gewisser Routine gestellte Kleiderfrage war hingegen weniger präzise beantwortet worden.

»Irgendwas.« Damit konnte ich natürlich nicht besonders viel anfangen, aber noch bevor ich fragen konnte, wohin es denn ginge, hatte sie aufgelegt. Alles in allem ein etwas chaotischer Anfang.

Glücklicherweise hatte sie mir wenigstens den Namen noch nennen können, so daß sich das Rätselraten an der Haustür in Grenzen hielt.

Sylvia Wienold, bitte zweimal klingeln, stand auf dem schön geschriebenen Türschild, bei *Bettina Dreyfuß* hätte einmal gereicht. Offensichtlich eine Frauen-WG. Warum auch nicht.

Ich wurde jedoch nicht nach oben gebeten, sondern Sylvia kam gleich heruntergestürzt, so als ob sie schon länger gewartet hätte.

Sie war knapp einssiebzig groß, vielleicht Ende Zwanzig, schlank, hatte lange blonde Haare, die aber hochgesteckt waren und mit einem breiten Kamm zusammengehalten wurden. Sie trug ein dunkles Kleid in changierenden Farben aus einem leichten Stoff, Grundfarbe Schwarz. Die breite goldene Kette war vermutlich nur Modeschmuck, schuf aber eine gute Verbindung zum Blond ihrer Haare. Ihren Sommermantel hatte sie noch über den Arm gelegt, der leichte Stoff ihres Kleides wehte in einem langen Schleier hinter ihr aus, als sie die Treppe hinuntersprang.

»So begierig, mich zu sehen?« fragte ich. Sie stutzte, dann lachte sie.

»Das auch«, meinte sie, »aber wir sind spät dran.«

»Nein, nicht Sie«, setzte sie noch rasch hinzu, als sie mein erstauntes Gesicht sah. »Wir müssen etwas früher da sein, aber es ist ja nicht weit.«

Alles klar.

Ich half ihr in den Mantel, was sie mit einem dankbaren, aber routinierten Blick quittierte, offensichtlich war sie das gewöhnt.

Sie schritt rasch aus, ich mußte mich sputen, um mit ihr mitzuhalten.

»Wohin gehen wir eigentlich?« fragte ich sie nach einer Straßenecke.

Bei der nächsten wußte ich, daß wir zu Elvira Schräg gingen, und bei der übernächsten, daß Elvira, die überhaupt eine der wichtigsten Künstlerinnen Hannovers, ja Niedersachsens sei, heute eine Ausstellung eröffnete, welche aber noch nicht ganz fertig sei. Wir müßten ihr helfen, denn in einer Stunde oder eineinhalb kämen die ersten Gäste, unter anderem auch ihr Professor Klaus Slowinski, der auch die Einführungsrede halten wolle.

»Ich möchte Sie als meinen neuen Freund vorstellen«, sagte Sylvia auf einmal. »Ist das okay? Sie sind zwar ein bißchen älter, als ich gedacht habe ...«

Charmant, charmant ...

»Ist in Ordnung«, sagte ich. »Ich heiße mit Vornamen übrigens Felix.«

Die nächste Straßenecke war wieder einmal ins Blickfeld geraten, aber so weit mußten wir gar nicht mehr gehen (oder rennen), dann waren wir beim Ballhof angekommen, einem der zentralen Plätze der Altstadt, dort, wo die Fachwerkhäuser niedrig, die Grundstückspreise aber extrem hoch waren. Sylvia bog in eine kleine Geschäftspassage in einem Toreingang ein. Eine Treppe aus dem neunzehnten Jahrhundert mit recht ausgetretenen Stufen führte zu einer Tür.

Nach einem »Schön, Sylvia, daß du da bist« wurde sie samt Anhang hineingebeten.

Elvira Schräg war etwas älter, vielleicht Mitte bis Ende Dreißig, hatte einen Ansatz zur Konfektionsgröße 44 und sah wichtig aus. Im Hintergrund agierten drei oder vier weitere junge Damen. Gläser wurden auf den mit Linnen (!) gedeckten Tischen aufgereiht, ein mittelalter Mann mit Tweedjackett und schwarzem Hemd schleppte eine Kiste mit Mumm-Sekt in die kleine Teeküche. Er war offensichtlich der Galeriebesitzer.

Sylvia packte rasch mit an und dekorierte ein paar Gläser auf einem Tablett, mich hingegen hatte man offensichtlich vergessen. So schlenderte ich durch die Räume. Es war eine zu Ausstellungszwecken umgebaute Wohnung, sie war licht, durch die zahlreichen Sprossenfenster fiel die gedämpfte Helligkeit eines hereinbrechenden Abends, die an der Decke montierten Halogenstrahler beleuchteten die Exponate und spiegelten sich auf den frisch lackierten Bohlen, die sorgfältig restauriert worden waren.

Die Bilder waren größtenteils einfarbig, monochrom, wie Sylvia mir später erklärte, fast durchweg in der Farbe Hellblau, es gab dunkelhellblaue Bilder und hellere hellblaue Bilder, alle harmonierten mit fast beängstigender Perfektheit mit den hellblauen Fensterkreuzen und dem satten Holzton des Fußbodens.

Auf einem der kleinen Beistelltische lag diskret eine Preisliste aus. Nummer vierzehn, dreitausend, Nummer achtzehn, fünftausendachthundert. Nicht schlecht. Nummer vierzehn und achtzehn waren die beiden Bilder, die noch einen Stich ins Türkise aufwiesen. Eine neue Phase der Künstlerin, wie mir Sylvia später erklären sollte.

Die Vielseitigkeit von Elvira Schräg zeigte sich auch noch daran, daß sie eine Reihe von Skulpturen hergestellt hatte. Alte Balken aus Fachwerkhäusern waren auf eine Unterlage montiert worden und standen nun im Raum und stellten ihre jahrzehnte- oder jahrhundertealte Maserung zur Schau. Risse, die die Zeit gezogen hatte. Gelegentlich waren leichte Einkerbungen zu sehen. Die Andeutung eines Schlipses, ein Knoten, ja, wenn man genau hinsah, konnte man sogar die Andeutung eines Wangenknochens erkennen, der über einem Astloch angesetzt war. Ich blieb stehen.

»Ist es nicht toll?« fragte Sylvia, die eben mit ihren Gläsern fertig geworden war und neben mich trat. »Ist es nicht einfach großartig?«

Ich nickte. »Diese geschwungene Linie, das Gefühl für die Spannung zwischen den tiefen Furchen, die die Zeit gräbt, und der leichten Hand der Künstlerin, die diese wieder glätten kann ...«

Elvira Schräg schien die letzten Worte mitbekommen zu haben, aber ihre Miene verzog sich nicht, sondern sie lächelte in sich hinein, eine Frau, die sich ihres künstlerischen Wertes voll bewußt war und sein konnte.

»Wo sind denn die roten Punkte, hat jemand die roten Punkte gesehen?« rief auf einmal eine energische Stimme durch den Raum. Sie gehörte dem mittelalten Mann mit dem schwarzen Hemd.

»In der Küche«, antwortete eine junge Frauenstimme.

Eine Weile geschah nichts. Dann sah ich, wie der Mann durch den Raum schlenderte, hier und dort vor einem Bild verhielt und gelegentlich einen roten Punkt anbrachte. Nach welchem System war mir nicht ganz klar, auch das hellblautürkise Bild zu fünftausendachthundert erhielt einen.

Langsam kehrte Ruhe ein. Wir standen in der Küche, Sylvia stellte mich als ihren Freund vor, Elvira und ein paar der anderen Künstlerinnen musterten mich verstohlen, aber nicht unfreundlich, jedenfalls deutlich freundlicher als der mittelalte Herr im schwarzen Hemd. Offensichtlich schien er zu befürchten, daß ich in seinem Teich fischen könnte.

Nachdem der letzte Käsehappen angerichtet, das Salzgebäck in Schüsseln ausgelegt und die Verpackungsmaterialien, die auf eine bekannte Supermarktkette hinwiesen, diskret beiseite geräumt worden waren, breitete sich nach den freundlichen Dankesworten von Elvira Schräg jene ereignislose, wohltuende Leere aus, die nach einer hektischen Vorbereitung schlagartig einsetzt. Noch eine halbe Stunde bis zur Eröffnung.

Die Künstlerin wollte gerade zu einer kleinen Rede ansetzen, als wir alle verhielten. Aus einem der Ausstellungsräume ertönte ein Knacken, ein Reißen und dann schließlich ein lautes Poltern und Krachen – dann Stille. Es war zwar nicht ohrenbetäubend gewesen, aber laut, so laut, daß für alle klar war, daß hier etwas Entsetzliches passiert sein mußte. Wir eilten hinaus. Ein kurzer Rundblick führte uns das Ausmaß des Schadens vor Augen. An der Stirnseite eines der Korridore war ein Kunstwerk auseinandergebrochen. Der Rahmen hatte die mit hellblauem Sand und einigen Eisenstücken aufgeklebten Holzbalken nicht gehalten, war an einer Ecke auseinandergefallen und mit ihm der ganze Bildinhalt. Er lag jetzt auf dem Boden. Wir standen betreten herum. Noch zwanzig Minuten bis zur Ausstellungseröffnung.

»Kann man das nicht reparieren?« fragte eine der jungen Künstlerinnen.

Einige halbherzige Versuche wurden unternommen. Elvira Schräg sagte zwar nichts, aber ich merkte ihr an, daß sie so langsam in Panik geriet. Schließlich übernahm ich die Initiative.

Gemeinsam räumten wir die auf dem Boden liegenden Steine weg, verstauten das zerrissene Papier mit hellblauem Sand in einer der Abstellkammern und machten uns daran, den Rahmen abzuhängen.

Dahinter kam eine Reihe von Bleistiftzeichnungen zum Vorschein, die durch das Bild verdeckt worden waren. Bauzeichnungen eines Elektrikers.

»Das können wir unmöglich beseitigen«, meinte ich. »Das sieht furchtbar aus.« So wurden die Reste des Rahmens schnell wieder angehängt. Ein merkwürdiges Bild, ein zerbrochener Rahmen, an einer Seite offen, Reste des Papiers und dahinter diese Bauzeichnung.

In diesem Augenblick klingelte es. Weitere Rettungsaktionen waren jetzt nicht mehr möglich. Alle eilten zur Tür. Ich schaute noch einmal zurück. So schlecht sah es doch auch gar nicht aus. Ein bißchen chaotisch, aber ... Nur die Bauzeichnung wirkte vollkommen deplaziert. Einer plötzlichen Eingebung folgend nahm ich einen Filzstift und verlängerte die Linien der Zeichnung weit über den Rahmen hinaus, jetzt sah es wenigstens so aus, als ob es Absicht gewesen sei. Dann ging auch ich zur Tür.

Die Räume begannen sich zu füllen. Eine Reihe von sehr unterschiedlich gekleideten Menschen, einige bizarr, die meisten jedoch im eleganten Schwarz, etwas, aber nicht allzuviel Schmuck, eine Reihe schöner, ja sogar sehr schöner Frauen, einige eher bieder angezogene Männer, sie alle schlenderten scheinbar ziellos herum, begrüßten einander, herzliche Umarmungen, offensichtlich kannte man sich von ähnlichen Veranstaltungen. Sylvia und ich wurden gelegentlich verstohlen betrachtet, aber erregten keine besondere Aufmerksamkeit. Dann schließlich ein allgemeines Aufhorchen. Für einen Moment verstummten die Geräusche. Ein neuer Gast war gekommen.

Ein älterer Herr, etwas schäbig gekleidet, graue Haare, in denen noch eine Spur Schwarz zu sehen war. Er bewegte sich langsam und war sofort umringt von einer Schar von gutaussehenden jungen Frauen. Huldvoll lächelte er, sagte zuweilen auch etwas, was ich nicht verstand, aber anhand der Reaktionen seiner weiblichen Zuhörer mußte es etwas gewesen sein, was sie für witzig hielten. Elvira Schräg kam rasch auf ihn zu, gerade so behende wie es ihr Körperumfang und die Würde als Hausherrin zuließen. Allgemeine Begrüßung, strahlendes Lächeln auf allen Gesichtern.

»Wer ist denn das?« fragte ich Sylvia.

»Professor Slowinski«, flüsterte sie. Sie zappelte an meiner Seite und wollte sich offensichtlich in den Reigen der jungen Frauen einreihen. Ohne daß ich etwas fragen konnte, zog sie mich hinter sich her.

Schließlich stand ich ihm gegenüber. Die jungen Damen hatten sich inzwischen in eine Reihe von Mädchen verwandelt, die jede auch noch so beiläufige Äußerung des großen Meisters mit zustimmendem Gekichere aufnahmen. Für einen Moment streifte mich sein Blick. Er hob fragend eine Augenbraue.

»Das ist Felix Reimann ...«, sagte Sylvia zaghaft. Slowinski nickte hoheitsvoll und wandte sich dann den anderen zu. Der Kreis um ihn schloß sich und schloß Sylvia aus. Einige Männer beachteten den Vorgang mit Häme.

»... kannst ihn ja mal nach seiner Promotion fragen ...«, hörte ich einen Wortfetzen. Diesmal lachten zwei Männer. Gehässig, wie ich fand.

Slowinski ging gemessenen Schrittes durch die Ausstellung. Ehrfürchtig blieb er vor einigen Exponaten stehen, schien sich in sie hineinzuversenken, nickte wissend, als ihn Elvira Schräg eilfertig auf eine besonders gelungene Auskerbung hinwies. Gelegentlich beugte er sich etwas weiter vor, um auch Einzelheiten genauer betrachten zu können, manchmal streifte er mit seinem Kopf fast Elviras Dekolleté.

»Großartig«, sagte er ein über das andere Mal, »tief empfunden, sehr tief und sehr wahr.« Er betrachtete gerade eines der himmelblauen Bilder mit dem Stich ins Türkis und beugte sich wieder weit vor.

Als ich ihn so im Profil sah, erinnerte ich mich dunkel, einen Artikel in der Zeitung über ihn gelesen zu haben. Ein Künstler, der trotz fehlender Promotion eine Professur an der damaligen Pädagogischen Hochschule erhalten hatte und dessen Werke – Variationen um das Thema WEISS – kürzlich ausgestellt und lobend besprochen worden waren.

Die Schar der Besucher formierte sich zu einem Kreis, auch Sylvia durfte wieder einen Blick auf den Meister erhaschen, wenngleich – wohl aufgrund meiner Gegenwart – nur aus etwas größerer Entfernung. Professor Slowinski, der berühmte Künstler, schickte sich an, die Einweihungsrede zu halten.

»Liebe Elvira, geehrte Anwesende ...« In der Regel schätze ich Reden nicht besonders. Das lange Zuhören ermüdet mich, und manchmal werde ich den Verdacht nicht los, daß es so ähnlich vielleicht auch meinen Schülern gehen könnte.

Slowinski lobte die tiefe Reife der Künstlerin, deren Werke er seit ihren ersten Anfängen begleitet und geformt habe, und die jetzt zu jener Vollendung gelangt sei, die jeder Künstler anstreben solle.

»Sie haben begriffen, worum es bei Kunst geht, nicht um platte Darstellung, sondern um das Aufspüren des inneren Wesens der Dinge.« Die Spannung, die in dem Holze wohne, die Risse des Alters und die zarte Überformung durch die Hand des Künstlers – hier sei es zu einer, gemessen an dem jungen Alter der Künstlerin, wahrhaften Synthese gekommen.

Er kenne die Künstlerin seit ihren Anfängen und habe ihre Entwicklung bis zu dieser jetzt erreichten künstlerischen Reife verfolgt und unterstützt. Es sei wichtig für Künstler, Vorbilder zu haben, Vorbilder, an denen sie sich aufrichten, denen sie nacheifern könnten. Ein wenig erinnere ihn diese großartige, tiefempfundene Sammlung von Säulen an sein eigenes Werk, an den *Nagel in Holz, rostend,* für das er ja damals den Großen Preis der Stadt Schöppenstedt erhalten habe.

Einigen der Zuhörer war dieses bedeutsame Ereignis noch in Erinnerung, und sie nickten verstehend.

Ohne Zweifel sei aber der Höhepunkt des Schaffens das neu entstandene Werk *Der offene Rahmen* hier an der Stirnseite des Flures. Objektkunst im besten Sinne des Wortes: Das Kunstwerk verschmolzen mit der Wand, damit seiner beliebigen Verfügbarkeit entkleidet, die Offenheit der Deutung und die Offenheit der Umgebung gegenüber durch den halb geschlossenen Rahmen andeutend, besonders bemerkenswert schließlich jedoch die sich fortsetzenden Linien des Inneren, die aus dem Objekt heraustreten und von dem Raum Besitz ergriffen. Bei einer solchen Vollkommenheit versage jedes Lob. Damit schloß er.

Die Künstlerin lächelte geschmeichelt, dankte und verwies auf ihr Ringen mit der Sache, die stetige Unterstützung, das künstlerische Vorbild ihres Ziehvaters.

Im allseitigen Beifall begannen die meisten mit einem neuerlichen Rundgang durch die Ausstellung, andere machten sich über die Käsehappen her. Leicht klirrten die Sektgläser.

Sylvia hatte ich aus den Augen verloren und fand sie erst wieder in dem Kreis der Jüngerinnen des großen Meisters. Ich gesellte mich hinzu, wo mich sein huldvoller Blick streifte.

»Ich verstehe nicht viel von Kunst«, sagte ich, »aber selten ist mir ein Kunstwerk wie dieses so souverän nahegebracht worden. Ich wäre von allein nicht darauf gekommen.«

»Da müssen Sie eben noch viel lernen, junger Mann«, sagte der Professor Slowinski leichthin. Der Chor der Mädchen kicherte zustimmend. Ich merkte, wie ich rot wurde und mir das Blut in den Kopf stieg. Doch Slowinski wandte den Blick schon von mir ab und einer schlanken Brünetten zu, die ebenfalls ein großzügiges Dekolleté aufwies.

Ein Blick auf Sylvia neben mir belehrte mich, daß sie offenbar schon in anderen Welten schwebte.

»Meinen Sie nicht, daß Werke eine gewisse Ähnlichkeit mit der Natur aufweisen sollten?« fragte ich noch.

»Da sind wir doch seit Kandinski schon weiter«, belehrte mich Slowinski, sich mir wieder zuwendend. »Dieses Werk da hinten, junger Mann, dieses Werk *Der offene Rahmen* mit seiner revolutionären Linienführung, das ist moderne Kunst. Wenn Sie sich eine nackte Zigeunerin aufhängen wollen – über Ihr Bett vielleicht –, dann kann ich Sie nicht daran hindern. Aber Kunst, gerade Objektkunst – das ist etwas anderes.« Das beifällige Kichern des Chores unterstrich die Wichtigkeit seiner Sentenzen.

»Sie sind Professor an der PH?« fragte ich und drehte

damit endgültig an der Eskalationsschraube. Denn es gibt wohl keinen Professor, der ehrlich zugeben möchte, an einer Pädagogischen Hochschule zu lehren. Natürlich wußte ich genau, daß die PH vor einigen Jahren durch einen Federstrich in einen Fachbereich der *Universität* Hannover umbenannt worden war.

Ein paar Männer gesellten sich zu uns. Ich schien Verstärkung zu bekommen.

»Eine Pädagogische Hochschule gibt es hier in Hannover nicht«, sagte Slowinski milde und betrachtete die Neuankömmlinge mit unverhohlener Feindseligkeit.

»Im allgemeinen Sprachgebrauch ist das natürlich immer noch die PH«, sagte einer der Neuankömmlinge, »auch wenn es die dort Beschäftigten nicht so gerne hören. Die eigentliche Kunsthochschule Niedersachsens befindet sich in Braunschweig. Das ist auch die renommierte künstlerische Hochschule Niedersachsens. Und«, damit wandte er sich mir wieder zu, »natürlich kann man dort auch konkrete darstellende Kunst studieren. Die meisten akademischen Maler können dies natürlich auch. Es gibt nur wenige, die sich so eingehend auf die Darstellung von monochromen Bildern spezialisiert haben wie Herr Slowinski. Das macht ihn eben auch bei uns Hochschullehrern einzig. Übrigens konnte Kandinski auch hervorragend konkret malen – haben Sie mal das Lenbachhaus in München gesehen? Bilder des frühen Kandinski?«

Ich verneinte, aber aus den Augenwinkeln konnte ich sehen, wie Slowinski sich auf die Lippe biß, aber Gleichmut vortäuschte.

Der Mädchenchor hatte aufgehört zu kichern.

»Sie meinen«, ich wandte mich um, »die meisten Künstler könnten also auch beispielsweise eine nackte Zigeunerin malen?«

»Selbstverständlich nicht alle«, entgegnete er und machte

eine angedeutete Bewegung in Richtung Slowinski, »aber die meisten. Ich selbst habe mal vor einiger Zeit – scherzhaft natürlich nur – vorgeschlagen, jeder Student solle quasi als Vorbereitung einfach mal einen röhrenden Hirsch oder so etwas abgeben ...«

Ich lachte. »Da sind Sie sicherlich auf wenig Gegenliebe gestoßen ...«

Wir nahmen jeder eines der Sektgläser, die herumgereicht wurden, und prosteten uns zu. Spöttisch in Richtung Slowinski.

»Ich glaube, ich muß jetzt gehen ...«, sagte er würdevoll, und eine Reihe von Mädchen erbot sich eifrig, ihm Stock und Mantel zu holen.

4

Anrufe morgens um Viertel nach sieben waren noch nie meine besondere Leidenschaft. Aber das Telefon schnarrte mit einer Beharrlichkeit, die mich schließlich doch aus der frühstücklichen Behaglichkeit meiner Küche in den Flur trieb.

»Reimann«, murmelte ich mißgelaunt in das Telefon.

»Hallo, Felix«, Klaus-Dieters Stimme klang aufreizend fröhlich. Ihn mit seinen dämlichen Börsentips hatte ich schon längst abgehakt. Was wollte der schon wieder? Etwa das Geld vom *Cheval Noir*? Oder noch so eine Einladung, wo er mir mit Insidermiene zu irgendwelchen riskanten Transaktionen raten wollte, an denen außer dubiosen Geldanlegern wohl kaum jemand verdiente.

»Selber hallo«, entgegnete ich matt. Hätte der mit seinem Anruf nicht warten können? Aber offensichtlich hatte Klaus-Dieter ein hohes Mitteilungsbedürfnis.

»Hast du gestern schon in das Handelsblatt geschaut? Na?« fragte er auffordernd.

»Nee«, sagte ich. »War was?«

Einen Augenblick glaubte ich am anderen Ende der Leitung spöttisches Unverständnis zu spüren.

»Na hör mal!« Klaus-Dieters Stimme verlor jedoch nichts von ihrer Fröhlichkeit. »Da investierst du eine Menge Geld und schaust nicht einmal in die Zeitung? Bei einem Optionsgeschäft?«

Mit einem Schlag fühlte ich Zweifel in mir aufsteigen. Verschwommen zwar, aber zunehmend deutlicher. Und was ich fühlte, verbesserte meine Laune wirklich nicht.

Klaus-Dieter war aber anscheinend nicht zu bremsen.

»Na, hast wahrscheinlich auf Nummer Sicher gesetzt. Einfach nur gekauft. Auf den Kursgewinn spekuliert. Aber laß es dir gesagt sein. Kleine Fische. Was haste denn investiert? Zwanzigtausend? Dreißigtausend? Na, jedenfalls biste jetzt so schlappe zehn- bis fünfzehntausend reicher ...«

»Wieso?« fragte ich blöde zurück.

»Hast du wirklich noch nicht in den Wirtschaftsteil geschaut? Es steht doch sogar schon in der HAZ! Waldmühle-Papier soll aufgekauft werden. Die Amis werden den ganzen Kram kaufen. United Papers. Und die Kurse gehen ab wie eine Rakete. Hast du wirklich nicht nachgeschaut? Aber auch wenn du auf Nummer Sicher gegangen bist ... immerhin für den Anfang nicht schlecht. Ich wollte, mir hätte damals einer so gute Tips gegeben ...«

Er redete drauflos. Redete und redete. Wenn ich einen Stuhl gehabt hätte, dann hätte ich mich wohl hingesetzt. So hörte ich nur zu, obwohl ich außer ein paar Wortfetzen nichts verstand. Vor mir tauchte sein Gesicht bei unserem letzten Treffen auf. »Waldmühle ...« hatte er mir zugeraunt. Geheimnisvoll und verschwörerisch. Außerdem noch eine Infobroschüre der Stadtsparkasse, wie sie an jedem Tresen auslag. Eine Witzfigur. Eine vollständige Witzfigur. Ganz gegen meinen Willen mußte ich lachen.

Klaus-Dieter stoppte. Offensichtlich wußte er nicht, was er von meiner Heiterkeit halten sollte.

»Und?« fragte ich. »Was hast du eingesetzt? Zwanzig, dreißig oder hundert?«

»Fünfhundert«, sagte Klaus-Dieter stolz. »Fünfhundert. Und jetzt habe ich knapp vierhundert mehr. Und du?«

»Zwanzig«, log ich. »Zwanzig!« Dann wimmelte ich ihn ab.

Ich hatte einmal gelesen, daß ein neuer Spieler im Lotto einmal seinen ersten Schein ›zur Probe‹ ausgefüllt habe – und damit sechs Richtige gewonnen beziehungsweise eben nicht gewonnen hatte, weil er ihn nicht abgegeben hatte. Den Rest seines Lebens spielte er immer wieder. Mit hohen

Summen – bis zum Schluß, um dem Gewinn nachzujagen, den er einmal ausgeschlagen hatte. So ungefähr fühlte ich mich jetzt. Die Sechshundert vom Vorabend steckten noch in meiner Hosentasche ... sechshundert ... und in der Zwischenzeit war Klaus-Dieter wieder mal ein bißchen reicher geworden.

Ich blickte auf die Uhr und machte mich fertig für die Straßenbahn.

Wie ich den Tag hinter mich gebracht habe, weiß ich nicht mehr. Die Sechshundert trug ich noch immer lose in der Hosentasche. Ich hatte es versäumt, sie ins Portemonnaie zu legen. Sechshundert, und dabei hätte ich doch Tausende haben können. Tausende. Allein der Gedanke daran ließ es mir heiß und kalt über den Rücken laufen. Wie viele Abende würde ich wohl mit langweiligen Frauen verbringen müssen, um jemals so viel Geld zu verdienen wie Klaus-Dieter an diesem einen Tag? Ich wußte es nicht. Vierhundert. Und gemeint hatte er vierhunderttausend. Vierhunderttausend Mark. An einem Tag. Der hatte eben Schneid, riskierte etwas. Setzte mal alles auf eine Karte und nicht nur dieses dämliche beamtenmäßige Sicherheitsdenken. Bitte schön abgesichert. Reich werden ja, aber doch bitte ohne Risiko!

In der Schule war ich nicht bei der Sache. Immer nur ging mir das Gespräch mit Klaus-Dieter nach. Geld. Natürlich war es ein Lotteriespiel gewesen. Einfach mal etwas riskieren. Und sicherlich hatte er einen Tip bekommen. Ein Insidergeschäft. Vermutlich verboten. Na wenn schon, so machten es doch auch alle! Gewerkschaftler, Unternehmer, Vorstandsmitglieder und Politiker. Besonders die. Natürlich war es ein Glücksspiel. Lotterie. Aber im Gegensatz zum Lotto hatte man hier noch die besseren Karten. Im Lotto hatte ich noch nie gewonnen ... Die Chance war sicherlich gleich Null. Dennoch ein Glücksspiel. Ein einfaches Glücksspiel, das einen in einer einzigen Nacht zum reichen Mann machte. Und was hieß schon: alles auf eine Karte? So viel waren zwanzigtausend oder dreißigtausend nun auch wieder nicht.

Die Spielbank. Schlagartig hatte die Idee von mir Besitz ergriffen. Einfach hingehen und gewinnen ... Und die Chancen gar nicht so schlecht. Fifty-fifty. Eigentlich ganz fair. Nun ja, der Trick mit der Null bei der Bank. Letzten Endes gewann die Bank ja immer. Natürlich, aber letzten Endes erst. Rechtzeitig aufhören, das war das eigentliche Geheimnis.

Der Gedanke ließ mich nicht mehr los. Den gestrigen Tag einfach ausstreichen. Einfach auslöschen. Noch einmal die Chance ergreifen. Mal Risikobereitschaft zeigen ... Mit solchen Gedanken verging der Vormittag. In den lichteren Momenten des Tages kamen mir noch gelegentlich Zweifel. In die Spielbank hätte ich zur Not in den letzten Jahren immer gehen können. Und alles brauchte ich Marion ja nicht zu erzählen. Und um ehrlich zu sein, einmal war ich sogar schon dort gewesen. Zwar nur in Bad Zwischenahn auf einer Lehrerfortbildung. Gewonnen hatte ich nicht, und die zweihundert Mark, die ich glaubte, verschmerzen zu können, hatte ich dann schließlich auch verloren. Aber andere hatten gewonnen. Einer sogar viel. Ich glaube, drei-, viertausend. Ein Profi. Einer, der wußte, wie man es macht.

»Felix«, hatte mir damals Reinhard hinterher gesagt. »Felix, es ist alles eine Frage des Systems. Nur des Systems. Auf lange Sicht kannst du nie gewinnen. Niemals. Die Bank gewinnt immer. Davon lebt sie. Aber ...«

Die Situation von damals stand mir vor Augen. Am Tresen in dem kleinen, etwas schäbigen Hotel, in dem wir untergebracht waren. Altdeutsch, Jever Pilsener, hohe Gläser. Vielleicht gegen zwölf Uhr nachts. Reinhard hatte allen noch ein Bier spendiert von seinem Gewinn. Eine freundliche Geste ohne Großmannssucht. Einfach nur nett. Und als ich ihn gebannt anschaute und er sich auch der Aufmerksamkeit der anderen sicher war, erläuterte er sein Aber.

»Es ist unmöglich, langfristig zu gewinnen. Der Trick mit der Null, die mangelnde Ausgewogenheit der Chancen bei den mehrfachen Gewinnmöglichkeiten. Doch kurzfristig, kurzfristig könnt ihr der Bank ein Schnippchen schlagen. Hatte nicht jeder von euch im Hotel«, er ließ seinen Blick über uns schweifen, »zu irgendeinem Zeitpunkt mal gewonnen? Mal mehr in der Tasche als vorher?«

Die meisten nickten zustimmend.

»Ihr könnt aus fünfhundert nicht den ganzen Abend tausend machen, wenn ihr immer mit Zwanzig-Mark-Jetons spielt. Da schlägt euch die Bank fast immer. Aber aus vier Stücken fünf zu machen, das ist möglich. Für einen einzigen Moment einmal ein kleines Plus. Das ist drin. – Und dann aufhören!«

Irgendeiner murmelte etwas von zwanzig Mark mehr haben oder nicht haben, das sei doch auch egal, aber Reinhard fuhr mit erhobener Stimme fort: »Aus vier Jetons kann man fünf machen. Fast immer. Und wenn sie groß genug sind, dann habt ihr für den Rest des Abends genug. Wenn ihr mit Fünfhundertern spielt, dann habt ihr nachher fünfhundert. Und mit Tausendern tausend.« Damals hatte mir das System eingeleuchtet. Jedenfalls so sehr, daß ich es einmal ausprobieren wollte. Aber schließlich blieb es beim Wollen. Jedenfalls bin ich nie wieder in eine Spielbank gegangen.Vermutlich war das ein Fehler gewesen.

Die Notierung meiner Personalausweisnummer durch den Sicherheitsdienst fand ich noch ganz aufregend. Aber sonst wirkte der Eingangsbereich der Hannoverschen Spielbank eher wie das Foyer eines gut geführten Hotels. Chrom, etwas Holz, Strahler, weit geschwungene Treppen. Personal in rotem Livree. Alles sehr seriös. Ich mußte eine Erklärung unterzeichnen, daß mir meine ›wirtschaftlichen Verhältnisse‹ das Spiel gestatteten. Dann durfte ich schließlich an den Geldschalter. Er wirkte ein bißchen wie eine Kinokasse. Der Kassierer schaute mich sachlich an.

»Zweitausendfünfhundert«, sagte ich. Ich hoffte, daß meine Stimme nicht zitterte, denn einen so hohen Betrag hatte ich sogar selten bei der Bank bar abgehoben. Davon hätte ich sicherlich zehn Jahre Lotto spielen können. Allerdings wahrscheinlich auch mit wesentlich geringerem Erfolg.

»In welcher Stückelung?«

Sollte ich Fünfhunderter nehmen? Das System voll ausreizen? Oder doch lieber Hunderter? Oder Zwanziger?

Ich hatte mir zu Hause und auf dem Weg alles dutzendfach überlegt. Heute ein Testspiel. Aus zweitausendfünfhundert machst du dreitausend. Aus vier mach fünf. Oder aus fünf mach sechs. Aber war es wirklich klug?

»Fünfhunderter«, hörte ich mich sagen.

Ich schob die fünf großen Geldscheine hinüber und erhielt fünf kleine Jetons. Es waren rechteckige Plastikscheiben, in denen in großen Ziffern die Zahl 500 prangte. Sie glänzten matt, aber am Rand schimmerten sie in einer Reihe irisierender Farben. Spielgeld, und das war es ja schließlich auch. Vermutlich waren sie trotzdem nicht leicht zu fälschen. Und sie lagen schwer in der Hand.

Dann ging ich die Treppe nach oben.

Der erste Blick war enttäuschend. Mehrere Spieltische, davon die meisten unbesetzt. Das Ambiente von Holz, Chrom, das eines guten Hotels, aber der Glanz von Baden-Baden, Monte-Carlo, Nizza, der war weiß Gott nicht zu spüren. Wie Bad Zwischenahn. Mehr nicht. Die Leute gewöhnlich. Nicht einmal besonders gut angezogen. Ein paar Türken, einige geschniegelte Männer Anfang Dreißig, die ein wenig verkleidet aussahen. Der Sprache nach Russen. Dazwischen Volk. Mäßig sitzende Anzüge, auch die Damen, die allein oder in Begleitung aufgetaucht waren, wenig elegant. Jedenfalls, soweit ich es auf den ersten Blick erkennen konnte. Durch das getönte Glas wurde der Blick auf den abendlich erleuchteten Maschsee freigegeben. Passanten, die die Promenade entlanggingen, Segelboote, die in der einsetzenden Flaute dem Steg am Nordufer näherkrochen.

Ich trat auf den ersten Tisch zu. Es wurde irgendein Kartenspiel gespielt, dem die Herumstehenden gebannt zusahen. Vielleicht Siebzehn und Vier. Aber ich kannte die Regeln nicht, und Kartenspiele hatten mich nie besonders interessiert. Im Hintergrund das Klackern und Rollen der Kugel an einem der Roulette-Tische. Es war einer der kleineren Tische. *Maximaler Einsatz 5.000 DM* war angeschlagen, der größere Tisch mit doppelt so hohem Limit war noch unbesetzt. Aber so viel wollte ich nicht einsetzen. Noch nicht.

Mit geübter Hand teilte der Croupier die Gewinne aus. Eine Dame im schwarzen Abendkleid, eine der wenigen, die wirklich gut angezogen war, erhielt einen Tausender zugeschoben. Sie saß mir gegenüber und schien eine Glückssträhne zu haben, denn vor ihr lag bereits ein kleiner Berg von Jetons. Fünfhunderter, Tausender, Hunderter. Eine ganze Menge.

»Für die Angestellten.« Sie schnippte einen Fünfhunderter zu einer Öffnung, in der er verschwand. Offensichtlich ein Trinkgeld.

In roten Leuchtdioden waren die letzten fünfzehn Gewinnzahlen angegeben. Bisher siebenmal hintereinander Schwarz.

»Faites vos jeux.«

Eine Reihe von Jetons wurde auf Rot geschoben. Ein dicker, schwitzender Mann, Typ Bauunternehmer, setzte einen Fünftausender. Ein weißhaariges Männchen holte ein Notizbuch hervor, notierte ein paar kryptische Zeichen und setzte dann zwanzig Mark auf eine Transversale. Die elegante Frau setzte ihren Tausender wieder auf Schwarz.

Die Kugel setzte sich in Bewegung. Das Rauschen der Kugel in der Schüssel, die klackernde Beschleunigung, wenn sie in die Zahlenreihe fiel, übte eine unmittelbare Suggestion auf mich aus. Vergessen war der Vorsatz, erst abzuwarten.

Einen Augenblick zögerte ich noch. Doch die Chancen standen gut. Irgendwann mußte ja Rot kommen. Jetzt war eigentlich die Gelegenheit. Ich merkte, wie sich meine Hände verkrampften, ich holte einen Jeton aus der Tasche meines Jacketts und wollte ihn lässig auf Rot legen, als der Croupier deutsch sein »Rien ne va plus« sagte. So behielt ich meinen Jeton in der Hand und starrte gebannt auf die weiße Elfenbeinkugel, die klackernd in ein Fach fiel.

»Acht, Schwarz, Pair ...«

Gott sei Dank hatte ich nicht gesetzt. Wieder strich die junge Dame einen Tauender ein.

»Faites vos jeux ...«

Rot. Jetzt mußte Rot kommen.

Ich war einer der ersten, die setzten. Rot.

Ein feines Lächeln spielte um den Mund der jungen Dame. Sie schien einen Moment in sich hinzuhorchen, dann legte sie wieder einen Tausender. Diesmal auf Impair, Ungerade. Für einen winzigen Moment streifte mich ihr Blick. Versonnen, konzentriert, aber doch ganz weit weg. Sie schien Glück zu haben.

Jenes Glück, das man beim Roulette nur einmal hat. Oder nur ganz wenige Male.

Die Kugel setzte sich in Bewegung, Berge von Geld lagen

auf Rot. Und in mattem dunklen Blau schimmerte auch mein Fünfhunderter.

Einer plötzlichen Eingebung folgend, aus einem Zwang heraus, setzte ich die restlichen zweitausend, die ich noch hatte, auf Impair. Erst als ich die Jetons losgelassen hatte, kam mir zu Bewußtsein, was ich gemacht hatte. Es war kein Vermögen, was da lag, aber es war für meine Verhältnisse viel. Ich schluckte, etwas wie Angst kroch in mir hoch. Ich schaute auf. Einen winzigen Moment trafen sich unsere Blicke. Wir sahen uns nicht direkt an, ich war zu angespannt, sie wohl zu abwesend, aber für einen Augenblick nahmen wir einander wahr. Eine seltsame Beruhigung ging von ihrem Blick aus. Eine Sicherheit. Die Sicherheit, zu gewinnen.

Achtmal hintereinander Schwarz, das war ein Grund gewesen, daß eine Reihe von Spielern ihre Tische verlassen hatten, und so war die Gruppe der Herumstehenden größer als zu Anfang.

Die Siebzehn kam, wieder Schwarz, Impair ...

Der Rechen des Croupiers erfaßte die Berge auf Rot. Den Fünftausender des Bauunternehmers, den Zwanziger des weißhaarigen Männchens, das wieder eine kryptische Anmerkung in sein Büchlein kritzelte, meinen Fünfhunderter. Und eine halbe Minute später lagen vor mir viertausend. Acht Jetons zu fünfhundert Mark. Auf Impair. Bereit zum Mitnehmen. Mein Gewinn. Ich hatte gesetzt, ich hatte gewonnen, ich war eintausendfünfhundert Mark reicher. Der Gewinn von zwei Minuten.

»Faites vos jeux ...«

Sollte ich noch einmal am Glücksrad drehen? Den Gewinn stehen lassen?

Mach es nicht, sagte ich mir. Mach es bloß nicht. Du hast mehr erreicht, als du hoffen konntest für diesen Abend. Hör auf. Reinhard tauchte vor mir auf: »Rechtzeitig aufhören, du kannst aus fünf Stücken sechs machen oder aus vier fünf. Aber gegen die Bank kannst du nicht gewinnen.« Um mich herum wurde gesetzt. Alle setzten auf Rot. Der Bauunternehmer zog noch einmal einen Fünftausender heraus. Ein kleiner, blasser Mann drängte sich vor, ein blaues Hemd, eine blaue Krawatte, es paßte alles zusammen, aber doch kam er mir hilflos vor, fast verzweifelt, er setzte fünf einzelne Tausender. Alles auf Rot. Ich starrte wie gelähmt.

Plötzlich bemerkte ich, wie die Frau gegenüber eine Bewegung machte. Sie griff zu ihren Jetons und nahm sie an sich. Ihre Hand prägte sich mir ein. Eine schön geformte, feingliedrige Hand mit langen, gepflegten Fingern, die Nägel in einem leichten Rotton lackiert. Und ihren Finger zierte ein Rubin. Ein merkwürdiger Ring. Eine Art Tierfigur, wohl ein Löwe, schlang sich um einen Reif und hielt den Rubin. Genaueres konnte ich nicht erkennen. Und während sie zugriff, traf mich abermals ihr Blick. Nicht absichtlich, aber ich meinte, durch ihn hindurch zu erkennen, daß sie aufhören wollte.

Einen Lidschlag später hielt ich meine viertausend in den Händen.

Die Kugel setzte sich in Bewegung. Einige Nachzügler setzten auf Rot.

»Rien ne va plus.«

Klackernd fiel die Kugel.

»Sechsundzwanzig, Schwarz, Pair ...«

Ein Aufatmen ging durch die Menge. Der Rechen des Croupiers griff zu. Der Bauunternehmer hatte wieder verloren, der Mann im blauen Hemd wirkte wie versteinert, das kleine Männchen, das wieder auf eine Transversale gesetzt hatte, steckte sechzig Mark ein.

Ich stand auf und räumte meinen Platz. Und gegenüber erhob sich die junge Frau.

Sie war etwas kleiner als ich, sehr schlank, trotzdem

wirkte sie nicht zerbrechlich, sondern vermittelte das Gefühl von weiblicher Stärke. Sehr weiblicher Stärke.

Es schien mir Zufall zu sein, daß wir beide zusammen an die Bar traten.

Ich registrierte, daß sie sich einen Wein bestellte, und orderte ebenfalls einen. Höflich prostete ich ihr zu, sie erwiderte den Gruß, dann schwiegen wir beide. Durch den sich inzwischen immer mehr füllenden Saal des Kasinos sah ich durch die Glasfassade auf den Maschsee. Es war draußen dunkler geworden, die Dämmerung war fortgeschritten, und das letzte Boot machte eben fest. Wie immer bei solchen Gelegenheiten fühlte ich mich bemüßigt, etwas zu sagen. Und an dem bewußt desinteressierten Blick der jungen Frau glaubte ich zu erkennen, daß sie es geradezu von mir erwartete.

»Sie haben mir Glück gebracht«, sagte ich.

Sie lächelte. »Glück hat man immer nur für sich allein. Jedenfalls beim Roulette.«

»Mag sein«, sagte ich, »trotzdem vielen Dank.«

»Wofür? Dafür, daß Sie mit mir aufgehört haben?«

»Dafür, daß ich mich an Ihre Glückssträhne habe anhängen dürfen ...«

Sie lachte. Es war ein helles Lachen, das belustigt klang, aber nicht fröhlich. Trotzdem fing es mich ein.

»Sie waren auch der einzige«, sagte sie, »die anderen haben ja immer weiter auf Rot gesetzt.«

»Schwarz scheint heute Ihre Glücksfarbe zu sein ...« Ich redete drauflos. Pausen sind nur dann gut, wenn man sich versteht. Nicht vollabern, aber auch keine Pausen entstehen lassen.

Sie stellte das Glas auf den Tresen, rutschte auf den Barhocker und wandte sich mir zu.

»Ich habe Sie noch nie hier gesehen.« Es war eher eine Feststellung als eine Frage.

»Ich bin auch nicht häufig hier. Eher selten.«

»Das ist, glaube ich, auch klug von Ihnen«, meinte sie. »Auf lange Sicht verlieren Sie nämlich. Immer.«

»Deswegen spielen Sie?«

Wieder lachte sie. »Natürlich nicht. Es ist wie mit dem Rauchen. Jeder hält es für schädlich, aber wenn man erst einmal damit angefangen hat, findet man eine Reihe von Gründen, warum es schmeckt und Spaß macht.«

»Macht es Ihnen Spaß?« lag mir auf der Zunge, doch schien mir die Frage indiskret zu sein, so verschluckte ich sie und stimmte ihr nichtssagend zu. Sie spielte einen Moment versonnen mit ihrem Glas, und ich konnte wieder ihren Ring betrachten. Ein kleiner Ring in der Form eines Löwen, der sich um einen Finger wand und einen Rubin im Maul hielt. Eine merkwürdige und vermutlich kostbare Arbeit.

Am Spieltisch hinten hob sich lautes Gemurmel. Wir konnten von der Bar aus nicht das Leuchtband der Zahlen erkennen, aber offensichtlich schien etwas Ungewöhnliches vorgefallen zu sein.

»Wollen wir mal nachschauen?«

Sie nickte, griff ihr Glas, und wie unabsichtlich streifte sie dabei meinen Arm. War das ein Zeichen?

Ich hielt mich in ihrer Nähe, und wir schlenderten zu unserem Tisch. Sechzehn Mal hintereinander war inzwischen Schwarz gekommen. Der kleine Aufruhr war durch den Mann im blauen Hemd ausgelöst worden, der Proteste gegen den Einzug seiner Spielmarke erhob. Sie habe nicht bei Rot, sondern bei Impair gelegen. Mit einer knappen, scharfen Entgegnung wies ihn der aufsichtsführende Croupier zurecht. Langsam, fast gebrochen stand der Mann auf und verließ schleppend den Tisch. Einige sahen ihm nach. Der Bauunternehmer drängte sich durch die Gruppe. Er hielt einen neuen Stapel Jetons in der Hand, die er offensichtlich an der Kasse eingelöst hatte. Warum er die Kasse nahm, war mir nicht klar, denn man konnte auch am Tisch Jetons eintauschen.

Ich schaute interessiert, aber innerlich unbeteiligt zu. Der Hauch des Parfüms, der Duft der schwarzen Haare, all das elektrisierte mich. Ein neuer Zuschauer kam heran. Das Gedränge, das entstand, schob uns näher zusammen. Auch als sich der Neuankömmling gesetzt hatte, blieb ich nah bei der schönen Fremden. Sie trug ein süßes, aber doch nicht zu schweres Parfüm, der Duft war hinter ihrem Ohr besonders ausgeprägt, und fast hatte ich den Eindruck, als wüßte sie es, denn sie lehnte sich ein wenig zur Seite. Scheinbar unabsichtlich streifte sie mit ihren Haaren meinen Hals.

Die Kugel hatte sich in Bewegung gesetzt. Berge von Jetons lagen auf Rot. Nicht eine Sekunde hatte ich mit dem Gedanken gespielt, noch einmal zu setzen.

Wieder Schwarz. Allgemeines erstauntes Aufatmen.

»Merkwürdig, wenn man einfach nur zuschaut«, sagte ich. Sie schwieg, aber ich fühlte ihre Gegenwart überdeutlich. Vor uns drängten sich zwei Spieler an den Tisch, so daß wir schlechter sehen konnten. Sie trat einen Schritt zur Seite und stand jetzt eng vor mir.

»Können Sie sehen?« fragte sie mich und beugte ihren Kopf leicht nach hinten.

»Gut«, antwortete ich leise. Meine Stimme klang belegt.

»Rien ne va plus . . .«

Der Bauunternehmer hatte nicht mehr gesetzt. Er hielt noch zwei Tausender in den Händen, er schaute auf die Rouletteschüssel, doch ich hatte den Eindruck, daß er gar nicht mehr richtig hinsah.

»Neunzehn, Rot, Impair . . .«

Die Spannung löste sich. Berge von Gewinnen wurden verteilt. Scheinbar desinteressiert betrachteten die einen, angestrengt, so als ob der Gewinn ihnen in letzter Minute noch einmal heimtückisch entfliehen konnte, die anderen den Tisch. Die Verteilung der Gewinne unterbrach den Spielfluß, wir wandten uns ab.

Unsere Gläser waren leer.

»Kann ich Sie noch zu einem weiteren Glas Wein einladen?« fragte ich.

Sie schenkte mir ein Lächeln.

»Ich würde gerne«, sagte sie, »aber ich glaube, ich muß jetzt gehen, wirklich ...«

»Ein andermal?« fragte ich vielleicht ein wenig zu rasch.

Sie blieb stehen, schaute mich an, fast schien ihr Blick ein wenig prüfend zu werden.

»Ich bin meistens mittwochs hier«, sagte sie nach einer Weile. »Vielleicht an einem Mittwoch ...«

»Das wäre schön«, sagte ich. »Ich würde mich freuen ...«

Dann ging sie. Vor dem Ausgang drehte sie sich noch einmal um, winkte kurz und ließ mich in einem Aufruhr von Gefühlen zurück.

Hatte ich eine Eroberung gemacht? Das Herz einer schönen Frau gewonnen? Es war mir noch nie so einfach gefallen. Zu einfach?

Das Geld konnte ich gut gebrauchen, denn unser Konto wies seit geraumer Zeit einige Lücken auf. Und als ich schließlich die sechshundert und die viertausend dazu in der Hand hielt, wurde mein Groll wegen meines entgangenen Börsengewinns geringer. Der Spatz in der Hand war doch auch etwas. Da ich aber den Grundsatz hatte, von allen Gewinnen, die das Leben mir zukommen ließ, einen guten Teil abzugeben, kaufte ich in einer der teuren Parfümerien einen wunderschönen schwarzen Bademantel, der schon seit einiger Zeit Objekt der Begierde von Marion war und wegen seines astronomischen Preises bisher noch keinen Käufer gefunden hatte. Das würde sie sicherlich freuen und mein schlechtes Gewissen hinsichtlich meines Spielbankbesuches besänftigen. Ein schönes Parfüm ließ ich ihr auch noch einpacken.

Dennoch. Die geheimnisvolle Frau aus dem Kasino ging mir nach. Ob sie mich mochte? War der letzte Blick ein Versprechen gewesen? Eine Verheißung?

Sie dürfen sich auf keinen Fall verlieben, hatte mir die Frau aus dem *Cheval Noir* dringend ans Herz gelegt. Aber natürlich, dies war auch keine Kundin, sondern eine jener Eroberungen, die man vielleicht gelegentlich einmal machen konnte.

Ob sie wohl Mittwoch wieder da sein würde?

Allerdings würde ich nächsten Mittwoch für Marion eine Ausrede brauchen. Wir sagten einander fast immer, wohin wir gingen. Ob ich einfach die Wahrheit gestehen sollte? Natürlich nicht die ganze, die ungeschminkte, aber doch eine der vielen Wahrheiten, die das Zusammenleben so sehr erleichtern. Spielbankbesuch – und wenn es etwas später wurde, dann hatte ich eben ein wenig länger gespielt. So würde es gehen.

Nach der Schule fand ich auf meinem Anrufbeantworter einige Telefonate. Frau Mechtersheimer bedankte sich noch einmal und wollte mich in drei Wochen gerne wiedersehen, sie hatte mir sogar schon einen Termin vorgeschlagen, offensichtlich schien es ihr wirklich gefallen zu haben. Dann noch eine junge, offensichtlich sehr schüchterne Stimme, denn sie verschluckte sich mehrfach, bat mich um einen Rückruf. Sie ließ mir sogar ihre Telefonnummer da, was ich an ihrer Stelle bestimmt nicht gemacht hätte.

Am Nachmittag hatte ich sie schließlich an der Strippe. Es ging um eine Familienfeier am Sonnabend. Ob ich wohl, natürlich es sei ungewöhnlich, aber sie würde gerne, natürlich nur, wenn es mir paßte, es sei ja immerhin Wochenende ... Mein Gott, war die aufgeregt.

Am Sonnabend würde Marion wieder von ihrer Fortbildung zurückkommen.

Es sei ganz dringlich, ich sei sozusagen ihre letzte Rettung, eine Hochzeit ihres Cousins, und auf dem letzten Familienfest sei sie auch schon ohne Freund erschienen, noch einmal, sie hätte solch eine Angst davor ...

Irgendwie rührte sie mich. Vielleicht eine junge oder nicht mehr so junge Frau Anfang Dreißig oder Ende Zwanzig, noch nicht so alt, daß der Spott ihrer ländlichen Verwandtschaft so einfach von ihr abperlen konnte. Es klang wie ein Hilferuf. Ich habe jetzt auch einen Freund ...

»Ich bin älter, als Sie vielleicht glauben«, meinte ich vorsichtig, »ich bin vierzig.« Normalerweise sagte ich das nie, fast immer gebe ich mich für Ende Dreißig aus, aber hier schien mir die Wahrheit besser zu sein. Außerdem habe ich seit zwei oder drei Jahren den Verdacht, daß ich wirklich so alt aussehe, wie ich bin. Ein Gefühl, was ich im übrigen nicht allzusehr schätze.

»Das macht nichts«, sagte sie erleichtert, »das macht wirklich nichts, es ist wirklich kein Problem ...«

»Siebenhundert kostet es allerdings«, meinte ich noch. Ich fand den Preis nicht einmal zu hoch, und die junge Frau am anderen Ende der Leitung war erleichtert, bedankte sich noch einmal und legte auf.

Sonnabend.

Marion würde vermutlich gegen Sonnabend nachmittag wiederkommen. Mittwoch wollte ich die schöne Fremde treffen, und bald stand Frau Mechtersheimer wieder auf der Matte ... So langsam kamen mir die Bedenken, ob meine Termingestaltung nicht Zweifel an meiner Zurechnungsfähigkeit nahelegte. Nicht daß ich selbst eines Tages mit ›Mietfrauen‹ herumziehen mußte, weil mir Marion weggelaufen war.

Onkel Heinrich begrüßte mich nach der Trauung mit ländlicher Offenheit.

»Schön, daß wir dich endlich mal zu Gesicht bekommen. Die Wiebke hat dich ja ziemlich lange unter Verschluß gehalten.«

Ich lachte und meinte, daß ich schon länger hätte kommen wollen, aber die Zeit ...

»Du hast wohl einen stressigen Job?« wollte er wissen. Von diskreter Zurückhaltung hielt er offensichtlich nicht viel.

Ich zuckte mit den Schultern. »Wie man's nimmt. Banker, Börsenmakler. Man muß natürlich ziemlich auf dem laufenden sein, auch mal die Nacht aufbleiben. Weißt du, dein Geld hat auch keinen Achtstundentag – und da willst du doch auch, daß wir uns drum kümmern, aber insgesamt geht es schon. Und ich freue mich, daß wir uns jetzt endlich einmal sehen.«

»Wo habt ihr euch eigentlich kennengelernt?« fragte er noch, aber da zog Wiebke mich schon am Arm. »Komm«, sagte sie, »ich muß dich noch Onkel Karl vorstellen.«

Auch Onkel Karl schloß mich gleich in sein Herz, reichte mir eine Hand, in der ich mich verstecken konnte, aber meine Befürchtung, in einem Schraubstock zu landen, erfüllte sich nicht. Der Händedruck blieb zivil. Trotz der Hochzeit von Heike und Jens hatte ich das Gefühl, durchaus eine der Attraktionen zu sein, denn ich wurde zwar nur gelegentlich angesprochen, dafür aber um so intensiver beobachtet. Es war eben ein bißchen auf dem Lande, die Leute sehr direkt, aber nicht uneben.

Auch Wiebke machte auf mich den Eindruck, daß man sich durchaus mit ihr sehen lassen konnte. Sie war etwas klein, ein wenig pummelig, aber lebhaft, mit munteren Augen, und sie sonnte sich in der Begleitung eines gutaussehenden, junggebliebenen Mannes (wenn man das in aller

Bescheidenheit einmal so sagen darf). Schließlich zeigte sie mir mit fast kindlicher Freude Teile des Hofes, den Kuhstall, wo sie vor vielen Jahren einmal beinahe von einem Bullen angefallen worden wäre, was ihre Liebe zu Tieren jedoch nicht beeinträchtigt habe ... Sie plapperte drauflos und schien guter Dinge. Warum sie keinen Freund hatte, war mir schleierhaft.

Ein bißchen hatte ich Angst, daß sie auf die Idee kommen könnte, mich ihren Eltern als zukünftigen Schwiegersohn vorzustellen. Aber sie vermied das Thema, und weil ich auch von den anderen keinen Hinweis auf die Anwesenheit ihrer Eltern erhielt, schloß ich daraus, daß diese nicht da waren.

Es ging zum Mittagessen. Eine lange Tafel war gedeckt worden, Wiebke und ich saßen zusammen zwischen einer Unzahl von Cousins, Cousinen, Freunden, die sich alle kaum aus dem Umfeld ihres emsländischen Heimatortes wegbewegt hatten. Eine lustige Gemeinschaft.

Die Suppe kam, eine Hochzeitssuppe, der süße Wein wurde reichlich ausgeschenkt, und auch das Bier war vorher schon etwas großzügiger bemessen gewesen, als es für einige gut gewesen war, jedenfalls schwankte Onkel Heinrich bereits gefährlich, als er als Brautvater zur Rede ansetzte. Ungelenk erhob er sich, stellte das Weinglas schwer wie eine Milchkanne auf den Tisch und kramte aus seiner Westentasche umständlich einen gefalteten Zettel hervor. Er wollte gerade mit seinem Toast beginnen, als ich das Unglück kommen sah. Für einen Moment verlor er die Balance, sackte leicht nach vorne, stieß gegen das Glas, das den Wein auf den Tisch ergoß, stemmte sich mit beiden Händen auf. Kein Ton kam über seine Lippen, und er stierte mehr oder minder freundlich, aber stumm in die Runde. Keiner schien richtig Anstoß zu nehmen, aber alle warteten auf die Rede, die nicht kommen wollte.

»Liebe ...«, der erste mühsame Ton verriet, daß es heute wohl kaum noch zu einer feierlichen Ansprache kommen würde. Jedenfalls nicht von ihm. Aber auch keiner der anderen machte Anstalten, in die Bresche zu springen. Tante Nicole-Jeanette zog ihn beharrlich am Ärmel und forderte ihn so indirekt auf, die Vorstellung zu beenden, aber mit der Störrischkeit eines Betrunkenen blieb er stehen und schüttelte die Hand seiner Frau unwillig ab.

So langsam begann die Vorstellung peinlich zu werden.

Mit einem Ruck erhob ich mich. »Ich bin zwar der Jüngste hier im Kreis – nicht vom Alter her, natürlich, aber ich kenne die wenigsten ... Und doch habe ich mich in diesen wenigen Stunden, in denen ich euch alle hier kennenlernen konnte, wohl gefühlt. Ganz besonders aber ...« Es war eine Rede aus dem Stegreif, kurz, pointiert, humorvoll und voller Herzlichkeit. Ich fühlte die Blicke aller auf mich gerichtet, und als ich schließlich mein Glas hob und dem Brautpaar zuprostete, war mir der Beifall sicher. Im allgemeinen Zuprosten konnte auch Onkel Heinrich wieder zum Sitzen genötigt werden, Jens, der Bräutigam bedankte sich und gab der Hoffnung Ausdruck, daß sie bald wieder zu einer neuen Hochzeit, und dabei schaute er ganz offen in die Richtung von Wiebke und mir, zusammenkommen würden. Und an Wiebkes strahlendem Gesicht konnte ich erkennen, daß ihr der Gedanke nicht unlieb war.

»Wollt ihr wirklich nachher schon fahren?« fragte mich Jens nach dem Essen. »Wiebke hat doch noch ihr altes Zimmer, also bitte, es ist gar kein Umstand. Jetzt abhauen, das geht doch auf gar keinen Fall ...«

Ich murmelte etwas von einer dringenden Verpflichtung.

»Ach Quatsch, Verpflichtung«, unterbrach mich Jens. »Deine Bank hat morgen am Sonntag sowieso zu. Und deine Überstunden kannst du auch ein anderes Mal abreißen ...«

Wiebke schaute mich fragend an. Ihr Einverständnis hatte

ich mit Sicherheit. Aber sie drängte auch nicht. »So dringend kann doch deine Verpflichtung gar nicht sein«, insistierte Jens. Der kannte allerdings auch Marion nicht.

»Ich glaube, wir sollten doch lieber fahren«, meinte Wiebke schließlich und stand mir zur Seite.

Jens schüttelte den Kopf. »Aber zum Tanzen bleibt ihr doch noch da.«

Wiebke schaute mich nicht an, aber ich spürte, wie gerne sie es gewollt hätte. So blieb ich. Und erst am späten Abend fuhren wir zurück.

Wir sprachen wenig. Mir stand das Gespräch mit Marion vor Augen, der fürchterliche Krach, den es mit Sicherheit geben würde, und Wiebke hing wohl eigenen Gedanken nach. Kurz vor Hannover sagte sie nur einmal etwas: »Danke für den schönen Tag und den schönen Abend. Seit dem Unfall vor vier Jahren habe ich mich nicht mehr so wohl gefühlt. Danke.«

»Welcher Unfall?« fragte ich nach.

»Vor vier Jahren sind wir alle verunglückt, Marc, mein Verlobter, meine Eltern, ich. Nur ich habe überlebt. Ganz allein. Ein Betrunkener auf dem Weg nach Hause . . .«

Ich schwieg. Der Motor meines BMW surrte, und in der Dunkelheit setzte ich sie schließlich zu Hause ab.

»Auf Wiedersehen bis zum nächstenmal«, wollte sie wohl sagen, aber sie verschluckte den Satz, noch bevor er richtig ausgesprochen worden war. Und so bedankte sie sich nur noch einmal, gab mir mein Geld, und als ich nach Hause fuhr, sah ich im Rückspiegel, daß sie mir lange nachschaute.

Die gefürchtete Auseinandersetzung mit Marion blieb aus. Sie war einfach nicht da. Keine Spur zeugte davon, daß sie jemals angekommen war. Stunden über der Zeit. Ich fand meinen Zettel vor, in dem ich versprach, so gegen sechzehn

Uhr wieder zu Hause zu sein, ein Versprechen, das ich nie hätte einhalten können. Aber immerhin war ein gebrochenes Versprechen noch besser als gar keins. Jetzt ging es auf halb zwölf Uhr zu. Mein Gefühl der Erleichterung wich dem der Besorgnis. Die wildesten Befürchtungen fielen über mich her. Ein Unfall? Oder hatte sie gar vor, mich zu verlassen? Gab es einen anderen Mann? Ohnehin, eine merkwürdige Fortbildung, die sich bis zum Sonnabend hinzog.

Ich schenkte mir einen Calvados ein, drückte auf die Fernbedienung des Fernsehers und sah die späten Reste eines Liebesdramas. Die Handlung floß an mir vorbei. Gegen zwölf ging ich ins Bett, aber an Schlaf war nicht zu denken.

Marion kam schließlich gegen zwei, murmelte etwas von einer Autopanne und schlief bald ein.

»Du kamst gestern sehr spät«, stellte ich am Morgen beim Frühstück fest. Entgegen meiner Absicht hatte meine Stimme einen schärferen Klang.

»Ich habe dir schon gesagt, daß wir eine Panne hatten«, stellte Marion klar.

»Und anrufen konntest du nicht?«

Hoffentlich hatte sie nicht wirklich angerufen.

»Es waren nur Kartentelefone erreichbar, und meine Karte war alle ...« Offensichtlich schien Marion ein schlechtes Gewissen zu haben. Sollte sie ruhig. Trotzdem ließ mich die Vorstellung nicht los, sie könnte mir in der vergangenen Woche untreu geworden sein.

»Wie war die Fortbildung?«

Diese Art von Frage- und Antwortspiel kannte ich zur Genüge. Es war meist Vorbereitung eines größeren Krachs. Nur gut, daß in diesem eindeutig ich im Recht war. Schließlich war es Marion gewesen, die mitten in der Nacht zu Hause auftauchte.

Marion entgegnete irgend etwas Nichtssagendes.

Übertreib es nicht, sagte ich mir, denk an deine Termine in der nächsten Woche, und mach hier keinen Zirkus. Sollte ich ihr einfach die Wahrheit sagen? Meinen Nebenjob erklären?

Wortreich entschuldigte sich Marion noch einmal. Bestimmt war etwas vorgefallen. Und sei es nur, daß diese ganzen Frauen wieder mal einen Plan ausgeheckt hatten, das Patriarchat zu stürzen und dabei bei ihren Ehemännern anzufangen. Doch wenn ich es recht bedachte: Zu einem Streit hatte ich überhaupt keine Lust. Gar keine.

»Ich habe etwas für dich«, sagte ich plötzlich und holte den neuen Bademantel und das Parfüm, sah, wie sie die Verpackung voller Spannung öffnete und sich ehrlich freute.

Ein Leuchten ging über ihr Gesicht. Sie sah schön aus, wenn sie sich freute.

»Du bist verrückt«, sagte sie. »Du bist verrückt, so viel Geld auszugeben ...«

Ich lächelte nur. Dann holte ich zwei Tausender heraus und legte sie auf den Tisch.

Fragend schaute Marion mich an.

»Die habe ich gewonnen«, erklärte ich und gab einen etwas gekürzten Bericht über meinen Spielbankbesuch.

»Du bist lieb, so lieb«, flüsterte sie mir zu. Und in diesem Augenblick fand ich sie begehrenswerter denn je. Und sie mich offensichtlich auch.

5

In die harmonische Friedlichkeit des Nachmittags platzte das Klingeln des Telefons. Marion hantierte unten im Keller.

»Ich geh' schon ran«, rief ich.

Ich ließ das Telefon zweimal läuten, hob dann ab und meldete mich mit einem freundlichen, aber gedehnten und unbestimmten »Ja«.

Die Frauenstimme kannte ich nicht. Sie klang gepreßt und ein wenig unsicher.

»Habe ich die Nummer 8256789 gewählt?« fragte sie.

»Sie sind richtig verbunden«, meinte ich und gab meiner Stimme einen tieferen und sympathischen Klang.

»Sie hatten eine Anzeige in der HAZ aufgegeben ...«

Ich bestätigte. Los, Mädchen, mach es nicht so spannend.

»Ich würde Sie gerne engagieren ...« Zunehmend gewann ihre Stimme etwas mehr Sicherheit.

»Das würde mich freuen. An welchen Termin hatten Sie denn gedacht?«

»Dienstag nachmittag?«

Dienstag hatte ich nichts vor. Marion war natürlich zu Hause, wahrscheinlich mußte ich für sie eine Konferenz vorschieben. Es mochte gehen.

»Kein Problem. Und an welche Zeit und welchen Ort dachten Sie?«

»Könnten wir uns bei dem Eingang vor dem Zoo treffen? Sechzehn Uhr?«

Auffälliger ging es wohl wirklich nicht. Trotzdem, die Kundin war König.

»In Ordnung«, bestätigte ich. »Und wie erkenne ich Sie?«

Sie zögerte.

»Ich sehe nicht aus wie ein Gorilla«, sagte ich. »Sie brauchen keine Angst zu haben.«

»Ich ... ich werde zwei Eintrittskarten in der Hand halten und außerdem noch einen gelben Prospekt, und ... ich werde auf dem Platz vor der Kasse auf Sie warten ...«

Offensichtlich war ihr ihre Anonymität wichtig.

»Ist gut, sechzehn Uhr, zwei Karten und ein gelber Prospekt«, bestätigte ich.

Ich erwartete jetzt, daß sie auflegen würde, doch ich hörte durch den Hörer ihren Atem schneller gehen. Offensichtlich wollte sie mir noch etwas sagen. Ich schwieg und fühlte, wie sie mit sich zu ringen schien. Irgend etwas hatte sie noch auf dem Herzen. Etwas Wichtiges.

»Wollen Sie mir noch etwas sagen?« fragte ich leise.

Ich hörte sie schlucken.

»Ich bin HIV-infiziert«, sagte sie plötzlich unvermittelt. »Ich bin HIV-positiv, und das wollte ich Ihnen sagen. Und wenn Sie jetzt nein sagen, nehme ich es Ihnen nicht übel. Ich kann Sie verstehen.«

Es traf mich wie ein Schlag. Alles hatte ich erwartet, nur das nicht. AIDS. Es war das erste Mal, daß ich damit überhaupt in Berührung kam. Ich fühlte eine sehr erklärbare Abneigung. Furcht. Und noch etwas anderes. Bisher war es alles so theoretisch gewesen, ein Gesellschaftsspiel, das ich auch sein lassen konnte, wenn es mir nicht mehr gefiel. Ein Gag. Diese Stimme war kein Gag mehr. Dies war kein Partyspiel. Dies war Angst, Einsamkeit, Verzweiflung. Dies war der Rohstoff, aus dem ich Kapital schlagen wollte. Eine Mischung von Mitgefühl, Selbstekel und vielleicht auch Furcht jagte in mir hoch.

»Sind Sie noch dran?« hörte ich ihre Stimme.

Jetzt klang meine Stimme belegt. »Kein Problem, Dienstag sechzehn Uhr.« Ich redete mechanisch, ein lang eingeübtes Programm von Hilfsbereitschaft lief an, ohne daß ich ernstlich etwas dagegen machen konnte. »Ich bin da, und ich freue mich auf unser Treffen.«

»Ich mich auch, danke schön.« Ihre Stimme war kaum zu verstehen. Weinte sie etwa?

»Machen Sie es gut«, sagte ich noch, dann legte sie auf.

Marion stapfte nach oben. »War was?« fragte sie.

Ich schüttelte den Kopf. »Falsch verbunden.«

Als ich auf den Parkplatz fuhr, war es zehn vor vier. Ich war früher da als verabredet. Denn ich bin einer der altmodischen Menschen, die Unpünktlichkeit nicht ausstehen können, und fühle mich auch selbst bei Einladungen immer wieder düpiert, wenn mich andere lange auf ihre ach so geschätzte Anwesenheit warten lassen. In solchen Augenblicken, die sich zu Viertelstunden, halben Stunden, Stunden dehnen können, gewinnen auch die sonst unwichtigsten Gestalten auf einmal eine Bedeutung. Irgendwann habe ich festgestellt, daß dieses sinnlose Warten Lebenszeit vergeudet, und da es meine Lebenszeit ist, hasse ich es. Vermutlich ist diese Ansicht falsch, denn fast alle anderen Zeitgenossen kommen ohne sie besser durchs Leben. So war ich wieder einmal überpünktlich.

Der Zooparkplatz wirkte verwaist. Der verhangene Himmel wirkte trostlos. Zwar hatte ich fast den ganzen Parkplatz für mich allein, aber ich stellte meinen schwarzen BMW neben ein rotes Mazda-Cabrio. Autos mögen Gesellschaft, und den kleinen Flitzer neben mir mochte ich, und wenn Marion nicht gerade bei ihren Freundinnen oder kurz bei unserer Bank vorbeigeschaut hatte, lag sie mir in den Ohren, daß wir auch so einen kaufen sollten.

Überall hatten sich die Reifenabdrücke der Autos eingegraben, der leichte Regen der letzten Tage hatte den Platz mit einer Schicht dünnen Schlamms überzogen. Ich hatte keine Lust, in diesem Regen und dem leichten Schlamm herumzustapfen und blieb erst einmal vorsichtig im Auto.

Ohnehin war mir die Art des Treffpunkts alles andere als sympathisch. Eine Nummer diskreter hätte es auch getan. Schließlich fanden Konferenzen selten im Zoo statt.

Vor dem Kassenhäuschen standen drei Frauen mit ihren Kindern im Gespräch. Davon war es sicherlich keine. Der alte Mann weiter hinten, der in seinem zerlumpten Mantel in den Abfallkörben herumstocherte, war es sicherlich auch nicht. Ich wartete. Noch war ja Zeit. Ein Pärchen mit einem Buggy und einem offensichtlich unwilligen Balg darin hastete von der Straßenbahnhaltestelle zur Kasse und wurde mit lautem Hallo von den drei Frauen begrüßt.

Hausmann mit vier Frauen, ging es mir durch den Kopf. Vielleicht der ›neue Mann‹? Obwohl ich offen gestanden auf die Entfernung nicht genau erkennen konnte, wer von den beiden Neuankömmlingen der Mann war, denn sie waren beide in die gleiche grau-braun-naturfarbene Kleidung gehüllt, und auch die Camelboots schienen gleich zu sein. Vermutlich hatten sie auch vollwertige Müsli-Riegel dabei, und die Kinder lauerten auf die erste Gelegenheit, bei der sie selbständig zu McDonalds gehen konnten. Hin und wieder ein Rentner, noch drei weitere Frauen mit Kindern, aber eine einsame Frau war noch nicht aufgetaucht.

Es war vier. Vermutlich war sie – genau wie die meisten Menschen – unpünktlich. Eine Viertelstunde wollte ich ihr noch geben, aber vielleicht beobachtete sie mich ebenfalls von einem nicht einsehbaren Plätzchen aus. Kurz entschlossen stieg ich aus, wich gekonnt der großen Pfütze direkt vor dem Auto aus und stapfte wenig elegant mit festgehaltenen Hosenbeinen durch den Morast, der doch tiefer war als angenommen. Nach wenigen Schritten hatte ich Begleitung. Die Tür des Cabrios war aufgegangen, und eine gutaussehende, dezent geschminkte Frau stapfte in ähnlich wenig anmutigen Schritten über den Parcours. Einmal verlor sie beinahe die Balance, und mit einem leisen Schrei griff sie nach meiner Hand. Ich rettete sie vor der Wasserlache, deren Opfer ich auch beinahe geworden wäre, und zusammen strebten wir dem Eingang zu.

Zu allem Überfluß hatte es jetzt noch angefangen zu regnen, es wurde kalt. Insgeheim beschloß ich, eine Erschwerniszulage zu fordern. Wenn die Frau denn überhaupt noch kam.

Ich drückte mich in den überdachten Eingang, der wenigstens etwas Schutz vor dem Nieselregen bot, aber die Kälte kroch trotzdem in mir hoch. Die Frau neben mir fröstelte auch.

»Ungemütlich«, sagte ich, nur um ein Gespräch zu beginnen.

»Kann man wohl sagen«, meinte sie und schenkte mir ein Lächeln. Gleichzeitig musterte sie wie ich die Straßenbahn, die gerade wieder einen Schwung von Zoobesuchern ausspuckte. Frauen mit Kindern, Großmütter, drei, vier Paare und tatsächlich, da kam sie: etwas klein, vielleicht einssechzig, wie ich auf die Entfernung schätzte, ein wenig pummelig, aber ganz nett anzusehen. Nun, blamieren würde ich mich nicht mit ihr, und heiraten brauchte ich sie nicht. Sie ging allein, aber ihr Blick war suchend. Gleich wird sie Karten kaufen, ging es mir durch den Kopf, und richtig, sie löste zwei und schlenderte ziellos ein paar Schritte hin und her. Sie wirkte aus der Nähe älter, als ich sie mir vom Telefon her vorgestellt hatte, vielleicht Anfang Fünfzig, ein Sportvereinstyp. Plötzlich blickte sie in meine Richtung, ein freudiges Erkennen überzog ihr Gesicht und machte es für einen Augenblick schön. Dann eilte sie auf mich zu. Doch bevor ich noch etwas sagen konnte, war sie schon vorbei und warf sich einem neu hinzugekommenen Mann in die Arme. Ich blickte diskret weg.

Eine Viertelstunde über der Zeit. So langsam kam der Ärger in mir hoch. So ein Spaß war das Warten nun auch wieder nicht. Offensichtlich aber hatte die Frau aus dem Mazda neben mir ähnliche Gedanken.

»Warten Sie auch?« fragte ich wenig originell.

»Mein Bekannter müßte gleich kommen«, sagte sie. Schade, für einen Augenblick hatte ich gedacht, sie sei meine Verabredung.

»Meine Bekannte müßte eigentlich schon da sein«, meinte ich auch. Ich konnte ihr ja kaum erzählen, daß ich auf eine wildfremde Frau wartete.

Allein zu warten ist langweilig, und offensichtlich hatte die Frau neben mir ähnliche Gedanken. Ich merkte, wie sie anscheinend nach einer Gesprächseröffnung suchte. Nun waren solche Einleitungsfloskeln noch nie meine starke Seite, aber da mir das Risiko gering erschien, setzte ich nach einer kurzen Weile hinzu: »Haben Sie schon Karten gekauft?«

Sie nickte. »Doch, zwei, er wollte auch gleich kommen.«

Ich lachte. »Also, wenn wir beide versetzt werden, dann schlage ich einen gemeinsamen Gang zum Affenhaus vor.« Warum ich gerade Affenhaus sagte, weiß ich nicht, aber sie lachte darüber, und das erste Eis war gebrochen.

»Die Wege dort sind asphaltiert«, fügte ich noch hinzu.

»Das ist jetzt wohl auch egal«, meinte sie nur und wies auf die eingetrockneten Dreckspritzer auf ihrer Hose. Dennoch schien sie die Sache nicht tragisch zu nehmen.

Zwanzig nach vier. Ungeduldig blickte ich auf die Uhr. Jetzt reichte es langsam. Zur Not konnte ich auch allein durch den Zoo gehen.

»Ich glaube, man hat mich versetzt«, sagte ich. »Ich gehe jetzt allein – haben Sie Lust mitzukommen?«

Einen Augenblick wirkte sie überrascht und zögerte.

»Ihr Freund ist bestimmt aufgehalten worden«, sagte ich, »und wenn, dann kommt er nach und findet Sie bestimmt im Zoo.«

Ich glaube, es waren nicht meine Worte, die sie überzeugten, sondern eher die Kälte, die langsam ungemütlich wurde.

»Ich lade Sie zu einer Tasse Kaffee ein«, entschied ich.

Sie willigte ein, gab die Karten bei der fröstelnden Kontrolldame in ihrer städtischen Uniform ab, und wir waren froh, uns wieder bewegen zu können.

»Passiert Ihnen das häufiger, daß Sie einfach fremde Damen zum Zoobesuch einladen?« fragte sie auf einmal unvermittelt, als wir ein paar frierende Enten passierten.

»Nein«, sagte ich, »eigentlich nicht. Aber die Dame, auf die ich gewartet habe, ist nicht gekommen.«

»Dann bin ich also eine Lückenbüßerin?« Sie lachte.

Sie hatte ein angenehmes Lachen, das mir unbeschwert erschien. Insgeheim verglich ich sie mit Marion. Eine Frau, die um Klassen besser war. Gut angezogen, nicht diese ewigen Birkenstock-Schuhe, elegant, trotz der Dreckspritzer an der Hose. Die Schuhe waren übrigens teuer, dafür hatte ich einen Blick.

»Nein«, sagte ich, »Sie wissen genau, daß Sie keine Lückenbüßerin sind. Ich muß mich aber bei Ihrem Bekannten bedanken, der die Verabredung heute wohl nicht wahrgenommen hat. – Sehr leichtsinnig übrigens, eine Frau wie Sie zu verärgern.«

Sie lachte wieder und gab das Kompliment zurück.

Der Nieselregen war wieder etwas stärker geworden, und an den bengalischen Tigern und südamerikanischen Panthern vorbei, die sich wohl auch ein angenehmeres Wetter wünschten, huschten wir in das düstere Zoo-Café. Fast alle Besucher schienen sich hier versammelt zu haben. Kinder schrien und spielten zwischen den Kellnern Fangen, Mütter beruhigten, und zwei Ökoväter versuchten ohne rechten Erfolg, väterliche oder wohl besser elterliche Autorität durch argumentative Darlegungen zu ersetzen.

In unmittelbarer Nachbarschaft einer Ökogroßfamilie mit ein paar Schmuddelkindern fanden wir schließlich ein freies Plätzchen.

»Haben Sie auch Kinder?«

Ich schüttelte den Kopf. »Und Sie?«

»Nein«, sagte sie, und für einen Augenblick flog ein Schatten über ihr Gesicht.

Der Kaffee kam, und sie wollte mich unbedingt einladen. Das Portemonnaie steckte in ihrer schwarzen Handtasche, hatte sich aber offensichtlich verhakt. Jedenfalls dauerte es einige Zeit, bis sie ihre Börse der unwilligen Handtasche entwunden und den gelangweilt dastehenden Kellner entlohnt hatte. Für einen winzigen Moment konnte ich in ihre Tasche hineinschauen. Ein Lippenstift, ein Notizbuch, die durchgerissenen Eintrittskarten, den gelben Prospekt einer Kunstausstellung, ein Taschenspiegel.

Der gelbe Prospekt fiel mir auf. Sollte sie etwa ...?

»Kunst gibt es hier nicht zu sehen«, meinte ich vorsichtig. »Aber das Gelb des Prospektes in Ihrer Tasche sieht schon schön aus.«

Einen Augenblick musterte sie mich ungläubig.

»Haben Sie etwa auf eine Dame mit gelbem Prospekt gewartet?« fragte sie überrascht.

»Und Sie auf einen Herrn, der sie daran erkennen sollte?« gab ich zurück.

Dann lachten wir beide.

»Und ich wollte schon nach Hause fahren«, meinte sie.

»Und ich war vielleicht stinksauer«, ergänzte ich.

Dann schwieg ich einen Augenblick. »Warum haben Sie den Prospekt nicht herausgeholt?«

»Ich hatte Angst«, gestand sie. »Wer weiß denn, wer da auf einmal vor einem steht. Und auf Sie wäre ich nie gekommen.«

Ich fragte nach, wie sie das meine.

Sie musterte mich übertrieben eingehend.

»Sie sahen mir einfach nicht so aus.«

Dieses Kompliment schien mir mindestens zweideutig zu sein, und ich bat um Aufklärung. »Wie sollte ich denn aussehen, Ihrer Meinung nach?«

»Ach, es gibt da einen gewissen Film ...«

»Richard Gere. *Ein Mann für gewisse Stunden* ...«, ergänzte ich. Und etwas ungehalten fügte ich hinzu: »Sind Sie jetzt enttäuscht?«

Ihr Gesicht verlor den schelmischen Ausdruck und wurde ernst. Zum ersten Mal sah ich sie traurig. »Nein«, sagte sie leise. »Ganz und gar nicht. Ganz und gar nicht«, wiederholte sie noch einmal, aber mehr für sich. Die Heiterkeit war von ihr abgefallen.

»Ich habe Ihnen doch gleich gesagt, daß ich nicht wie ein Gorilla aussehe, vielleicht nicht wie Richard Gere, aber kein Gorilla, hoffe ich jedenfalls ...« Mein Scherz funktionierte nicht. Sie lächelte bemüht, aber es war wie eine durchsichtige Creme, die die Traurigkeit ihres Gesichtes eher noch betonte als verdeckte.

»Ich glaube, es hat aufgehört zu regnen«, meinte ich schließlich, »wollen wir gehen?«

Wir gingen durch den regennassen Zoo. Den Pinguinen und Seehunden schien das Wetter nicht viel auszumachen, aber die meisten anderen Tiere hatten sich in den Schutz ihrer Käfige verkrochen. Der Frau an meiner Seite schien das Wetter nichts mehr auszumachen. Als ob ein Damm gebrochen wäre, sprudelte es aus ihr heraus. Ich habe so etwas manchmal bei Zugfahrten erlebt. Zusammen mit einer wildfremden Person im Abteil, es ergibt sich ein Gespräch, zunächst ein kleiner, unbedeutender Anlaß, Persönliches wird ausgetauscht, und nach kurzer Zeit ist man bei den wichtigsten Problemen. Ehe, Partnerschaft, berufliche Schwierigkeiten. In dem sicheren Bewußtsein, einander nie wiederzusehen. Ich hörte zu. Manchmal eine Zwischenfrage, aber meist redete sie. Nicht wie ein Wasserfall, aber ich spürte ihre Erleichterung, endlich das Herz einmal ausschütten zu können.

Seit drei Monaten wußte sie es. Seit drei Monaten. Ein zufälliger Test vor einer Blinddarmoperation. Reden? Sich mit einer Freundin aussprechen?

Sie schüttelte entschieden den Kopf.

»Ich habe einmal erlebt, wie eine entfernte Bekannte sich öffnete. Innerhalb von Wochen schlossen sich vor ihr alle Türen. Keine Freunde, nichts. Es folgte das soziale Vakuum. Natürlich nicht mit ehrlicher Begründung. Man ist ja tolerant. Natürlich. Aber die Zeit, wir haben doch alle zu wenig Zeit, oder nicht? Und dann stehst du allein. Und soweit, in eine Selbsthilfegruppe zu gehen, soweit bin ich noch nicht. Ich lebe so weiter wie bisher. Spiele mein Leben, ich mache meine Arbeit, stehe ein bißchen neben mir, meist mehr, manchmal weniger.«

»Und Ihr Freund?« fragte ich.

»Das ist vorbei. Ich habe keinen«, sagte sie hart. Ich fragte nicht nach. Wir schwiegen. Natürlich hätte ich auch von meinen Problemen reden können. Von meinem Traum, meinem Wunsch nach Geld, meinem Jaguar, aber es wäre mir abgeschmackt und ziemlich klein erschienen.

So gingen wir. Noch einmal an den Pinguinen vorbei, dem Kinderspielplatz, wo die Horden der kleinen Ökokinder gerade über eine frei herumlaufende Ziege, die aus der Streichelwiese entkommen war, herumhetzten, während ihre Mütter die neusten Müslirezepte austauschten, dem Affenhaus, den Löwen. Dann standen wir am Eingang vor unseren Autos.

Sie blickte mich scheu an. Auf einmal verlegen, so, als ob sie zuviel gesagt hätte. Aber trotz aller Hilfsbedürftigkeit, aller Traurigkeit wirkte sie stark.

In diesem Augenblick fand ich sie großartig. Lebensmutig. Einem plötzlichen Impuls folgend trat ich einen Schritt auf sie zu und schloß meine Arme um sie.

»Ich bewundere Sie«, sagte ich leise zu ihr. »Sie sind mutig, sind schön.« Der Gedanke, sie billig zu trösten, kam mir nicht. Kein Es-wird-schon-wieder-besser-Getue.

»Ich bewundere Sie«, wiederholte ich. »Und ich habe den Nachmittag gerne mit Ihnen verbracht. Sehr gerne sogar. Und ich wünsche Ihnen das Glück, das Sie verdienen.«

In ihren Augen sah ich Tränen glitzern. Ich fühlte, daß sie etwas sagen wollte, aber sie brachte nur ein »Danke« heraus. Und plötzlich, ein Lächeln glitt über ihr Gesicht, schien sie auf vertrautes Gelände zu kommen.

»Ich hatte mich gar nicht nach Ihrem Honorar erkundigt . . .«, sagte sie.

»Vergessen Sie das Honorar«, entgegnete ich. »Ich habe einen schönen Nachmittag mit einer schönen und interessanten Frau verbracht. Ich bin es, der sich zu bedanken hat.«

Ich sah, wie sie protestieren wollte, aber ich legte ihr zum Abschied nur kurz die Hand auf die Schulter.

»Lassen Sie es gut sein«, meinte ich. »Nehmen Sie es so, wie es gemeint ist.« Dann stieg ich ein. Während ich aus dem Parkplatz fuhr, schaute ich in den Rückspiegel. Sie stand neben ihrem Mazda und blickte mir nach.

Meine Unterrichtsvorbereitung war auch schon mal besser gewesen. Langjährige Routine, das Wissen, daß die Schüler eine hohe Meinung von mir hatten, daß es stets Gedrängel gab, wer in meine Kurse in die Oberstufe gehen konnte, das alles schuf ein Polster, von dem ich jetzt zehrte. Eine Speckschicht für schwierigere Zeiten. Glücklicherweise hatte ich noch keine Klausuren zu korrigieren, denn die hätten mich jetzt bestimmt ins Schwitzen gebracht.

Der gestrige Tag, das Gespräch mit der HIV-infizierten Frau beschäftigte mich immer noch. Ich empfand Mitleid, und wie schon bei Wiebke am Wochenende, so mußte ich mich auch bei ihr ermahnen, mich emotional nicht zu sehr zu engagieren. Alle diese Frauen, die ich kennengelernt, die mich aus den unterschiedlichsten Gründen gemietet hatten, alle hatten sie etwas gehabt. Aber es war ein Geschäft gewesen. Ein Geschäft, bei dem ich letztlich cool bleiben mußte. Und dabei sollte es auch bleiben.

Heute war es ganz anders. Freiwillig. Der Glanz der Tausendmarkscheine hatte Marion bewogen, es mich noch einmal versuchen zu lassen. Ich hatte versprochen, maximal dreihundert einzusetzen, aber ich wußte, daß ich wieder das System spielen würde, was mir Glück gebracht hatte. Und, ich würde *sie* treffen. Marion war gewiß in Ordnung, aber wir waren nun schon seit mehr als zwanzig Jahren zusammen. Und ein kleines oder großes Abenteuer konnte wohl kaum schaden. In den lichteren Momenten überlegte ich mir natürlich, daß eine kleine oder große Liebschaft in meiner Situation alles andere als einfach war. Es war wie der Drahtseilakt eines Artisten, der ins Stolpern gerät und immer schneller vorwärts läuft, in der Hoffnung, rechtzeitig vor dem Absturz das rettende Ende des Seils zu erreichen. Tief im Inneren ahnte ich, daß dieses Beispiel falsch gewählt war, denn mich zwang keiner, weiterzulaufen. Von heute auf morgen konnte ich meine Termine absagen, mein Telefon abbestellen, mir eine andere Nummer geben lassen. Aber ich wußte, daß ich es nicht machen würde.

Die Sonne ging gerade unter, der Maschsee lag in fahlem Gold, ein Blick durch den noch mäßig gefüllten Saal des Kasinos. Wo war sie?

Sie stand an dem kleinen Roulette-Tisch, ganz wie das letzte Mal. Sie trug das gleiche oder doch ein ähnliches Kleid. Schwarz, eng und dünn. Und wieder setzte sie Tausender. Der Tisch war schwach besetzt, der größte Teil der Besucher würde noch kommen, nur ein paar thailändische Frauen spielten unverdrossen mit geringen Beträgen an einem der anderen Tische. Es schien ihnen gleichgültig zu sein, ob sie gewannen oder verloren, und der Sinn ihres Spiels war mir nicht ganz klar.

Sie hingegen betrachtete gespannt den Lauf der Kugel, aber hinter ihrer Konzentriertheit fühlte ich, wie sie vor allem mich beobachtete. Ich nahm neben ihr Platz und grüßte sie mit einem Kopfnicken.

»Neunzehn, Rot, Impair . . .«

Ihr Tausender wurde eingezogen.

»Ich hoffe, ich bringe Ihnen kein Unglück«, sagte ich leise und wandte mich ihr zu. Da war er wieder, der Hauch ihres Parfüms, der Duft ihrer Haare . . .

Sie schwieg und setzte einen neuen Jeton. Auf Schwarz.

»Nein«, sagte sie, »ich glaube nicht, daß Sie mir Unglück bringen.«

Dann schaute sie wieder auf den Tisch. Die Kugel rollte.

Ich setzte nicht. Ich war zu abgelenkt, ich hatte nicht einmal die Anzeige der Zahlen richtig registriert, ich saß da wie ein Pennäler vor seiner ersten Verabredung.

»Siebenundzwanzig, Rot, Impair . . .«

Wieder griff der Rechen des Croupiers zu.

Sollte ich sitzen? Und was? Mit einem Hunderter durfte ich hier sicherlich nicht ankommen, wenn ich ihr imponieren wollte. Ich setzte einen Fünfhunderter auf Impair. Sie setzte auf Pair.

»Wenigstens wird einer von uns gewinnen«, meinte ich.

Sie nickte. Schon das letzte Mal war sie nicht besonders gesprächig gewesen, zurückhaltend und dann doch so seltsam lockend, besonders der Blick zum Schluß. Sicherlich tat sie nur so abweisend.

Pair – Impair. Eines würde kommen. Oder eine Null, dann

hätten wir beide verloren. Die Kugel rollte, und ich setzte rasch einen Hunderter auf die Null.

Die Kugel verlangsamte klackernd ihren Lauf, das ›Rien ne va plus‹ hatte ich schon nicht mehr gehört, sprang in eines der Fächer, hüpfte heraus und blieb schließlich endgültig liegen.

Null.

Der Croupier schob mir dreitausendfünfhundert zu. Die einfachen Chancen wurden auf halb gesetzt.

Die Kugel rollte noch einmal.

»Neun, Rot, Impair . . .«

Ihr Einsatz verschwand, ich erhielt meinen wieder. Der Croupier wechselte.

»Ich hatte gehofft, daß Sie da sein würden«, sagte ich in die Pause hinein. Manchmal war Direktheit das Beste.

Zum ersten Mal schenkte sie mir ein Lächeln. Ein leichtes, aber dennoch strahlendes Lächeln, das ihre ebenmäßigen Zähne zeigte. »Ich hatte Ihnen doch gesagt, daß ich da sein würde . . .«

»Wir sollten auf die gleichen Zahlen setzen«, schlug ich vor, »dann haben wir beide vielleicht gemeinsam Glück.«

»Schlagen Sie etwas vor.«

Ich schlug Schwarz vor.

Das Rollen der Kugel verfolgt ich nur mit mittelmäßiger Aufmerksamkeit.

Und auch sie schien abgelenkt zu ein. Daß wir gewannen, registrierten wir nur beiläufig.

Etwas tief im Hals schnürte meine Kehle zusammen. Das Gefühl von Unsicherheit verdichtete sich, der Reiz der Gefahr war spürbar. So müssen sich Jäger fühlen.

»Wollen wir an der Bar etwas trinken?« Meine Stimme klang gepreßt, belegt und rauher, als mir lieb war. Täuschte ich mich, oder schien sie tatsächlich leicht zu schmunzeln?

Sie schenkte mir erneut ein Lächeln und erhob sich. Sie

ging vorweg, aber etwas langsamer als ich, so daß ich es nicht vermeiden konnte, sie leicht zu streifen.

Auf einem der Hocker nahm sie Platz.

»Darf ich uns einen Prosecco bestellen?« fragte ich.

»Das fände ich schön.« Ihre Stimme klang melodisch und nicht geziert. Sie schlug die Beine übereinander und saß einfach nur da. Ihre schwarzen Haare fielen über ihre hellen Schultern, das letzte Licht des Abends drang durch die getönten Panoramascheiben, die den Blick auf die Kulisse des abendlichen Sees öffneten. Im Hintergrund die Geräusche der Spieltische. »Faites vos jeux« – ich war bereit, mein Spiel zu machen.

Der Prosecco, mit dem wir einander zuprosteten, war vermutlich gut oder vielleicht auch sehr gut, aber obwohl ich ihn lobte, schmeckte ich ihn nicht.

Ich fühlte seine Kühle auf der Zunge, das Prickeln der Kohlensäure, merkte, daß die Gläser beschlagen waren und daß mein Glas am Fuß einen kleinen Sprung hatte, sonst nichts.

»Ich habe mich gefreut, Sie zu sehen«, sagte ich, nur um etwas zu sagen, und ich sagte das, was mir auf der Seele lag.

Die schaute mich ernst und prüfend an. »Ich habe mich auch gefreut«, entgegnete sie.

Dann schwiegen wir beide. Sie hielt ihr Glas in der Hand, hatte es nicht abgestellt, und beim Betrachten ihrer Finger fiel mir auf, daß sie ihren Ring nicht trug. Ihren merkwürdigen, auffälligen Rubin.

»Sie haben Ihren Ring nicht angesteckt«, sagte ich, nur um etwas zu sagen.

»Nein«, meinte sie, »er war ein Geschenk, und ich wollte ihn heute nicht tragen.«

»Haben Sie auf mich gewartet?«

Sie stellte das Glas ab, legte die Ellbogen auf die Platte der Bar, verschränkte die Hände und stützte ihren Kopf auf.

»Haben Sie das nicht gemerkt?« fragte sie leise zurück.

Ich kannte ihren Namen nicht, ich wußte nichts von ihr, und doch schien sie mir eine Verheißung zu sein, wie ich sie noch nie erlebt hatte. Gab es Liebe auf den ersten Blick?

Haben Sie das nicht gemerkt? hatte sie gesagt.

Ich berührte leicht ihre Hand und streifte ihr Gesicht. Ich merkte, wie sie den Kopf zu meiner Hand hinbog und fühlte sie eingeschlossen in die Wärme ihrer Hand und die Samtheit ihrer Haut.

»Wollen wir irgendwo hingehen?« fragte ich. »Wollen wir essen gehen?«

Ihre schwarzen Augen schauten mich an, bekamen jenen bestimmten auffordernden, aber doch versunkenen Glanz.

»Gerne«, hauchte sie und beugte sich zu mir.

Plötzlich schnellte sie zurück, ihre Hand ließ die meine los, sie richtete sich auf.

»Ich muß jetzt gehen«, sagte sie plötzlich. »Bitte entschuldigen Sie mich.« Abrupt glitt sie vom Hocker, stand auf und wandte sich zum Gehen. Völlig überrascht ließ sie mich zurück, doch in dem Augenblick, in dem sie mich beim Fortgehen streifte, spürte ich noch einmal, wie sie schnell, aber mit Zärtlichkeit mein Bein berührte und leise sagte: »Nächster Mittwoch, Ristorante Roma, Goethestraße, zwanzig Uhr. Bitte seien Sie da.«

Dann war sie verschwunden.

Und zurück blieb ein halbvolles Glas mit perlendem Prosecco.

War etwas geschehen? Hatte sie Angst? Einen Reim konnte ich mir auf ihr Verhalten nicht machen. Irgend etwas schien sie erschreckt zu haben. Oder war es ein Spiel?

Mein Blick streifte durch den Saal. Er hatte sich weiter gefüllt, wie wohl immer zu dieser Zeit. Die thailändischen Mädchen waren gerade im Gespräch mit ein paar untersetzten Männern mit teuren Uhren an ihren muskulösen Handgelenken, einer blickte merkwürdig interessiert in meine Richtung, das weißhaarige Männchen mit seinem Notizbuch war wieder aufgetaucht und hielt einen Jeton umklammert. An dem Black-Jack-Tisch wurden die Karten neu gegeben, die Roulettekugeln schnarrten in den Schüsseln. Das war alles. Aber irgend etwas war geschehen. Irgend etwas, was sie aufgeschreckt und tief beunruhigt hatte.

Aber so sehr ich mich auch mühte, ich konnte nicht erkennen, was es war. Und so blieb ich an der Bar sitzen.

Direkt zu Anfang hatte ich mehrere tausend Mark gewonnen. Eigentlich sollte das reichen für den Abend. Oder sollte ich es noch einmal versuchen?

Plötzlich fühlte ich eine Hand auf meiner Schulter.

»Was machst du denn hier?«

Die Stimme kannte ich doch. Richtig, Klaus-Dieter stand vor mir.

»Willst wohl deinen Gewinn verjubeln?«

Klaus-Dieter war der letzte, den ich hier erwartet hatte, der allerletzte. Und so entschlüpfte mir nur ein »Du auch hier?« Es klang blöde, aber Klaus-Dieter schien es nicht zu stören.

»Und, wie ich sehe, in Begleitung . . .« Er wies auf den leeren Platz neben mir und das halb ausgetrunkene Glas.

»Willst du sie mir nicht vorstellen?«

Langsam faßte ich mich.

»Reiner Zufall«, sagte ich leichthin, »reiner Zufall. Außerdem ist sie leider schon gegangen.«

»Schade«, sagte er. »Ich hätte sie gern kennengelernt. Ist sie wenigstens hübsch?«

»Doch«, sagte ich. »Sehr.«

»Schöne Frauen waren schon immer deine starke Seite«, meinte er. Und in seiner Stimme schwang etwas mit, das ich nicht einordnen konnte.

»Willst du auch ein Glas?« fragte ich.

Er nickte. Ich bestellte eines, er griff danach, nahm einen Schluck. »Nicht schlecht«, meinte er und kippte den Prosecco hinunter.

»Los«, sagte er, »laß uns an den Spieltisch gehen.«

Wir gingen zu einem der Black-Jack-Tische.

Die Karten wurden gegeben.

»Willst du setzen?« fragte er.

»Ich kenne das Spiel nicht«, meinte ich.

»Ist ganz einfach.« Er warf einen Tausender ins Feld und betrachtete, wie eine Karte nach der anderen gezogen wurde. Das System war mir unklar. Aber plötzlich hatte er seinen Einsatz verdoppelt.

»Man muß immer nur wissen, wie ...«, sagte er. Seine Stimme klang hart und hatte ihre Verbindlichkeit verloren. In seinen Augen war ich wohl wieder der kleine blöde Lehrer, zu dämlich, die Gewinnchancen des Lebens zu erkennen.

»Gehen wir zum Roulette«, schlug ich vor.

Er zog die Augenbrauen hoch, wohl um mir anzudeuten, daß dies ein Spiel für Kinder sei, folgte mir aber.

»Hast du wirklich letzte Woche vierhundert gewonnen?« fragte ich.

»Vierhunderttausend«, betonte er. »Vierhunderttausend Eier. In einer Nacht. Ein bißchen Mut – und du? Wohl auf Sicherheit gespielt? Immer schön sicher.«

Das war verletzend und sollte es auch sein. Arschloch, dachte ich. Gib nicht so an. Spiel dich nicht so auf.

Er schnipste einen Zehntausender auf Schwarz und sah mich fragend an.

»Tausend dagegen«, sagte ich und setzte auf Rot. Sei nicht verrückt, mahnte ich mich im stillen, du hast viertausend gewonnen. Viertausend. Du gewinnst nicht gegen die Bank. Nie. Der hat mehr Geld, der fährt seinen Jaguar, halte du deine Kröten zusammen ...

Die Kugel rollte.

Natürlich kam Schwarz.

Ich wußte es.

Klaus-Dieter grinste, sagte aber nichts.

»Zehntausend auf Impair. Hältst du dagegen?«

Roulette ist kein Wettkampf, schrie es in mir. Es ist keiner. Es ist ein Glücksspiel, bei dem du nur verlieren kannst. Und du hast schon gewonnen. Hast viel gewonnen, hör auf! Der hat Vierhunderttausend, der kann einiges auf den Kopf hauen, der seift dich ein, laß es.

»Okay«, sagte ich.

Die Kugel rollte. Achtzehn, Rot, Pair.

»Win a few, loose a few ...«, sagte ich und strich meinen Gewinn ein.

Er setzte zehntausend auf Rot. Ich hielt dagegen. Die Kugel rollte, und ich verdoppelte noch meinen Einsatz.

Schwarz.

So ließ ich es mir gefallen.

»Noch eine Runde?« fragte ich spöttisch.

Als es zwölf Uhr war, hatte ich alles verloren. Meinen Einsatz, die viertausend, alles. Und auch der Umstand, daß Klaus-Dieter letztlich auch nicht glücklicher gewesen war, sondern über fünfzig- oder sechzigtausend verspielt hatte, tröstete mich nicht. Was würde Marion sagen?

»Wieviel?« fragte Marion noch einmal nach.

»Zweihundert«, sagte ich. »Ich habe zweihundert gesetzt und sie leider verloren.« Irgendwie gelang es mir, auch noch aufrichtig zu blicken.

»Du lügst«, meinte sie hart. »Du lügst mich einfach schamlos an. Du verspielst unser Geld, und dann lügst du auch noch ...«

»Es waren zweihundert«, entgegnete ich matt.

»Klaus-Dieter hat vorhin angerufen. Du hast mindestens zehntausend verspielt!«

So ein Mistkerl! dachte ich mir. Wenigstens die Klappe hätte er halten können. Was sollte dieser Anruf bei Marion?

»Klaus-Dieter hat mindestens sechzig verloren. Mindestens«, entgegnete ich zaghaft. »Außerdem waren es keine zehntausend . . .«

»Wenn Klaus-Dieter sechzigtausend verspielt, ist das seine Sache. Hier geht es um *unser* Geld.« Sie betonte das Wort *unser* in einer Weise, daß es klang wie *meins*.

Den Wortschwall von Marion ertrug ich mit Fassung. Aber mir fiel auf, daß etwas in ihrer Stimme lag, das neu für mich war. Eine Spur von Gehässigkeit, Verachtung vielleicht.

»Und was war mit deinen Aktien?« hörte ich sie auf einmal sagen.

»Welchen Aktien?«

»Stell dich nicht so dumm an, du weißt ganz genau, was ich meine!«

»Ich weiß es wirklich nicht«, entgegnete ich kalt. »Ich habe keine Ahnung, wovon du sprichst.« Ich hatte wirklich keine Ahnung. Von dem mißlungenen Aktien-Coup konnte sie doch nichts wissen, oder etwa doch? Sollte Klaus-Dieter . . .?

»Wirklich nicht?« Ihr Gesicht hatte sich zu einer höhnischen Grimasse verzerrt. »Wirklich nicht? Du hast von Klaus-Dieter keinen Tip erhalten, Waldmühle-Aktien zu kaufen? Nein, wirklich nicht? Du hättest ein Vermögen machen können, aber du bist zu dämlich dazu. Studiert, aber dämlich . . .«

Obwohl es genau das war, was ich mir in den letzten Tagen auch vorgeworfen hatte, oder vielleicht gerade deswegen, machte es mich wütend.

»Ich bin nicht dämlich«, sagte ich. »Ich bin alles andere als dämlich, aber ich bin auch nicht so risikobesessen, daß ich all unser Geld auf einen einzigen Tip hin in einem Lotteriespiel investiere!«

»Nein, dafür verlierst du es lieber im Roulette . . .«

»Ha, ha, ha«, machte ich gedehnt. »Wie vereinbarst du denn, meine liebe Marion, diese ach so neue Einstellung mit deinen feministischen Grundüberzeugungen? Wohl ein kleines bißchen widersprüchlich, wie?«

Ich hatte schon mal bessere Argumente gehabt, aber sie auch. Unser Streit wurde heftiger, die Wortwahl bösartiger, verletzender. Und während ich ihr die Beleidigungen ins Gesicht schrie und welche einsteckte, stand ich neben mir. Ein tiefgehender Streit, ausfallend gemein, so wie wir bisher noch keinen geführt hatten. Warum? Gab es einen Grund dafür? Und warum hatte Klaus-Dieter ihr jede Einzelheit so haargenau erzählt? Denn das hatte er wohl. Oder etwa nicht?

»Du bist eine Flasche, eine richtige Flasche, eine Flasche ohne Geld . . .«

Als ob sie als Kindergärtnerin nun die Millionen anschleppte. Ich machte es schließlich wie immer bei solchen Auseinandersetzungen. Ich ließ sie stehen, knallte die Tür zu, setzte mich an meinen Schreibtisch und versuchte zu arbeiten. Wenig später hörte ich, wie die Haustür ging.

Das Schlagen der Tür brachte mich zur Besinnung. Undeutlich fühlte ich, daß sich meine Beziehung zu Marion rapide verschlechterte. Dies war mehr als der normale Krach gewesen, der alle Vierteljahre einmal anstand. Und es war auch mehr als die feministischen Pflichtübungen, die sie gelegentlich einmal vorturnen mußte und hinter denen sie, wie ich argwöhnte, auch nicht so ganz stand. Woher kam dieser plötzliche Groll? Waren es wirklich nur die angeblichen zehntausend, wobei es ja eigentlich nur vier gewesen waren, und von diesen vier hatte ich das meiste ohnehin selbst gewonnen. Ein Grund für ein richtiges Zerwürfnis war es eigentlich nicht. Mein neuer Zweitberuf?

Ich glaubte nicht, daß mich einer gesehen hatte, und abgesehen davon, in unserem Alter hielten die meisten ohnehin den Mund, wenn sie einen Bekannten mit einer fremden Frau im Arm erkannten. Ich vermutete, daß dahinter etwas wie Selbstschutz steckte oder die Erkenntnis, daß man nicht ohne Not Schicksal spielen darf. Nein, wahrscheinlich war ich nicht beobachtet worden. Es mußte etwas anderes sein. Mit Erstaunen registrierte ich, daß mich diese Auseinandersetzung nicht stark getroffen hatte. Trotz des Verlustes war ich nicht untröstlich, ich spürte ein euphorisierendes Kribbeln in meinem Bauch, und ich kannte auch den Grund dafür. Am Mittwoch, in einer Woche, würde ich meine Unbekannte wiedersehen. Endlich. Und mit Marion – nun, das würde sich geben.

Wie zufällig klingelte auch schon das Telefon. Vielleicht eine neue Verabredung.

»Du magst mir nicht erzählen, wo du warst?« Marion bemühte sich, verbindlich zu klingen, aber in ihrer Stimme schwang ein Ton mit, der mir nicht gefiel.

Zum wiederholten Male wollte ich ansetzen. Ihr mitteilen, daß ich wieder mal sechshundert verdient hatte. Und daß ich jetzt erst um zehn nach Hause gekommen war, weil ich meine Kundin erst noch im Maritim absetzen mußte. So langsam wurde es ja auch Zeit. Ewig konnte dieses Versteckspiel ja auch nicht weitergehen, ohne daß ich ernste Probleme bekam. Wenn ich die nicht schon längst hatte. Aber andererseits war Marion auch erst fünf Minuten vor mir gekommen. Ich hatte ihren Fiesta gerade noch vor mir an der Ampel gesehen. Er hatte die letzte Grünphase erwischt, und das hatte ihr einen Vorsprung verschafft. Einen zeitlichen, aber keinen moralischen. »Du bist doch auch gerade erst gekommen. Darf ich fragen, wo du denn warst?« entgegnete ich spitz.

Natürlich mußte eine solche Gesprächseinleitung den Konflikt geradezu provozieren, jetzt würde es gleich einen Schlagabtausch geben.

»Das geht dich gar nichts an«, stellte Marion auch sofort klar. »Übrigens war ich essen. Mit Sabine. Ist damit deine Frage beantwortet?«

Überprüfen konnte ich das sowieso nicht.

»Ich war mit Klaus-Dieter noch ein Bier trinken«, entgegnete ich. Meinte ich ein spöttisches Lächeln um ihre Mundwinkel zu sehen?

»Klaus-Dieter, so ...«, meinte sie nur versonnen. Sie zog das so etwas in die Länge.

»Habt ihr euch gut unterhalten?«

»War ganz in Ordnung, so über Aktien, Geldanlagemöglichkeiten, ein bißchen Schule. Ich soll dich übrigens schön grüßen.«

Wieder schien Marion zu lächeln. Glaubte sie mir etwa nicht?

»Bei Klaus-Dieter warst du ja in guten Händen«, sagte sie schließlich. Und damit schien das Thema erledigt zu sein.

»Wollen wir uns noch eine Flasche Wein aufmachen?« bot ich an. Ein Versöhnungstrunk konnte doch wohl nicht schaden.

Marion schüttelte den Kopf.

»Nett von dir, danke, aber ich bin, glaube ich, zu müde.«

Na, dann eben nicht, dachte ich mir. Ohnehin, dieses Emanzengetue fing an, mir ganz gefährlich auf den Geist zu gehen. Und während ich einschlief, träumte ich noch. Von einer schönen Frau in schwarzem Kleid. Ich würde sie wiedersehen, und ich wußte, daß es ein unvergeßliches Erlebnis sein würde.

6

Die tiefe Schwärze wurde durchlässig. Eine Reihe von Leuchtkugeln schoß in die Dunkelheit. Blaue, grüne und weiße Sterne explodierten in einem wilden Feuerwerk und fielen in langsamen Rauchspuren zu Boden. Die Finsternis wich einer schwachen Dämmerung, in der erste Konturen sichtbar wurden. Ein verschwommenes Rechteck, ein undeutlicher Geruch nach Leder, ein Fetzen Rot. Der Schleier hob sich. Und schlagartig setzte der Schmerz ein. Von vorn direkt hinter der Stirn breitete er sich rasend schnell aus, eine Woge von Schmerz jagte zum Hinterkopf und blieb dort. Ein dumpfes, lauerndes Etwas.

Das Rot wurde deutlicher, das Rechteck konturierter.

Ich spürte meine Beine, meine Arme, mich selbst. Ich war wach. Durch die halbgeschlossenen Lider drängten sich mir die ersten deutlicheren Einzelheiten auf. Das Rechteck war die Lehne des Sessels, auf dem ich lag. Ein Ledersessel. Ein dunkelbrauner Ledersessel mit einer hölzernen Lehne. Mein Kopf lag auf der Sitzfläche und mein Körper merkwürdig verrenkt davor. Mit einer geradezu bizarren Deutlichkeit vor mir auf dem Fußboden ein zerbrochenes Glas. Der Fußboden hellbraun, italienisches Terrakotta.

Ich schlug die Augen endgültig auf. Die Helligkeit des Morgens ließ die Leuchtraketen in meinem Kopf noch einmal explodieren. Ein Feuerwerk, unter dem ich mich zusammenkrümmte. Der Schmerz machte mich endgültig wach.

Wo war ich?

Den Raum kannte ich nicht. Ein großer Wohnraum, weitläufig, eine Sitzgruppe in der Ecke, gegenüber an der Wand ein großes Triptychon, irgendeine Hieronymus Bosch nachempfundene Szene, ein paar Fabelwesen, Teufel, rote Priester, eine Orgie von Feuer, genau passend.

Meinen Sinn für Humor hatte ich offensichtlich nicht verloren.

Das Muster des Teppichs kam mir bekannt vor. Grobe, stilisierte Tiermuster, farbig, hineingewebt oder gestickt auf einer roten gewebten Unterlage. Ein Kamel, ein Löwe, ein kleiner Vogel, anderes Getier. Ein Sumak. Türkisch oder kurdisch. Siebzig Jahre alt. Aus der Gegend von Erzurum. Ich hatte ihn irgendwann einmal bewundert, meinen Kommentar abgegeben. Sollte das etwa gestern gewesen sein?

Ein Gesicht tauchte vor mir auf. Ein schönes Frauengesicht mit weichen, ausdrucksvollen Zügen, schmeichelnd, eine sanfte Stimme. Dunkle Haare. Braun oder fast schwarz. Schmuck.

Ich war in diesem Raum gewesen und hatte mit dieser Frau geredet. Gescherzt. Getrunken.

So viel, daß ich davon Kopfschmerzen hatte?

Das Feuerwerk im Kopf blieb unter Kontrolle. Ich stützte mich auf und erhob mich. Mit mir sinnlos erscheinender Genauigkeit zeigte mir meine Uhr die Zeit an: fünf Uhr, sechsunddreißig Minuten und dreiundvierzig Sekunden.

Die Frau, die auf dem Sofa lag, kannte ich. Sie war nur halb bekleidet, ihr rotes Kleid war etwas nach unten gerutscht und entblößte ihren Arm und einen Teil des Busens. Sie war schwarzhaarig, sie war schlank, sie war schön. Und sie war tot.

Ich bin kein Arzt, ich kann keinen Totenschein ausstellen und Herzversagen nicht von einer Blinddarmentzündung unterscheiden. Aber dieses Wissen brauchte ich nicht. Die Frau lag vor dem Sofa in einer Lache aus Blut, geronnenem Blut. Unterhalb ihrer Brust war das Kleid durch einen Stich zerrissen und rötlich braun verfärbt. Ihr Gesicht hatte blaue Flecken, und ihre Augen blickten starr und seelenlos. Ich hatte keine Erinnerung an den Vorabend, ich wußte nicht, wie ich hierher gekommen war, oder ahnte es nur durch einen dichten Schleier hindurch, aber ich wußte, daß ich dieses Gesicht schon gesehen hatte.

Trotz meiner Kopfschmerzen war ich jetzt hellwach. Vorsichtig trat ich auf sie zu und berührte sie zaghaft. Ihr Arm war kalt. Vermutlich war sie schon einige Stunden tot.

Jede Einzelheit fiel mir plötzlich auf. Die oberen Knöpfe meines Hemdes waren geöffnet, mein Jackett hatte ich ausgezogen. Es lag unordentlich zusammengeknüllt auf einem der Sessel. Durch die geöffnete Tür konnte ich in den Flur sehen, der noch erleuchtet war, und im Schein der Deckenstrahler erkannte ich meinen hellgrauen Sommermantel an der Garderobe. Die dunkle Stelle an meiner Hose konnte von dem Blut der Toten stammen. Als ich sie berührte, stellte ich fest, daß sie nicht mehr feucht war.

Mein Blick jagte durch den Raum. Die Schmalseite des Wohnzimmers wurde ebenfalls von einem Bild, einem abstrakten roten und violetten Gemälde eingenommen. Das Bild war verschoben und gab den Blick auf einen geöffneten Tresor frei. Er schien leer zu sein. Der Schlüssel steckte noch.

Ich fühlte keine Panik, keine Angst, nur das drängend werdende Gefühl, hier sofort und auf der Stelle verschwinden zu müssen. Für den Bruchteil einer Sekunde tauchte in mir der Gedanke an die Polizei auf. Einfach anrufen. Ich bin hier aufgewacht, hier liegt eine Tote. Das Telefon war in Reichweite. Ein modernes Funktelefon mit einer Auflage, aber die Schnur der Auflage hatte sich verdreht und lag mit Bruchstücken der Dose mitten im Raum. Die Leitung war herausgerissen worden. Ich konnte nicht anrufen.

Diese Tatsache gab den Ausschlag. Ich ging zu meinem Jackett, zog es an, hier waren keine Blutspuren. Ich ging hinaus in den Flur, der grünliche Teppich leuchtete matt unter den Halogenlampen. Ich griff nach dem Mantel, schaute durch den Spion der Tür in das Treppenhaus. Es war ein weißes Treppenhaus, marmorne Stufen, ein hellblauer Streifen lief an der Wand in etwa einem Meter Höhe entlang. Eine andere Wohnungstür sah ich nicht.

Ich wollte schon gehen, als mich das brennende Gefühl überfiel, etwas vergessen zu haben. Etwas ganz Wichtiges. Ich zögerte. Einer plötzlichen Eingebung folgend, zog ich mein Taschentuch heraus, ging zurück ins Wohnzimmer und wischte die Lehne, das zerbrochene Glas, sogar die offenstehende Tresortür ab, den Lichtschalter, die Türgriffe. Dann lauschte ich. Draußen war es still. Nicht einmal der gedämpfte Straßenlärm einer erwachenden Großstadt war zu vernehmen. Ich verließ die schützende Wohnung und trat hinaus.

Der Blick aus einem der Flurfenster zeigte mir die Dächer der gegenüberliegenden Häuser. Offensichtlich war ich in einem Penthouse. Sollte ich es riskieren, hinunterzugehen? Leise zog ich die Tür hinter mir zu. Mit einem kaum hörbaren metallischen Schnappen sprang der Schließer zurück. Der Alptraum lag hinter mir.

Eine halbe Etage unter mir erblickte ich eine Fahrstuhltür. An dem erleuchteten Fensterschlitz konnte ich erkennen, daß die Kabine hier oben bereitstand. Sollte ich ihn benutzen? Oder die Treppe nehmen? Beides war riskant.

Instinktiv sagte ich mir, daß ein größeres Wagnis besser sei als viele kleine, und huschte hinein. Wie ich der Leuchtanzeige entnahm, befand ich mich in der vierten Etage. Die Tür schloß sich fast lautlos, und der Fahrstuhl glitt nach unten. In der Eingangshalle trat ich hinaus. Es war ein moderner Eingang, hell mit viel Glas. Vor mir der ungehinderte Blick auf eine menschenleere Straße mit Kopfsteinpflaster. Auch im Treppenhaus Stille. Nur weit entfernt meinte ich das Rauschen einer Toilettenspülung zu vernehmen. Das Haus erwachte langsam.

Als ich hinaushuschte, blickte mich von der Seite aus dem großen Spiegel mein Konterfei an. Blutunterlaufene Augen, zerknautschtes Jackett, merkwürdige Flecken an der Hose – und ein Gesicht, auf dem sich vier dunkelrote Streifen die Wange entlangzogen. Der Spiegel war bronzegetönt und schmeichelte wohl noch. So hatte ich auch nach den durchzechtesten Nächten noch nie ausgesehen.

Dann stand ich draußen. Der Tag war kühl, die Vögel zwitscherten und begrüßten die ersten Sonnenstrahlen. Ein friedlicher Sonntagmorgen, nur daß heute Donnerstag war und nicht friedlich, weil oben in dem Haus in einer Wohnung eine Leiche lag. Eine Frau, die ich kaum kannte. Dazu stand ein Tresor offen, und meine Hose wies Blutflecken auf.

Ich kannte die Straße nicht. Und auch das emaillierte Schild an der Ecke mit der Aufschrift *Freiherr-von-Berlepsch-Straße* sagte mir nichts. Es konnte Kleefeld sein oder Waldhausen. Gründerzeithäuser, verschwiegen, zurückgezogen, noch keine Villen, aber trotzdem Geld. Gelegentlich in den Lücken zwischen den alten Häusern Neubauten. Schräg gegenüber stand mein BMW. In der langen Reihe von Nobelkarossen und hochgezüchteten Golfs und Cabrios fiel er nicht auf. Wenigstens unerkannt wegkommen würde ich hier. Ich trat auf ihn zu und griff mechanisch in meine Hosentasche.

Die Erkenntnis traf mich wie ein Schlag. Sie war leer. Einfach leer. Hatte ich etwa meine Schlüssel verloren? Zum ersten Mal heute morgen fühlte ich wirkliche Panik. Sie schwemmte meine Kopfschmerzen hinweg, aktivierte meinen Verstand, aber jagte gleichzeitig eine Welle von Furcht in mir hoch. Hastig griff ich in meine Manteltasche, leer, mein Jackett, die Seitentaschen leer, griff und wühlte – und fand schließlich ein dickeres Päckchen in der Brusttasche. So dick, daß es eine Brieftasche hätte sein können, nur daß ich keine Brieftasche besitze. Ich griff hinein. Es war ein längliches Kuvert, braun, etwas abgegriffen, und als ich es verstohlen im Sichtschatten einer Telefonzelle öffnete, fand ich ein Bündel mit Tausendern. Vielen Tausendern. Aus einer Nebenstraße hörte ich eine Kirchturmuhr schlagen, und ohne die Schläge zu zählen wußte ich, daß es sechs Uhr morgens war. Sechs Uhr, die Zeit, in der ich normalerweise immer aufwachte. Zu der der Wecker klingelte und ich aufstand. Ganz normal.

Würde es jemals wieder so sein?

Der Schlüssel war weg. Ich würde gehen müssen. Noch einmal glitt mein Blick an meinem Wagen entlang. Ich starrte in das Innere. Nein, der Schlüssel steckte nicht. Bestimmt lag er oben in der Wohnung, hinter der verschlossenen Tür, ein Indiz, das eindeutiger kaum sein konnte. Oder sollte ich ihn hier verloren haben?

Noch einmal ergriff mich eine Welle von Hoffnung. Sicher, so konnte es gewesen sein. Er war mir beim Öffnen der Wagentür aus der Hand gefallen oder beim Abschließen. Oder auf dem Weg.

Der Blick zurück belehrte mich rasch, daß ich ihn auf dem Weg zum Haus nicht verloren hatte. Oder als ich ihr die Beifahrertür öffnete?

Ich trat auf den Bürgersteig. Nichts. Vielleicht unter dem Auto?

Benimm dich nicht so auffällig, warnte ich mich. Bleib ruhig. Und viel Zeit hast du nicht mehr. Dennoch bückte ich mich. Und tatsächlich, zwischen Bordstein und Straße, direkt unter der Tür, lag ein Schlüssel. Es war ein einfacher Sicherheitsschlüssel mit einem abgegriffenen Plastiketikett. Früher mochte dort einmal ein Schild gesteckt haben, aber jetzt war die Plastiklasche leer. Mein Schlüssel war es mit Sicherheit nicht, aber vielleicht der Wohnungsschlüssel? Der Hausschlüssel? Konnte ich doch noch einmal nach oben, meinen eigenen Schlüssel suchen? Die Spuren verwischen? Ich spürte, wie ich vor Aufregung zitterte.

Ich sagte mir nicht, daß es geradezu widersinnig war, was

ich da hoffte. Immerhin hatte die Frau ja wohl selbst aufgeschlossen.

Ein Zweitschlüssel?

Ich hastete über die Straße. Trat vor die glitzernde, offene Glasfassade des Eingangs, führte den Schlüssel zum Schloß.

Die Mühe hätte ich mir sparen können. Natürlich paßte er nicht. Meine Hoffnung brach in sich zusammen, und übrig blieb die nackte Furcht. Ich mußte hier weg. Sofort. Zur Not konnte ich den Wagen später holen.

Ich beschleunigte meinen Schritt.

Renn nicht! ermahnte ich mich. Fall nicht auf, geh langsam. Und, vor allen Dingen, überlege!

Wenn ich in Waldhausen war, dann mußte Döhren im Westen liegen. Ein Blick zur Sonne. Auch in einer Großstadt war sie trotz allem noch ein guter Wegweiser. Ich wandte mich nach Westen, dorthin, wo meiner Meinung nach die Hildesheimer Straße liegen mußte. Sie war eine der großen Ausfallstraßen Hannovers, und wenn ich die Richtung hielt, konnte ich sie kaum verfehlen. Die Beine waren mir schwer, doch ein Taxi durfte ich nicht nehmen, auch wenn ich hin und wieder einen Stand erblickte.

Ein Penner schlich vorüber und schaute mich an wie ein Gespenst. Vermutlich sah ich auch nicht besser aus als er. Ich mußte nach Hause, und das dringend.

Ich war nicht einmal lange gegangen, vielleicht eine Viertelstunde, als ich das Geräusch einer Straßenbahn vernahm. Jetzt konnte es nicht mehr weit sein, die Straßen kamen mir vertrauter vor, den kleinen Park kannte ich gut. Gott sei Dank war er noch nicht gut besucht, zwei Arbeiter, die irgendwelchen Müll einsammelten, sogar eine alte Oma auf der Bank, dann schließlich die neugebauten Reihenhäuser, ich stand vor unserer Tür.

Einen Schlüssel hatte ich nicht.

Nicht mehr. War Marion zu Hause? Ich wollte klingeln,

doch dann zögerte ich. Was würde sie sagen, wenn sie mich so kommen sah?

Sie würde wütend sein, außer sich, die bohrenden Fragen nach meinem Aufenthalt ... aber um einen häuslichen Ehekrach ging es schon längst nicht mehr.

Ich war in einen Mordfall verwickelt, mein Auto stand in einer fremden Straße, meine Schlüssel lagen wer weiß wo, und das Gesicht der Toten hatte sich mir unauslöschlich eingeprägt.

Ich brauchte ein Alibi. Wenigstens irgendeines, und sei es noch so schlecht. Konnte ich nicht einfach im Arbeitszimmer übernachtet haben? Auf der Liege? Das hatte ich ein- oder zweimal im Laufe unserer Ehe gemacht, wenn wir beide nicht mehr in unser gemeinsames Bett wollten, uns voller Zorn und Wut auf den anderen in die Geborgenheit eines eigenen Zimmers flüchteten? Das war dünn, aber immerhin besser als gar nichts.

Wir hatten ein Reihenendhaus, und unser Garten war nur durch eine kleine Hecke von der Straße abgetrennt. Wie in einem Film nahm ich alles wahr: den glänzenden Tau, in dem sich die Strahlen der noch kühlen Morgensonne brachen, die niedergedrückten Grashalme, die dunkelbraune Erde. Mit sinnloser Genauigkeit bemerkte ich sogar noch das Spinnennetz, das sich zwischen irgendeinem Unkraut und dem braunen, feuchtigkeitsdurchtränkten Boden spannte.

Zum Glück stand ein Fenster offen, es war nur angelehnt. Ich stellte mich auf einen Garteneimer, löste die Verriegelung, schob das Fenster hinein und war wenige Augenblicke später im Schutze unseres Hauses verschwunden.

Der Weg ins Badezimmer. Das fremde Gesicht im Spiegel. Die vier dunkelroten Kratzspuren über meiner Wange.

Der harte Strahl der Dusche milderte meine Benommenheit. Das eiskalte Wasser weckte mich, und nach einem frischen Hemd fühlte ich mich besser. Ein Tupfer von Marions getönter Tagescreme milderte das Rot der Kratzer. Oberflächlich mochte es gehen.

Plötzlich stand Marion in der Tür. Eigentlich hätte ich mich auf den Augenblick vorbereiten sollen, so aber war ich einfach überrascht. Ich starrte sie an.

»Na, einen schönen Abend gehabt?« Ihre Stimme klang schneidend. Alle Liebenswürdigkeit war von ihr gewichen.

Ich stotterte irgend etwas Zusammenhangloses.

»War sie wenigstens gut?«

»Ich weiß nicht, was du meinst.«

»Stell dich nicht so dumm. War es eine Nutte? Oder eine von deinen Freundinnen? Bist du mit ihr in Streit geraten? Gekratzt hat sie ja ganz schön ...«

Ich setzte noch einmal zu einer Erklärung an. Aber sie lächelte nur kalt.

»Gib dir keine Mühe«, sagte sie. »Glaubst du, ich merke so etwas nicht? Telefonanrufe? Alles dienstlich, ja? Oder falsch verbunden? Postirrtum? Halte mich nicht für dumm ... Gestern, als du weg warst, kam übrigens ein Anruf einer jungen Dame für dich, kein Problem, sie hat auf Band gesprochen, wirst sie also gleich noch hören können. Nett, daß ich auf diese Weise auch erfahre, daß wir einen zweiten Anrufbeantworter haben an dem Faxgerät in deinem Arbeitszimmer.«

Auf einmal trat sie näher und begutachtete mich. Scheinbar mitfühlend untersuchte sie meine Kratzer.

»Da habt ihr es aber ordentlich getrieben. Meine Güte. Hat es Spaß gemacht?«

Sie trat einen Schritt zurück.

»Du solltest etwas mehr Tönung auflegen, so sieht das jeder. Oder hat man manchmal als Mann auch solche Fragen gerne ...«

Ich hätte ihr eine scheuern können. Dieser Hohn, dieser

abgrundtiefe Hohn. War das noch die Marion, die ich kannte?

»Es war alles ganz anders«, sagte ich noch einmal und wunderte mich, daß meine Stimme auf einmal wieder fest klang.

»Sicher«, sagte sie. »Sicher war es ganz anders. Du bist auf einmal neben einer Frau aufgewacht, die du nicht kennst, die du nie gesehen hast, hattest all diese Kratzer, Entschuldigung, daß ich das alles nicht sofort gesehen habe. Und heute morgen bist du dann ganz zerknirscht nach Hause gekommen. Und weißt überhaupt nicht, was los war. Das wolltest du doch wohl sagen? Nicht wahr?«

»Ich bin heute nacht gekommen«, entgegnete ich matt. »Was passiert ist, das kann ich im Moment nicht sagen, aber ich bin heute nacht nach Hause gekommen.«

»Und wann?« fragte sie nach.

Mit aller Kraft hielt ich mich an die unrealistische Hoffnung, ein Alibi zu bekommen. Selbst wenn ein Krach anstand, eine Ehekrise, vielleicht auch eine Scheidung – ein Alibi brauchte ich auf alle Fälle.

»Um halb drei«, sagte ich. »Es muß gegen halb drei gewesen sein. Ich wollte dich nicht aufwecken und habe mich ins Arbeitszimmer gelegt.«

Ich versuchte sie treu anzublicken.

»Wie fürsorglich«, meinte Marion mit kaum verhohlenem Spott. »Wirklich fürsorglich. Schade nur, daß ich um halb vier noch einmal nachgeschaut habe. Nachgeschaut, ob dir nichts passiert ist . . .«

Ihr Lachen klang schrill und war eine Spur zu laut. Offensichtlich schien sie nur mühsam die Fassung zu bewahren.

»Und ich wollte schauen, ob dir nichts passiert ist . . .«, wiederholte sie mechanisch.

Ich fühlte, wie die Angst in mir hoch kroch. Mußte heute denn alles schiefgehen?

»Es tut mir leid«, sagte ich. »Es tut mir wirklich leid. Ich kann dir nicht genau sagen, was es war, aber bitte, glaube mir, bitte ...«

Ich hätte auch zu einem Eisblock reden können. Ich starrte sie hilflos an, machte wohl auch einen Versuch, auf sie zuzugehen, blieb dann aber unschlüssig vor ihr stehen. Undeutlich kam mir zu Bewußtsein, daß so das Ende einer Ehe aussehen konnte. Meiner Ehe. Der Jaguar, der große Reichtum, das schien auf einmal so weit weg. Das kleine Glück mit Marion – vielleicht hatte ich nur das wirklich gewollt. Jetzt, wo ich merkte, wie es zerbrach, erschien es mir wertvoller denn je.

Marion schaute mich noch einmal an, warf mir einen Blick zu, eine Mischung aus Trauer, Haß und Verachtung. Dann verließ sie wortlos das Zimmer. Und das Klappen der Tür, die hinter ihr ins Schloß fiel, hatte für mich etwas Endgültiges.

Trotz aller Trauer, aller Aufgewühltheit arbeitete mein Überlebensinstinkt. Ein solches Gespräch mit Marion – zu jeder anderen Zeit hätte es mich in Verzweiflung gestürzt, mich den Tränen nahegebracht, mein Leben in Trümmer gelegt. Jetzt ging es um meinen Kopf. Bloß nicht auffallen. Bloß nicht. Bloß raus aus allem!

Ich hörte, wie Marion aus dem Haus ging. Sie hatte heute Frühaufsicht, es mochte gegen Viertel nach sieben sein. Sollte ich in die Schule gehen?

Ein Blick in den Spiegel zeigte mir, daß die Kratzspuren blasser schienen. Noch einmal schmierte ich mir etwas von Marions Tönungscreme auf die roten Male. Vielleicht mochte es so gehen. Oder sollte ich mich krank melden?

Wieder sagte ich mir, daß ich keineswegs auffallen durfte.

Das Auto!

Ich mußte das Auto herholen! Vielleicht untersuchten sie alle Wagen, die keinem der Anwohner gehörten. Aber vielleicht hatte ich noch einmal das Quentchen Glück, das mich retten konnte.

Über unserem Telefon im Flur hing ein Stadtplan von Hannover. Wir hatten dieses Ensemble mal in einer Einrichtungszeitschrift gesehen. Es hatte uns gut gefallen und uns durch unsere verschiedenen Wohnungen begleitet.

Jetzt war ich ganz froh darüber. Nach kurzem Suchen fand ich auch die Freiherr-von-Berlepsch-Straße. Sie lag in Waldhausen, etwas in Richtung Kleefeld. Meine Orientierung hatte mich nicht getäuscht.

Zu Fuß würde ich es nicht mehr schaffen, aber ich nahm mein Fahrrad und stellte es eine Straße weiter ab. Unauffällig schlenderte ich an dem Haus vorbei. Nichts. Nichts Besonderes. Keine Polizei, kein Menschenauflauf. Der BMW sprang sofort an, die Parklücke war groß genug, so daß ich problemlos herauskam, und wenige Minuten später stand ich auf dem Parkplatz unserer Schule. Als ich ausstieg, sah ich noch, wie Monika gerade um die Ecke radelte. Offensichtlich war ich also etwas spät dran. Aber das konnte schließlich vorkommen.

Marions Tönungscreme war offensichtlich gut. Zwischen Attischem Seebund in der siebten und Madame Bovary in einer elften Klasse sah mich keiner schief an. Auch den Schülern, denen sonst wenig entging, fiel heute nichts auf. Und während einer längeren Phase der Stillarbeit war ich, eingetaucht in die Routine des Alltags, mit meinen Gedanken allein. Nach der ersten Welle der Panik heute morgen begann ich langsam in ein Gefühl trügerischer Sicherheit hinüberzugleiten. Das Auto vor meiner Haustür, die Reserveschlüssel in der Hosentasche, keine Zeugen. Der Unterricht, Alltagstrott. Trotzdem. Im Dunkel meines Unterbewußtseins spürte ich, daß ich einer fundamentalen Selbsttäuschung erlag. Und je mehr ich in den Tag hineinwuchs, desto deutlicher stand mir die Tote vor Augen. Ich wußte jetzt sogar ihren Namen. Carola Theben. Ich konnte mich an ihre Grübchen erinnern, ihre schwarzen, verführerischen Augen, ihr verheißungsvolles Lächeln. Sogar, daß ich Saltimbocca im *Roma* gegessen hatte, wußte ich noch. Und die Marke des Weines. Einen mäßigen Bardolino classico, dem wir nur leicht zugesprochen hatten, die Fahrt nach Hause. Das war alles. Und die Frage, die sich mir immer deutlicher stellte, traf mich mit aller Wucht: Wer hatte sie getötet? Und warum nur sie und nicht mich? Was bedeutete der offene Tresor? Und schlagartig fiel mir ein, daß in meiner Jackentasche Geld steckte, viel Geld. Sollte *ich* etwa ...? Der Gedanke ließ mich erschauern.

Ich zuckte förmlich zusammen, als ich in der Pause ein »Ach, wie gut, daß ich Sie treffe!« vernahm. Dr. Weinert, mein Direktor, kam auf mich zugestürzt, als ob er auf mich gewartet hätte. Vermutlich hatte er es auch. Sollte er besser beobachten als meine Schüler?

»Schauen Sie nicht so entgeistert, Herr Reimann, Sie sehen mich ja an, als ob ich von der Polizei käme!«

Es war genau diese Art von Witzen, über die ich im Moment nicht lachen konnte. So bemühte ich mich, freundlich-nichtssagend zu ihm aufzuschauen.

»Heute ist das Schreiben von der Bezirksregierung gekommen ...« Mein Unverständnis muß mir wohl im Gesicht gestanden haben, denn er fügte rasch hinzu: »Wegen Ihrer Besichtigung. Darauf warten Sie doch schon gespannt. Ihre Beförderung zum Oberstudienrat.«

So langsam fiel bei mir der Groschen. Damit hatte ich nun gar nicht mehr gerechnet.

»Das ging aber schnell.« Ich kam zu mir. Jetzt bloß nicht durch irgendwelche geistigen Absencen auffallen. Wahrscheinlich mußte ich jetzt fragen, wann diese Besichtigung dann nun stattfinden würde. »Und wann soll sie sein? Haben Sie schon einen Termin genannt?«

»In vierzehn Tagen, Sie werden übrigens von Müller-Wetterkamp persönlich besichtigt.«

Müller-Wetterkamp war der Leiter des Dezernats, ein relativ strenger, aber recht berechenbarer und fairer Prüfer. Außerdem hatte ich den Eindruck, daß er ziemlich große Stücke auf mich hielt. Es hätte schlimmer kommen können.

»Na, denn kann ja nichts mehr schiefgehen«, entgegnete ich flapsig. Gut, daß ich zu meiner alten Form zurückfand.

Mein Direktor wiegte sein Haupt. »Die neue Fachberaterin der Bezirksregierung für Geschichte, Frau Schleym-Kreischner, wird allerdings den fachlichen Teil der Prüfung beurteilen. Es wird Ihre erste Prüfung sein.«

»Super«, sagte ich kurz. Ich hatte mich vor eineinhalb Jahren ebenfalls für diesen Job beworben. Offensichtlich war die Sache jetzt entschieden worden. Prima, daß ich auf diese Weise von der Ablehnung meiner Bewerbung erfuhr. Es zeugte auch von Takt, als erste Amtshandlung einen Mitkonkurrenten beurteilen zu dürfen.

Dr. Weinert hob begütigend die Hand. »Ich verstehe Sie ja«, meinte er kurz, »aber das geht auch vorbei. Augen zu und durch, sage ich immer.«

Der wurde ja auch nicht besichtigt.

Trotzdem war es merkwürdig. Eben hatte ich noch Angst vor einer Verfolgung durch die Polizei gehabt, einer massiven Ehekrise entgegengesehen, war verstrickt gewesen in ein Netz von Verabredungen, das ich kaum noch überschaute, hatte nicht gewußt, was ich letzte Nacht getan oder getrieben hatte – und im nächsten Augenblick ärgerte ich mich über eine grüne Quotenfrau.

Marion war noch nicht zu Hause, als ich die Tür aufschloß. Obwohl es nicht stiller als sonst war, wirkten die Zimmer leer. Ein Blick auf den Anrufbeantworter in meinem Arbeitszimmer zeigte mir, daß ein Anruf eingegangen war. Richtig, Marion hatte heute morgen noch davon gesprochen. Vor ein paar Tagen hätte ich mich sicher darüber gefreut. Ich hatte offensichtlich Erfolg, und das nicht nur in Mark und Pfennig, sondern auch in meinem Gefühl, als Mann gefragt zu sein. Normalerweise ein gutes Gefühl. Heute hingegen sah es mir eher so nach den Geistern aus, die man erst rief und dann nicht wieder loswurde. Und in meiner jetzigen Lage noch einen zweideutigen Nebenjob? Wohl nicht die erstklassige Empfehlung bei der Kriminalpolizei. Da paßte dann ja auch alles zusammen. *Der Traum vom großen Geld machte ihn zum Mörder.* Die Schlagzeile der Bildzeitung konnte ich mir selbst denken.

War ich einer?

Mit der Deutlichkeit eines Déjà-vu-Erlebnisses stand mir auf einmal eine Szene vom Vorabend vor Augen. Ich bog um die Ecke der Goethestraße und suchte in der Nähe der Clemenskirche einen Parkplatz in der von studentischen Rostlauben überfüllten Straße. Schließlich schlich ein altersschwacher Golf mit hängender Auspuffanlage aus einer Lücke, ich sah mich einparken, aus dem Auto steigen, wollte gerade noch einmal routinemäßig meinen Abstand zum Bordsteig überprüfen, da fühlte ich auf einmal zwei Hände auf meinen Augen. Die Finger waren lang, feingliedrig, weich, und sie dufteten leicht. Ein Glücksgefühl durchflutete mich. Sie war da. Ihren Namen kannte ich nicht einmal, aber ich wußte, daß sie es war. *Sie.* Daß sie ihre hingeflüsterte Verabredung aus dem Kasino wahrgemacht hatte. Wirklich wahrgemacht hatte.

Ich hörte sie lachen. Sie hatte ein unbeschwertes Lachen, das eigentlich fast mehr ein Lächeln war, ein verheißungsvolles und verführerisches Lächeln. Jetzt sind wir ungestört, wollte sie wohl sagen, sagte es vielleicht auch. Und das letzte, was ich bemerkte, wie in einem Film, der gerade vor meinen Augen ablief, war, daß wir ins *Roma* gingen. Merkwürdigerweise schon Hand in Hand. Ohne Scheu. Dann löste sich die Szene auf, wurde grau, verschwand in einem Nebel der Unbestimmtheit mit einzelnen Fetzen von Realität dazwischen. Saltimbocca, ein mäßiger Wein, das war es. Nur das Gefühl, das Gefühl, als ich ihre Hand über meinen Augen spürte, das Gefühl unbändigen Glücks, das Gefühl zu lieben, begehrt zu werden, dieses Gefühl war mir gegenwärtig.

Ich *konnte* diese Frau einfach nicht umgebracht haben. Nie. Und über die Empfindung von Zweifel, Angst, Unsicherheit legte sich eine weitere: das Bewußtsein, etwas verloren zu haben. Etwas war zu Ende, bevor es richtig begonnen hatte.

Erst als ich die durch Knacken und Rauschen unterbrochene Stimme einer jungen Frau hörte, merkte ich, daß ich mechanisch den Anrufbeantworter angestellt hatte. Die Stimme kam mir bekannt vor, aber ich habe kein gutes Gedächtnis für Stimmen, und durch die schlechte Wiedergabequalität meiner Anlage konnte ich sie nicht einordnen. Die Frau sprach stockend.

»Danke für den schönen Tag neulich«, sagte sie. »Ich wollte mich einfach bei Ihnen bedanken.« Sie wurde leiser, schwieg, ich hörte das leise Rauschen des Bandes. »Es war wunderschön im Zoo ...« Jetzt stand sie mir wieder vor Augen. Die junge, hübsche Frau mit ihrem Sportwagen, dem kleinen Mazda-Cabrio, ihr furchtbares Schicksal.

»Ich wollte Sie fragen, ob, nun, wenn es Ihnen nichts ausmachen würde ... Ich würde Sie diesmal auch bezahlen, daran soll es nicht liegen, überhaupt nicht ...«

Dann nannte sie ihre Telefonnummer. Und ihren Namen. Ulrike Wienecke. Und bat um Rückruf.

Das Band lief weiter. Ich hörte das leichte Schleifen der Kassette, hörte, wie sie sich drehte, immer fort. Jeder anderen hätte ich einen Korb gegeben. Aber ihr? Irgendwie brachte ich es nicht übers Herz. Vermutlich war es töricht. Diesen Zweitjob mußte ich so schnell wie möglich an den Nagel hängen. Und ich würde nicht einmal Geld von ihr nehmen oder bekommen. War es Mitleid? Wahrscheinlich geht es keinem so schlecht, daß es nicht noch einen anderen gibt, der seine Hilfe braucht, ging es mir durch den Kopf.

Vielleicht mochte all das eine Rolle spielen. Vielleicht. Aber ich ahnte, daß diesmal auch ich es war, der Hilfe benötigte, daß diesmal ich ein mitfühlendes Herz brauchte, dem ich meines ausschütten konnte. Wem sonst? Etwa Klaus-Dieter?

Ich rief sie an und verabredete mich für den nächsten Abend.

Und über allem immer noch das bohrende Gefühl: Wie würde es weitergehen? Die Angst vor dem Warten. Das Warten auf die Entdeckung durch die Polizei.

7

»Irgendwelche Anhaltspunkte?« Susanne Breugel wandte sich an Kleinmüller, der gerade seine Utensilien in einem verbeulten Aluminiumkoffer verstaute.

Kleinmüller musterte seine Kommissarin, mit der er nun fast vier Jahre zusammenarbeitete. Wieder mal wirkte sie wie aus dem Ei gepellt. Normalerweise war es schon üblich, daß die Frauen der Abteilung sich besser anzogen als die Männer, die mit ihrer obligatorischen Lederjacke fast alle eine Art Uniform trugen. Aber heute hatte Susanne – sie duzten sich seit längerem – wieder einmal den Vogel abgeschossen. Ein schönes, beiges Kostüm – vermutlich wieder aus irgendeiner teuren Boutique oder einem Exklusivgeschäft wie die neuen Schuhe. Die kleine Uhr an ihrem Handgelenk kannte er ja zur Genüge. Als ihm Harry Krüger, ihr Assistent und ewiger Schatten, mal den Preis des Zeitmessers genannt hatte, war er fast umgefallen. Und dabei war die Uhr noch nicht einmal wasserdicht. Ja, Glück mußte man haben, nicht alle Tage trafen selbst hübsche oder schöne Frauen aus ihrer Branche auf Männer, die auch das nötige Kleingeld mitbrachten. Meist reichte es bei ihnen nur zu einer Polizistenehe. Wenn überhaupt. Und in letzter Zeit war das Geld knapper geworden, dafür aber die Überstunden reichlicher. Aber keine Frage, er mochte Susanne. Sie hatte Glück gehabt. Schwein. Und das neidete ihr hier keiner.

Schwein hatte die junge Frau vor ihm nicht gehabt.

»Ob wir was gefunden haben?«

Susanne Breugel schaute ihn auffordernd an.

»Also: Fingerabdrücke jede Menge, aber am Glas, den Lichtschaltern, der Tresortür sorgfältig abgewischt. Auch Türklinken, Tischplatte, alles fein säuberlich entfernt.«

»Ganze Arbeit also?«

Diese Dialoge kannte er. Jedesmal das gleiche. Alle Spuren am besten sofort feststellen, womöglich auch gleich den Täter.

»Unter den Fingern der Toten auffällig viele Hautreste, die muß sich ganz schön gewehrt haben. Wenn die das Gesicht getroffen hat, dann läuft der Kerl ein, zwei Wochen mit ein paar ganz gehörigen Kratzern herum.«

Susanne Breugel sah sich um. Trotz der Blutlache auf dem Boden wirkte das Wohnzimmer aufgeräumt. Etwas steril, alles paßte ein wenig zu gut zusammen, die Bilder, der Terrakottafußboden, der Teppich. Sie wußte, daß diese Art von gewebten Teppichen einen besonderen Namen hatte, hatte ihn vielleicht auch schon einmal gehört, aber konnte sich nicht mehr daran erinnern. Es war sicherlich auch jetzt nicht so wichtig. Die Einrichtung mußte ein guter Innenarchitekt zusammengestellt haben, aber bewohnt sah diese Wohnung nicht aus.

»Ist die Frau schon identifiziert worden?«

»Noch nicht. Möglicherweise die Eigentümerin. Aber in ihrer Handtasche befanden sich keine Ausweispapiere. Wir können also noch nichts mit Sicherheit sagen.«

Harry Krüger hatte das Wort ergriffen. Er war mittelgroß, hatte kürzere braune, leicht gelockte Haare. Auch heute trug er seine inzwischen reichlich betagte Lederjacke. Er war bereits im Büro gewesen und von dort hergekommen. Wenige Minuten vor Susanne Breugel, die direkt von ihrem Zuhause losgefahren war. Sie wohnte nur wenige Straßenzüge entfernt.

»Du kennst sie nicht zufällig? Immerhin wohnst du doch nur wenige Straßen weiter weg?«

Susanne schüttelte den Kopf. »Nie gesehen. Aber ich kenne ja auch nicht alle Einwohner Hannovers persönlich.«

»Von den Nachbarn hat sie keiner richtig gekannt.«

Quaasmeyer war hereingekommen. »Ohnehin, so ganz bewohnt ist dies hier alles nicht. Unten ein junges Ehepaar, ist allerdings erst letzte Woche eingezogen und hat noch keinen rechten Überblick, wer hier alles wohnt. Eine Wohnung ist leer. Die Besitzerin der Wohnung direkt unter uns kommt erst am Nachmittag wieder. Wir haben nur die Mutter gesprochen, die gerade auf Besuch ist. Zum ersten Mal übrigens. Also auch Fehlanzeige.«

»Spitzenmäßig«, meinte Harry Krüger. »Ein Haus, in dem nur Fremde wohnen.«

»Wer hat sie überhaupt gefunden?« Susanne Breugel war auf dem Wege noch nicht ganz über die Einzelheiten des Falles informiert worden.

»Die Putzfrau«, entgegnete Krüger lakonisch.

»Und was sagt die?«

»Das kannst du dir ja mal selbst anhören.«

Quaasmeyer holte eine vielleicht fünfzig Jahre alte, südländisch aussehende Frau herein, die gebrochen deutsch sprach.

Sie hatte die Tote am Morgen gefunden und dann sofort ihren Chef angerufen. Ihren Chef, wie sie dann immer wieder betonte. Ihr Chef, der habe auch die Polizei angerufen. Mehr war aus ihr nicht herauszuholen. Nach einigen Versuchen gab es auch Susanne Breugel auf.

»Ohne Dolmetscher kommen wir hier nicht weiter«, erklärte sie kurzerhand.

»Mehmet ist im Urlaub und Woltershagen bis heute abend mit einer Kurdengeschichte beschäftigt.« Harry Krüger hatte sich bereits informiert.

»Wer hat übrigens die Polizei benachrichtigt?« fragte Susanne nach.

»Moment«, Krüger blätterte in seinen Notizen. »Also, benachrichtigt wurde die Polizei um zehn Uhr fünfzehn von einem Herrn Waldmann. Waldmann ist Makler und verwaltet eine Reihe von Immobilien. Unter anderem auch dieses Haus. Der hat angerufen.«

»Und?« fragte Susanne leicht gereizt. Die brauchten sich das doch nicht alles so aus der Nase ziehen zu lassen.

»Nichts und«, gab Krüger zurück. »Der hat gesagt, seine Angestellte habe eine Tote entdeckt, hier in der Freiherr-von-Berlepsch-Straße vierzehn, vierter Stock, das war alles. Allerdings müßte er jede Minute kommen. Ich habe ihn jedenfalls hergebeten. Zufrieden?«

Susanne lag eine spitze Erwiderung auf der Zunge, aber sie hatten hier ihre Aufgabe zu erfüllen, und Harry Krüger konnte wirklich nichts dafür, daß die private Feier, bei der sie gestern eingeladen gewesen waren, sich bis weit nach zwei hingezogen hatte. Ursprünglich hatte sie ohnehin vorgehabt, ihre Gleitzeit in Anspruch zu nehmen, aber daraus war denn nichts geworden. Leider, wie sie jetzt feststellte. Aber in der Kürze der Zeit hatte schließlich Krüger das Beste aus der Situation gemacht. Also kein Grund für irgendwelche kritischen Kommentare.

»Was steht denn auf der Klingel drauf?« fragte sie. Normalerweise waren das routinemäßige Blicke, aber heute war ihr der Kopf schwer.

»Nichts«, entgegnete Krüger. »Gar nichts. Vierte Etage. Weiter nichts. Das ist alles.«

»Kein Türschild?«

»Kein Türschild, nichts.«

»Ist doch klar«, sagte Quaasmeyer. »Eine anonyme Wohnung. Callgirl. Irgendein Kunde bringt sie um, nachdem er sie ausgeraubt hat.« Er ging ein paar Schritte durch den Raum. »Alles ziemlich steril, aber geschmackvoll, teure Lage, paßt doch alles.«

Krüger stöhnte innerlich auf. Bloß keinen Prostituiertenmord! dachte er sich. Diese ewige Lauferei ohne irgendwelche Anhaltspunkte, keiner hat etwas gesehen, keiner kann sich erinnern, ist je dagewesen. Am besten waren die Beziehungskonflikte. Ohne Geldgeschichten zwischen Geschäftspartnern oder Verwandten. Klare Motive, meist auch Spuren. Das klassische Feld kriminalistischer Kleinarbeit, auf die er sich verstand.

»Für ein normales Callgirl ist die Wohnung zu teuer eingerichtet, und eines der gehobenen Preisklasse hätte mit Sicherheit einen Namen anbringen lassen. Schlimmstenfalls Monika Meyer. Das Fehlen des Türschildes ist doch extrem auffällig, zu auffällig für das Metier«, stellte er fest.

Quaasmeyer war nicht überzeugt und machte dies durch eine entsprechende Kopfbewegung deutlich.

»Zum jetzigen Zeitpunkt sind solche Spekulationen ziemlich sinnlos«, entschied Susanne. »Warten wir auf den Makler. Und ihr«, damit wandte sie sich an Quaasmeyer und Wolters, »befragt mal die Nachbarschaft, irgend jemand muß doch etwas wissen.«

Herr Waldmann trug eine gut geschnittene, legere blaue Kombination, war etwas untersetzt und vielleicht Ende Dreißig. An seiner linken Hand steckte am kleinen Finger ein auffällig großer Siegelring, der nicht recht zu der sonst zurückhaltenden Kleidung paßte. Er ließ keine Spur von Unruhe erkennen, im Gegenteil, er wirkte sehr kontrolliert, seine Antworten kamen überlegt, vielleicht alles eine Spur *zu* überlegt und kontrolliert, wie Susanne registrierte.

»Sie kennen die Tote?« fragte Susanne, als sie vor der Leiche standen. Waldmann schaute ernst, wie man es bei einem solchen Anlaß erwarten konnte.

»Es tut mir leid«, sagte er nach einer Weile. »Vielleicht habe ich die Frau schon einmal gesehen, ich sehe viele Leute, ihr Gesicht kommt mir irgendwie bekannt vor. Aber wann und wo? Ich weiß es nicht.«

»Sie hat die Wohnung nicht von Ihnen gemietet?« fragte Susanne nach.

»Nein«, antwortete er. »Dieses Haus gehört einer Luxemburger Firma, Interfinanz, wir verwalten das Haus nur, sorgen für die Instandhaltung, Reinigung und so weiter. Normalerweise vermitteln wir auch die Mieter, dies gilt allerdings nicht für diese Penthousewohnung. Die Verwendung darüber hat sich die Eigentümerin, Interfinanz, ausdrücklich vorbehalten. Nur für Reinigung, Instandhaltung sind wir zuständig. Die junge Frau dort kenne ich jedenfalls nicht. Aber die Eigentümerin ist sie nicht. Es ist, wie gesagt, eine Firmenwohnung. Haben Sie schon mit Frau Özmal, unserer Reinigungskraft, gesprochen?«

»Versucht«, sagte Susanne und lächelte.

Waldmann lächelte verbindlich zurück. »Wenn Sie gerade keinen Dolmetscher bei der Hand haben, möglicherweise kann ich Ihnen helfen. Ich spreche etwas türkisch.«

Mit einem kurzen Blickwechsel signalisierten sich Krüger und Breugel ihr gegenseitiges Einverständnis.

Dem folgenden schnellen Wortwechsel zwischen Waldmann und Frau Özmal konnten die beiden nicht folgen.

»Kennt sie die Tote?« fragte Susanne nach einer Weile Herrn Waldmann und unterbrach die beiden damit.

»Ja«, sagte er. »Die Frau wohnte hier seit etwa zwei, zweieinhalb Monaten, zog also fast direkt nach der Fertigstellung des Hauses ein. Aber sie war wohl nicht immer da, jedenfalls hat Frau Özmal sie nur gelegentlich angetroffen.«

»Wissen Sie den Namen der Toten?« Susanne wandte sich direkt an Frau Özmal.

Frau Özmal schaute Herrn Waldmann hilfesuchend an. Dieser übersetzte.

Frau Özmal schüttelte den Kopf. »Manchmal gesprochen mit Frau«, sagte sie plötzlich auf Deutsch. »Manchmal gesprochen, sehr nett. Aber nicht kennen Name.« Und dann folgte noch eine türkische Erklärung.

»Sie hat sich mit ihr unterhalten, aber ihren Namen kennt

sie nicht«, wiederholte Herr Waldmann. »Wenn ich aber noch etwas hinzufügen darf: Frau Özmal ist seit fast sechs Jahren bei uns beschäftigt. Eine ausgesprochen zuverlässige Kraft, aber sie betreut reihum eine Reihe von Häusern und Wohnungen und diese zum Teil seit Jahren. Dieses Haus ist neu für sie. Es ist, wie gesagt, ja auch erst seit zwei, drei Monaten fertig. Und sie spricht nicht gut deutsch. Ich glaube nicht, daß sie Ihnen im Augenblick weiterhelfen kann.« Zum ersten Mal schaute er auf seine Uhr.

»Wir wollen Sie auch nicht länger aufhalten.« Susanne verstand den Wink und beendete kurzerhand das Gespräch. Den Dank für die Dolmetschertätigkeit und das Lob über seine guten Sprachkenntnisse nahm Waldmann gelassen hin. Er hatte es offensichtlich nicht zum ersten Mal gehört.

»Die Adresse des Eigentümers haben Sie nicht zufällig?« fragte sie noch, als Waldmann sich mit Frau Özmal zum Gehen wandte.

Waldmann lächelte dünn und reichte ihr eine Visitenkarte.

»Interfinanz Luxemburg, Geschäftsführer François Poitier, Postfach«, las Susanne Breugel vor. »Nicht einmal eine Telefonnummer haben sie angegeben. Eine Briefkastenfirma.«

Waldmann schwieg.

»Eine Telefonnummer oder einen Ansprechpartner hier in Deutschland haben Sie nicht?«

Waldmann lächelte undurchsichtig und bedauerte.

»Wir wickeln unsere Korrespondenz meist schriftlich ab.«

»Sie werden doch sicherlich eine Faxnummer oder eine Telefonnummer haben«, beharrte Susanne Breugel.

»Es ist möglich«, erwiderte Herr Waldmann mit gleichbleibender Freundlichkeit. »Aber im Moment ist es das einzige, was ich finden konnte.«

»Ich brauche Sie nicht darauf hinzuweisen, daß es um Mord geht, nicht wahr?« fragte Susanne betont liebenswürdig.

»Keineswegs. Wirklich nicht. Wenn ich genauere Unterlagen in meinen Akten finde, dann melde ich mich.« Waldmann verlor nicht für einen Augenblick seine Gelassenheit, lächelte noch einmal freundlich und ging. Hilfsbereit faßte er Frau Özmal unter den Arm.

Susanne sah ihnen nach. Wenn wir keine weiteren Anhaltspunkte haben, wird es schwierig! schoß es ihr durch den Kopf. Und erneut merkte sie, daß sie zu wenig geschlafen hatte. Nur gut, daß es Kosmetika gab, die so etwas zumindest optisch verschleierten.

»Eine Luxemburger Briefkastenfirma«, murmelte Harry Krüger, »das kann ja heiter werden.«

»Ich habe noch etwas für euch«, Kleinmüller war an sie herangetreten und hielt einen Schlüsselbund in der Hand. »Er lag zwischen zwei Polstern. Offensichtlich hineingedrückt und vergessen.«

Interessiert schauten Breugel und Krüger auf den Bund, der wie immer in solchen Fällen wegen der Fingerabdrücke bereits in einer Plastiktüte steckte. Es war ein normaler Schlüsselbund, wie man ihn in jedem größeren Kaufhaus kaufen konnte. Ein Ring mit einer Reihe von Sicherheitsschlüsseln, die sämtlich nicht numeriert waren. Ein Autoschlüssel mit einem BMW-Emblem. Der Ring lief in einem inzwischen etwas abgegriffenen Lederstück aus, das mit dem Buchstaben ›A‹ verziert war.

»Die Schlüssel passen zu keiner Tür hier«, erklärte Kleinmüller noch. »Sie müssen hier vergessen worden sein.«

»Das ist doch immerhin etwas«, meinte Harry spontan. »Unser Mann ist ein BMW-Fahrer und hat einen Vor- oder Nachnamen mit A. Und mit etwas Glück kommt er aus Hannover.«

»Theben, Carola von Theben, natürlich kenne ich ihren Namen.«

Die junge Frau, vielleicht Ende Zwanzig, gut, aber nicht auffällig gekleidet, beugte sich leicht nach vorn. Die Nachbarin, Frau Wiechmann, war gerade zurückgekommen, und nach den ersten Anzeichen des Entsetzens wirkte sie gefaßt und kooperativ.

Endlich mal ein Zeuge, der die Tote gekannt hat und in den Ermittlungen weiterführt, ging es Susanne durch den Kopf.

»Sie kannten sie?«

»Sie war häufig nicht da, also gewohnt hat sie hier eher selten, wenn Sie mich fragen, aber andererseits bin ich ja auch berufstätig, jedenfalls komme ich erst nachmittags wieder nach Hause.«

»Aber Sie kennen die Tote?« Susanne fragte noch einmal nach.

»Was heißt kennen? So von Tür zu Tür, wir sind ja schließlich auch fast zusammen eingezogen. Mal ein bißchen Tratsch im Treppenhaus, na ja, Sie verstehen schon. Ein- oder zweimal hat einer dem anderen was für die Küche geliehen, obwohl, viel gekocht hat sie ja eigentlich nicht.«

Zum Beruf Carola von Thebens konnte die Nachbarin nichts sagen. Irgend etwas in der Wirtschaft, aber das vermutete sie auch nur.

»Auffällige Besucher?«

Susanne ging die in einem solchen Fall üblichen Fragen durch. Kleinarbeit. Sammeln einzelner Teilstückchen, die vielleicht irgendwann einmal zum großen Puzzle zusammengesetzt werden würden. In der letzten Zeit zunehmend organisierter werdender Kriminalität allerdings häufiger auch nicht mehr.

»Besucher?« Frau Wiechmann schien einige Sekunden zu überlegen.

»Es kam zuweilen ein Herr, gut gekleidet, gutaussehend, eher elegant. Der kam gelegentlich. An andere Besucher kann ich mich nicht erinnern. Und den Herrn habe ich auch nur zwei- oder dreimal gesehen. Einmal morgens, als ich zur Schule mußte, und vielleicht zwei- oder dreimal am späten Nachmittag.«

»Beschreiben könnten Sie ihn nicht?« Harry Krüger schaltete sich in das Gespräch ein.

Frau Wiechmann zuckte hilflos mit den Schultern. »Tut mir leid. Vielleicht Mitte, Anfang Vierzig, wie gesagt, gut, elegant gekleidet, grüner, einmal auch beiger Mantel, vielleicht einsfünfundachtzig groß, jedenfalls eher groß als klein, sah mir nach Geschäftsmann aus. Einen Bart hatte er nicht, das weiß ich. Haare übrigens so ein helles Braun oder vielleicht sogar Dunkelblond. Insgesamt gutaussehend, würde ich sagen, aber so genau ..., wissen Sie, man sieht sich die Leute ja nicht wirklich an.«

Susanne lächelte. »Dafür, daß Sie ihn gar nicht richtig gesehen haben, haben Sie ihn wirklich gut beschrieben. Das können übrigens nicht viele Zeugen. Wirklich.«

Sie sahen, wie Frau Wiechmann sich freute.

»Gestern abend? Haben Sie da etwas bemerkt? Oder heute morgen?«

Frau Wiechmann schüttelte den Kopf. »Nein, wirklich nicht.«

»Eine Frage hätte ich noch«, Harry Krüger spielte mit seinem Kugelschreiber, knipste ihn an und aus, eine Geste, die er sich irgendwann einmal in einem Film abgeschaut hatte und die sich langsam zu einem persönlichen Tick zu entwickeln drohte. Jedenfalls nervte sie seine Kollegen inzwischen mehr, als sie mögliche Verdächtige einschüchterte.

»Warum hatte Ihre Nachbarin, Frau von Theben, kein Türschild?«

Auch Susanne beugte sich vor. Diese Frage war wichtig.

»Das ist ziemlich einfach zu erklären.« Frau Wiechmann zögerte keinen Augenblick. »Also, der Hauseigentümer wollte eigentlich Türschilder anbringen, die einheitlich aussehen. Dieses Haus ist elegant, und die Türschilder sind ja mehr oder minder eine Art Visitenkarte. Aber das zögerte sich alles unglaublich hin. Erst letzte Woche haben sie im Keller noch mal ein paar Heizungsanschlüsse gelegt. Die Heizung funktionierte nämlich bisher noch nicht, das alles zog sich und zog sich. Frau von Theben und ich haben uns darüber noch unterhalten, ich war auch ziemlich verärgert, das sieht ja aus wie, na ja, Sie wissen schon, wie diese zweideutigen oder eher eindeutigen Wohnungen, fehlt nur noch die rote Lampe am Eingang, also ich habe mir letzte Woche einfach eines machen lassen, meine Bekannten haben mich nie gefunden, ich war es leid. Und die von unten, die neuen, die haben ja gleich ein eigenes Schild angebracht. Sieht alles ein bißchen durcheinander aus, finden Sie nicht?«

Harry Krüger schwirrte der Kopf. Die Dame neigte wirklich zu sehr ausführlichen Auskünften.

»Eine letzte Frage noch, wirklich die letzte«, Susanne hatte das Gefühl, das Wesentliche sei gesagt worden, und wollte offensichtlich das Gespräch hinter sich bringen. »Der Besucher von Frau von Theben – er fuhr nicht zufällig einen BMW?«

Frau Wiechmann stutzte, überlegte kurz, dann schüttelte sie den Kopf. »Ich glaube, ich habe den Wagen schon einmal gesehen, mit dem er fuhr. Ein BMW war es mit Sicherheit nicht. Aber was für eine Marke? Wie gesagt, wer achtet denn auf alles?«

Susanne Breugel umgab sich gern mit schönen Dingen. Teurer Kleidung, ausgewähltem Schmuck, erlesenen Einrichtungsgegenständen. Für dieses Bedürfnis war sicherlich im

Rahmen einer auf Sparsamkeit ausgerichteten Dienststelle nur selten Platz. Trotzdem saß Susanne eigentlich nicht ungern in ihrem Büro, aber jedesmal fiel ihr auf, wie ungemütlich es war. Schreibtische mit den ewig gleichen grünen Unterlagen, nur die Telefone darauf waren neu und paßten irgendwie nicht dazu, Stühle, denen man die Jahre des Gebrauchs ansah. Heute war der Raum allerdings aufgeräumt, keine überquellenden Aschenbecher, keine herumstehenden mehr oder minder vollen Kaffeetassen und Pizzareste vom Schnellimbiß gegenüber. Sie hatte sich immer vorgenommen, mal ein paar Blumen mitzubringen, es ein- oder zweimal auch geschafft, aber die Pflanzen waren immer wieder eingegangen.

Ihr Blick blieb an dem Bild an der Wand hängen, neben dem Kalender und der Übersichtskarte das einzig Farbige in diesem Raum. Ihr Vorgänger hatte es aufgehängt, *Frühstück im Grünen,* ein Druck von Monet. Zwei angezogene Männer bei einem Picknick und eine nackte Frau. Sie mochte das Bild nicht, außerdem hing es immer schief, aber bisher hatten alle darauf bestanden, es dazulassen. Vielleicht auch nur, um sie zu ärgern.

»Daß ›ihre‹ Leute, wie sie manchmal mit Besitzerstolz formulierte, sie gerne ärgerten und aufzogen, zeugte von einem guten Betriebsklima. Und als sie vor zwei Jahren mit ihrem neuen Freund zusammengezogen war, hatte sie ehrlich gemeinte und vielleicht auch bewundernde Bemerkungen gehört. Mochten manche Frauen Schwierigkeiten haben, sich durchzusetzen, sie hatte so etwas nie gehabt. Und daß sie jetzt, wo sie neben ihrem Beruf auch noch Privatleben hatte und nicht nur ständig im Büro zu finden war, nicht mehr ganz so viel Zeit und Energie auf ihren Job verwenden konnte, hatte ihrem Ansehen bei ihren Mitarbeitern eher genützt. Und auch mit Harry Krüger verband sie trotz seiner manchmal sehr wenig feinfühligen Art eine nun jahrelange Sympathie und Freundschaft. Wenn einer mal einen schlechten Tag hatte, dann war das auch nicht weiter tragisch.

An diesem Tag ging es ihr besser, sie war am Vorabend früh zu Bett gegangen. Geblieben war der Vorsatz, es das nächste Mal nicht wieder so spät werden zu lassen.

Die morgendliche Dienstbesprechung war vorüber, und sie hatten alle nur mit mäßigen Ergebnissen aufwarten können. Die Nachbarn in den anderen Häusern hatten wenig gesehen und gehört, kaum, daß sie sich an das Gesicht der Frau erinnerten. BMWs fuhren in dieser Gegend unzählige herum, und eine Autonummer, die sich zufällig irgendein alter Opa oder ein paar Kinder gemerkt hatten, zu erfragen, wäre ohnehin die Suche nach der sprichwörtlichen Nadel im Heuhaufen gewesen. Oder ein Lotteriespiel, und beim Lotto hatte sie noch nie besonders gut abgeschnitten.

Trotzdem war enttäuschend, daß sie noch nicht einmal den Eigentümer der Wohnung hatten ausfindig machen können. Interfinanz Luxemburg, Geschäftsführer François Poitier, das war alles. Die Nummer des Bankkontos, auf das die Mieteinnahmen flossen, hatte Waldmann schließlich zögernd herausgerückt. Ein Konto bei der Deutschen Bank, von dem auch die Unterhaltskosten des Hauses und die Telefonrechnung der Wohnung beglichen wurden. Neben Waldmann war noch der Geschäftsführer der Interfinanz, François Poitier, zeichnungsberechtigt. Der Überschuß wurde auf ein Konto bei einer Bank auf Jersey, die sie nicht kannte, weitergeleitet, die bei der ersten telefonischen Anfrage das Bankgeheimnis zum Grundpfeiler der westlichen Rechts- und Verfassungsordnung hochgespielt hatte. Es würde Zeit kosten, diesen Knoten des Schweigens aufzulösen.

Nur gut, daß sie den Namen des Opfers kannten. Carola von Theben. Ein guter, klangvoller Name, passend für die schöne, elegante Frau. Was jetzt noch fehlte, war der Obduktionsbericht. Susanne war eigentlich immer wieder erstaunt, wie schnell in den von ihr bearbeiteten Fällen die Untersuchungsergebnisse vorlagen. Andere Kollegen klagten zum Teil über längere Verzögerungen. Ob es etwas mit ihr zu tun hatte?

Kleinmüller von der Spurensicherung schaute noch einmal herein, legte seinen Bericht auf ihren Schreibtisch und ließ sich auch noch zu einem Kaffee überreden. Nun trat auch Harry Krüger ein und lehnte sich gegen einen Schreibtisch.

»Noch was Besonderes, das wir gestern übersehen haben?«

Susanne blickte erwartungsvoll.

Kleinmüller zögerte. »Also, um ehrlich zu sein, ich habe schon mal klarere Indizien gesehen. Das Glas der Frau enthält ein starkes Betäubungsmittel, ich kenne den Obduktionsbericht nicht, aber vermutlich war es ausreichend, sie einzuschläfern. Die meisten Spuren wurden mit einem Tuch sorgfältig entfernt, sogar an den Schlüsseln befanden sich nur unbrauchbare Reste von Fingerabdrücken. Da die Schlüssel zwischen den Sitzen des Sofas lagen, kann es natürlich sein, daß sie beim Eindrücken abgewischt worden sind. Dafür aber jede Menge Hautfetzen unter den Fingernägeln des Opfers, wie gesagt, die muß ganz schön gekratzt haben. Das Betäubungsmittel ist offenbar im Wein gewesen, denn in der Flasche war noch eine ganze Menge. Hätte für eine Kompanie ausgereicht. Tödlich ist es allerdings nicht. Es waren übrigens zwei Flaschen geöffnet worden, nur in einer war das Mittel. Im Glas des mutmaßlichen Täters hingegen war kein Mittel nachzuweisen. Fingerabdrücke auch dort sorgfältig abgewischt. Nur Weinreste. Aus der anderen Flasche.«

Kleinmüller hatte auch schon zusammenhängender

berichtet, fand Susanne. Doch dann bemerkte sie die Ringe unter seinen Augen. Er hatte wohl mal wieder die Nacht durchgearbeitet. In letzter Zeit machte er das häufiger. Sollte das damit zusammenhängen, daß er Schwierigkeiten in seiner Ehe hatte? Für diese Ergebnisse hatte er jedenfalls ganz schön ackern müssen.

»Und was ist daran merkwürdig?« fragte Krüger. »Der Mörder trinkt mit ihr einen Wein, zwei Flaschen werden aufgemacht, immerhin möglich, wenngleich unüblich, die Frau ist betäubt, aber merkt noch etwas, kratzt, wehrt sich, schließlich Mord. So sieht es doch aus, oder nicht?«

»Den Eindruck habe ich auch gewonnen«, meinte Susanne. »Was ist daran merkwürdig?«

Kleinmüller schob seinen Drehstuhl hin und her. »Ich weiß nicht«, entgegnete er nach einer Weile. »Eine Kleinigkeit. Eine winzige Kleinigkeit. Also: Am anderen Glas, also nicht dem der Frau, waren alle Spuren sorgfältig entfernt worden. Mit einem Taschentuch, jedenfalls gründlich, aber nicht so gründlich, daß man nicht noch erkennen konnte, daß Fingerspuren darauf waren. Leichte Fettreste sind geblieben. Alles klar?«

»Also ganze Arbeit, der Mörder beseitigt die Spuren. Was ist daran merkwürdig?« Harry Krüger glitt vom Schreibtisch und trat seine Wanderung zur Kaffeemaschine an.

»Folgendes«, sagte Kleinmüller. »Es gibt zwar verwischte Spuren von Fingerabdrücken, aber keine von irgendwelchen Lippenabdrücken. Keine, wohlgemerkt gar keine.«

Susanne blickte überrascht auf. »Du meinst: Das Glas ist wohl mit Wein gefüllt worden, aber es wurde nie daraus getrunken?«

Kleinmüller nickte. »Dies ist, meine ich, die wahrscheinlichste Möglichkeit. Natürlich hätte man das Glas auch mit einem Tuch sorgfältig reinigen können, aber wenn ihr meine Meinung hören wollt: Das Glas ist nie benutzt worden.«

Die Tür ging. Pfeiffer trat ein. Pfeiffer von der Gerichtsmedizin, dem man ansah, daß er gern als Macho durchgehen wollte. Offenes Jeanshemd, darunter üppig sprießende Haare, ein federnder Gang, ein Blick wie Dschingis Khan, immer sorgfältig unrasiert, ein Mann, auf den Frauen flogen. Susanne wandte sich genervt ab, als er seinen Obduktionsbericht schwenkte. Die Abneigung Susannes gegen ihn war inzwischen weit über die Grenzen der Abteilung hinaus bekannt. Der Grund war Harry Krüger allerdings nicht ganz klar, denn insgeheim fand er Pfeiffer keineswegs unsympathisch. Gelegentlich gingen sie beide sogar mal ein Bier trinken, und Harry fand, daß Pfeiffers Tips, wie man Frauen aufreißen konnte, durchaus einiges für sich hatten. Aber vielleicht hatte er sie bei Susanne einmal zu oft angewandt.

Pfeiffer schien jedoch heute schlecht gelaunt zu sein, denn er schwenkte nur kurz den Bericht, legte ihn auf den Schreibtisch, knurrte »Nichts Interessantes« und ging wieder.

Der Bericht war in der Tat nichtssagend. Die Todeszeit war mit etwa ein Uhr dreißig angegeben worden, um etwa zwanzig Uhr am Vortage mußte sie ein Rind- oder Kalbfleischgericht, vermutlich italienisch, zu sich genommen haben, es fanden sich Reste des Betäubungsmittels im Magen und in der Blutbahn – erhebliche Mengen, wie festgestellt wurde. Der Tod war durch einen Stich in die Herzgegend erfolgt. Ob sie während der Tat bereits bewußtlos gewesen war, war nicht mit letzter Gewißheit auszumachen. Das war alles.

»Nicht viel, aber immerhin«, meinte Susanne, als sie den Obduktionsbericht gelesen hatte. Kleinmüller wandte sich zum Gehen und wurde bei der Gelegenheit noch einmal nach dem Schlüsselbund befragt. Es waren ganz normale Schlüssel, Allerweltssicherheitsschlüssel für Haustüren, so wie man sie in besseren Baumärkten jederzeit kaufen konnte. Der Autoschlüssel gehörte zu einem BMW der Dreierklasse.

»Die Hinweise auf den möglichen Täter«, meinte Krüger und schenkte sich einen Becher Kaffee ein, »sind jedenfalls reichhaltig: Dreier-BMW, Hautreste, Schlüssel, ein Name, der wahrscheinlich ein A enthält. Das ist eine Sache für den Computer. Wenn der Täter aus Hannover kommt, dann haben wir ihn bald.«

»Möglich«, meinte Susanne kurz. So ganz war sie von der Effektivität dieser flächendeckenden Rasterfahndungen nicht überzeugt. Die Menge der Daten, die anfielen, waren meist groß. Und man konnte doch nicht von fünfzig oder mehr Leuten auf bloßen Verdacht Hautproben nehmen lassen. Und wenn der Mörder, unwillkürlich ging sie davon aus, daß es ich beim Täter nicht um eine Frau handelte, einen Wagen benutzt hatte, der auf den Namen der Ehefrau oder eines Freundes zugelassen war? Es gab bei solchen Aktionen jedenfalls immer sehr viele Fragezeichen.

Aber war es überhaupt ein Mann? Noch einmal blätterte sie durch Kleinmüllers Bericht. Er hatte das Geschlecht des Täters zwar nicht erwähnt, aber die Hautreste stammten, wie aus der chromosomalen Analyse eindeutig hervorging, von einem Mann. Wenn sie ihn erst einmal hatten, dann würden sie ihn damit überführen können. Wenn.

»Wir sollten uns zunächst um die Tote kümmern«, entschied sie. »Carola von Theben. Irgend etwas werden wir wohl über sie herausbekommen. Der Name ist ja nicht gerade häufig.«

Die Zeiten waren vorbei, als man noch zu Fuß zu den verschiedenen Ämtern laufen mußte, um in der Stadtverwaltung Informationen über einzelne Einwohner zu erhalten. Sie meldeten sich im Rechenzentrum an. Natürlich hätte ein

Teil der Informationen auch von ihren eigenen Computerterminals abgerufen werden können, aber Susanne hatte sich eine gewisse Abneigung dagegen bewahrt, und in der Regel arbeiteten die EDV-Fachleute bei der Suche effektiver als sie.

Das Rechenzentrum lag in einem Seitentrakt des Gebäudes. Hier hatte man in den letzten Jahren wohl auch mal in die Optik investiert, denn die in sachlichem Grau gehaltenen Räume mit den Terminals unterschieden sich wenig von den Einrichtungen der entsprechenden Abteilungen in der freien Wirtschaft. Auch die Art des Bedienungspersonals war vermutlich ähnlich. Ein insgesamt eher gemischtes Personal, ausgesprochene Computerfreaks waren selten, die meisten waren in den achtziger Jahren gekommen, zum Teil waren es Leute gewesen, die eine Umschulung hinter sich hatten. Hacker schienen dem Aussehen nach die wenigsten zu sein, aber vermutlich hätte Susanne Breugel auch nicht sagen können, wie denn der typische Hacker aussehen mußte.

Den jungen, hoch aufgeschossenen Mann kannte sie noch nicht. Er mußte hier neu sein.

»Carola von Theben? Kein Problem«, meinte er nur lässig, gab seine Benutzernummer ein und setzte sich an sein Terminal. Susanne und Harry blickten ihm über die Schulter. Die Maske mit den Suchdaten wurde angezeigt und in atemberaubender Geschwindigkeit von ihm ausgefüllt. Der konnte auch noch Schreibmaschine, und das nicht einmal schlecht.

»Irgendeine Besonderheit in der Schreibweise?« fragte er auf einmal nach. Susanne riß sich aus ihren Betrachtungen.

»Weiß ich nicht«, meinte sie. »Theben vermutlich mit ›th‹ geschrieben.«

Erneut hackte der Mitarbeiter, seinen Namen hatte er ihnen übrigens immer noch nicht genannt, einige Buchstaben in die Tastatur. Noch ein paar. Dann noch welche. Schließlich blickte er auf.

»Also eine Carola von Theben habe ich hier nicht. In Hannover und Umgebung gibt es keine. Da bin ich ganz sicher. Auch keine entsprechenden Datensätze bei der Kfz-Zulassungsstelle. Fehlanzeige.«

»Vielleicht wohnt sie im Landkreis?« fragte Harry Krüger.

»Ebenfalls nichts. Es gibt hier keine Carola von Theben. Null.«

»Könnten wir bundesweit suchen?«

Der Programmierer nickte nachlässig und begann von neuem. Diesmal dauerte alles ein bißchen länger, dann aber wies das Suchfenster eine Reihe von Einträgen auf.

Gebannt schauten Krüger und Breugel auf die Mattscheibe.

»*Von Theben* habe ich keine gefunden, Theben kommt gelegentlich vor. Aber ohne Adelsprädikat. Sogar eine Carola Theben gibt es, allerdings in Dresden und im Alter von vierundsechzig, die ist wohl kaum gemeint, oder?«

Auch die anderen Eintragungen waren wenig vielversprechend.

Ich hab's mir gleich gedacht! schoß es Susanne durch den Kopf. Diese ganze Feldsucherei führt meist zu nichts!

»Daten der BfA?« fragte Krüger vorsichtig.

»Da brauchen wir eine Sondergenehmigung. Datenschutz.«

»Meinen Sie nicht ...?«

»Tut mir leid«, sagte der Programmierer kurz und starrte auf sein Terminal. »Bei mir nichts zu machen. Ich bin noch in der Probezeit. Datenschutz. Also, ich helfe Ihnen gerne, aber ich möchte meinen Job behalten. Okay?«

»Ist schon gut«, meinte Susanne. »Also eine Carola von Theben gibt es nicht?«

»Ist jedenfalls hier nicht im Kasten. Einige kleinere

Gemeinden haben noch nicht auf EDV umgestellt, immerhin möglich, daß sie da noch gemeldet ist, vielleicht auch ein Eingabefehler, wie gesagt, möglich ist viel, aber wahrscheinlich ist es nicht. Gehen Sie mal davon aus, daß Ihre Carola von Theben nicht existiert.«

»Immerhin liegt eine im Leichenschauhaus«, knurrte Harry, den die zur Schau gestellte Selbstsicherheit des Burschen zunehmend ärgerte.

»Und die Sache mit den BMWs?«

Wenn man schon einmal hier war, dann konnte dies auch noch gleich mit erledigt werden.

»Einen Moment ...«

Wenige Augenblicke hatten sie die Liste der in der Stadt und im Landkreis zugelassenen BMWs der Dreierreihe. Neuntausendsiebenhundertdreißig. Davon hatten immerhin noch knapp siebenhundert ein A im Namen.

»Viel Vergnügen«, meinte der Mann noch zum Abschied, als sie gingen.

»Sollten wir in einer Sackgasse sein?« fragte Susanne, als sie wieder in ihrem Zimmer waren. »Ein falscher Name? Ein Deckname?«

»Die Wohnung sieht mir jedenfalls nach Absteige aus«, meinte Krüger, »ein Geschäftsmann hält sich eine Freundin, Firmenwohnung, keiner weiß etwas davon. Alles diskret, vielleicht sogar deswegen der falsche Name.«

Es war Mittag geworden, eigentlich Zeit, einen kurzen Gang in die Kantine ins Auge zu fassen. Um diese Zeit war die Schlange noch nicht ganz so groß. Plötzlich kam Quaasmeyer hereingestürzt. Er hatte ein dickes, zerlesenes Buch unter dem Arm. Susanne kannte es, denn seit ungefähr zwei Jahren pflegte er ein merkwürdiges Hobby. Heraldik, die Lehre von den Wappen. Sein besonderes Gebiet waren die Adelsfamilien im Calenberger Land, dem südlichen Umland Hannovers. Und das, was er da gerade in der Hand hielt, war der Gothaer Almanach, das Verzeichnis aller adeligen Familien in Deutschland.

»Gut, daß ich euch noch treffe«, meinte er atemlos. »Ich bin auch ziemlich gerannt.«

»Das sehen wir.« Harry Krüger zapfte eine weitere Tasse Kaffee und stellte sie ihm hin.

»Was ist so wichtig, daß du uns bei unserem mittäglichen Gang störst, fremder Herold? Sage es frei heraus.«

Doch für derartige Späße schien Quaasmeyer im Augenblick nicht aufgelegt zu sein. Und auch Harry Krüger eigentlich nicht, aber es war ein altes, eingespieltes Ritual zwischen ihnen, das mit der Automatik eines Uhrwerkes ablief, ob es nun gerade paßte oder nicht.

»Ich habe den Gotha gewälzt«, meinte Quaasmeyer. »Adelswappen und -familien sind ja meine Spezialität. Und der Name Theben kam mir ungewöhnlich vor. Von Thadden gibt es hier reichlich, jedenfalls hat mich die Sache interessiert.« Er machte eine erwartungsvolle Pause und blickte sie beifallheischend an.

»Wir wissen es schon«, sagte Harry Krüger gelassen. »Eine Carola von Theben gibt es nicht. Und eine Familie von Theben auch nicht.«

Man konnte richtig merken, wie Quaasmeyer einschnappte.

»Wenn ihr das alles alleine herausfinden könnt, dann könnt ihr auch beim nächsten Mal zusehen ...«

»So war es nicht gemeint«, mischte sich Susanne ein. »Nur haben wir eben im Rechenzentrum die gleiche Information erhalten. Allerdings auf prosaischere Weise. Carola von Theben ist ein falscher Name – er führt jedenfalls in die Irre. BMWs gibt es zu viele. Wo bitte sollen wir denn jetzt ansetzen?«

»Jeder Mensch hinterläßt Spuren«, sagte Harry Krüger, als er die dünne Kohlroulade aufspießte und ein Stück absäbelte. Er haßte Kohlrouladen, wie er überhaupt Kohl verabscheute, aber die Alternative Schwarzwurzeln mit Sauce Hollandaise hatte noch mehr Schrecken verbreitet. Warum mußte es denn ausgerechnet im Spätsommer Wintergemüse aus der Dose geben?

»Jeder Mensch hinterläßt Spuren«, wiederholte er noch einmal wichtig.

»Schon richtig«, sagte Susanne, »aber welche?«

»Sie gehen zur Bank, sie kaufen ein, fahren ein Auto, tanken, buchen eine Reise ...«

»Schon gut«, unterbrach sie ihn. »Suchen wir also alle Geschäfte der Nachbarschaft auf. Alle Tankstellen, alle Reisebüros. Vielleicht bringt es ja etwas.«

Die nächsten Tage vergingen mit Kleinarbeit. Ein nicht allzu abschreckendes Bild der Toten war hergestellt worden, ein großer Teil der Abteilung wurde angesetzt auf die lokalen Geschäfte, die Nachbarn wurden noch einmal befragt. Das Ergebnis hingegen war mager. Natürlich konnte der Kioskbesitzer sich daran erinnern, daß sie einmal (»Aber wann war das noch?«) eine Tüte Chips gekauft hatte (»Richtig, das muß während dieses Länderspiels gewesen sein, aber gegen wen haben wir da noch gespielt?«), die Kassiererin vom Penny-Markt auf der Hildesheimer Straße zuckte hilflos mit den Schultern, doch, gesehen habe sie sie schon, aber den Namen? »Wissen Sie, es kommen hier so viele Leute vorbei, wenn man sich die alle merken sollte ...« Und die einzige Tankstelle in der Nähe konnte auch nicht weiterhelfen, und hinsichtlich der Reisebüros hatten sie sowieso keine großen Erwartungen. Eine schöne Frau lag im Kühlfach des Leichenschauhauses, keiner vermißte sie, keiner hatte sie gesehen. Es gab eine Wohnung, die einer obskuren Firma in Luxemburg gehörte. Sonst nichts.

Es war nach einem solchen Tag entnervender Kleinarbeit, als Susanne den richtigen Einfall hatte.

Sie war abgespannt, als sie ihr BMW-Cabrio in die Einfahrt lenkte. Ein knirschender Kiesweg, wie er Herbert immer vorgeschwebt hatte, war es zwar nicht geworden, aber die alte Gründerzeitvilla, die sie in Döhren in der Nähe des großen Stadtwaldes, der Eilenriede, bezogen hatten, war auch so schön genug. Die obere Etage beherbergte Herberts Büro, große, luftige Räume, und die untere Etage war für sie beide allein. Auch das graue Schild mit der blauen Schrift *Schwertfeger-Immobilien* paßte hierher. Die Gegend war gut, und die Geschäfte liefen.

Herbert hatte sogar seinen Rover in der Garage geparkt. Früher hatte er ihn einfach in der Einfahrt stehenlassen. Dann hatte sie zusehen können, wie sie ihr Cabrio vor einem drohenden Regenschauer noch einmal wasserdicht machte. Komisch, über was sie sich so anfangs gestritten hatten. Heute, nach drei Jahren glücklichen Zusammenlebens, war vieles gelassener geworden. Aber das Glück war geblieben. Das Glück, nach Dienstschluß eine Familie zu haben, einen Mann, der sie liebte und dem sie selbst in Liebe zugetan war. Daß er dann nach dem Tode seiner Tante, die in Ostberlin eine Reihe von Grundstücken besessen hatte, auch noch vermögend geworden war, das war Beibrot. Ein angenehmes allerdings. Denn mit seinem Gehalt als Studienrat vorher war es finanziell enger gewesen. Nur ihre vielen Überstunden trübten zuweilen die Idylle. Manchmal sogar sehr.

Als sie in die Garage fuhr, bemerkte sie ihn am Eßzimmerfenster. Vermutlich hatte er auf sie gewartet. Sie winkte kurz und sah, wie er zurückwinkte. Vielleicht hatte er schon etwas zu essen bereitet, wie er es manchmal tat.

Als sie die Wohnungstür aufschloß, roch sie den verführerischen Duft.

»Der Fünf-Uhr-Termin heute ist geplatzt, da bin ich noch

mal schnell in die Markthalle und habe beim Türken ein paar Kleinigkeiten geholt«, erklärte er kurz, bevor er auftrug. Wieder einmal war es sehr üppig, was er eingekauft hatte, und ein übers andere Mal fragte sie sich, wie lange ihre Figur noch halten würde. Die unerbittliche Waage verriet, daß sie in den letzten vier Jahren immerhin schon über drei Kilo zugelegt hatte. Um ehrlich zu sein, waren es sogar fast fünf, aber durch geschickte Variation der Meßtechnik war es ihr jedesmal möglich, diese Tatsache vor sich selbst zu verbergen.

»Weitergekommen?« fragte Herbert zwischen gebackenen Auberginen, Hirsesalat und eingelegten Weinblättern.

»Wie man's nimmt«, meinte sie. »Aber nein, eigentlich nicht. Immerhin wissen wir jetzt, was wir alles nicht von ihr wissen: Sie hat keine Reise gebucht, war nicht krank, hat wenig eingekauft, und ihre Visitenkarten haben wir auch nicht gefunden.«

»Und die Firma in Luxemburg?«

»Dem Waldmann haben wir ganz schön eingeheizt, der ist schon fast kooperativ, aber ich glaube, er weiß wirklich nichts. Zumindest können wir ihm nicht das Gegenteil beweisen. Und der hundertprozentige Besitzer der Interfinanz ist eine andere Gesellschaft, an die wir bisher noch nicht herangekommen sind.«

»Laß mich raten«, meinte Herbert. »Bestimmt eine Liechtensteiner Firma.«

»Falsch«, sagte Susanne. »Cayman Islands, Bahamas. Ich habe erst im Atlas nachschlagen müssen, um herauszufinden, wo die liegen.«

Also ein Ausflug in die internationale Welt der Banken ... Nun, wenn die Steuern hier weiter so steigen, ist das ja alles auch kein Wunder«, fügte Herbert ernst hinzu und goß etwas Wein nach.

Susanne schwieg.

Dunkel entsann sie sich, daß sie seit ihres unverhofften Erbes weniger Steuern zahlten als vorher, aber solche Debatten führte man inzwischen mit Herbert trotz aller Zuneigung und Liebe am besten nicht.

Fast hatte sie mittlerweile auch den Verdacht, daß er selbst glaubte, wirklich so arm zu sein, wie er sich für das Finanzamt rechnete.

»Wir stochern im Nebel«, sagte sie nur. »Etliche Leute haben die Frau gesehen, etliche erinnern sich auch an sie, einige haben sie sogar mit einem gutaussehenden, eleganten Mann zusammen gesehen, doch dann ist alles zu Ende. Die einzige, die sie näher gekannt zu haben scheint, ist Frau Wiechmann, die Nachbarin, und die hat uns wohl schon alles gesagt, was sie weiß. Wir befragen den ganzen Tag Leute und kommen nicht weiter, wir suchen den Inhaber einer Firma, an die wir so schnell nicht herankommen und von dem wir nicht einmal wissen, ob er uns wirklich weiterhelfen kann. Wir treten auf der Stelle.«

»Vielleicht stellt ihr nicht die richtigen Fragen?« meinte Herbert auf einmal. »Ihr fragt nach allem möglichen, aber im Prinzip geht es euch doch zunächst nur um den Namen. Und da sie einen falschen oder einen Decknamen verwandt hat, führt euch jede dieser Fragen in die Irre. Sie können einfach nicht richtig beantwortet werden.«

»So weit, so gut«, meinte Susanne behaglich. Der Wein hatte sie schläfrig gemacht. Die Abgespanntheit des Tages war einer wohltuenden Mattigkeit gewichen. Das Summen der Geschirrspülmaschine drang aus der Küche herüber, die Terrassentür stand offen, das vordere Fenster gab den Blick in den Vorgarten frei, und der warme Duft eines Spätsommertages drang ins Zimmer.

»Was empfiehlt mein Sherlock Holmes seiner lieben Miss Watson?«

»Ich würde nach anderen Sachen fragen, Fragen stellen,

die zu den richtigen Ergebnissen führen, dort, wo sie die Wahrheit gesagt haben muß.«

»Das ist großartig«, meinte Susanne. »Darauf wäre ich nie gekommen. Ist doch immer gut, wenn man einen erfahrenen Kriminalisten um Rat fragt.«

Der Spott perlte an Herbert ab wie Wasser an einer Ölhaut.

Er öffnete eine zweite Flasche und nahm einen kleinen Schluck. Sie tranken in letzter Zeit etwas viel, fiel Susanne zum wiederholten Male auf. Ab morgen würden sie damit aufhören. Unbedingt. Vielleicht sogar heute schon. Nach einem kurzen Moment des Zögerns hielt sie ihm ihr Glas hin.

»Schenk mir auch noch etwas ein.«

»Bei welcher Frage muß sie die Wahrheit gesagt haben?« überlegte Herbert laut. Er wiederholte die Frage, aber an der Art, wie er sprach, merkte Susanne, daß er wohl nicht mehr wirklich an der Lösung dieser Aufgabe interessiert war. Statt dessen war sein konzentrierter Gesichtsausdruck einer freudigen Zufriedenheit gewichen, als er, den Arm um Susanne gelegt, über ihr Grundstück schaute, den alten Baumbestand im Vorgarten musterte, den Duft des Spätsommers einsog. Von fern brachte der leichte Wind den Geruch eines Grillfeuers, für diese Gegend schon fast etwas Exotisches. In der Garage, deren Tor noch offenstand, glänzte der neuerworbene Range Rover.

Die Idee kam ihnen beiden zur gleichen Zeit. »Das Auto«, sagte Susanne. »Sie hat mit Sicherheit ein Auto gefahren. Und das muß auf ihren Namen zugelassen sein.«

»Das ist es!« rief auch Herbert aus. »Das ist die Lösung. Morgen solltest du mal nachforschen.«

Aber Susanne löste sich schon aus seinem Arm, eilte in den Flur, kramte ihr Notizbuch heraus, und wenige Sekunden später hatte sie Frau Wiechmann in der Leitung.

»Ihr Auto steht noch in der Straße!« rief sie Herbert aufgeregt zu. »Ein schwarzer Golf GTI. Frau Wiechmann schaut gerade nach der Nummer.«

»Kann das denn nicht auch bis morgen warten?« murmelte Herbert etwas ungehalten, als sie nach Erhalt der Nummer gleich mit ihrer Dienststelle telefonierte, um die Halterin ermitteln zu lassen. Eigentlich hatte er sich den weiteren Verlauf des Abends anders vorgestellt.

8

Ulrike Wienecke mußte schon etwas früher gekommen sein, denn sie begrüßte mich schon auf der Straße, kurz nachdem ich meinen Wagen verlassen hatte.

»Schön, daß Sie gekommen sind«, sagte sie fröhlich. »Ich habe mich richtig darauf gefreut.«

»Ich mich auch«, erwiderte ich. Was sollte ich sonst sagen? Außerdem stimmte es sogar.

Bei Tisch gab sie mir sogleich einen Fünfhundertmarkschein.

»Das ist für Sie, damit Sie nicht wieder so leer ausgehen wie letztes Mal.«

Ich schob ihr den Schein langsam, aber bestimmt zurück.

»Behalten Sie Ihr Geld«, sagte ich. »Für Geld wäre ich heute nicht gekommen. Auch wenn Sie mir tausend geboten hätten.«

»Sie sind aus Mitleid gekommen«, sagte sie leise, und alle Fröhlichkeit schien von ihr abzufallen. »Ich tue Ihnen leid, nicht wahr?« Ihr Blick wanderte über die Tischplatte und über das Muster der Serviette. »Ich tue Ihnen einfach leid.«

Natürlich war es das auch. Aber das konnte ich ihr nicht sagen. Es wäre herzlos gewesen. Und unwahr obendrein.

»Nein«, widersprach ich. »Ich bin heute gekommen, obwohl es mir überhaupt nicht paßt, obwohl ich keine Zeit habe und in jeder Menge Schwierigkeiten stecke, ich bin gekommen, weil ich mich auf Sie gefreut habe, weil Sie eine charmante, gutaussehende Frau sind – und weil ich mich freue, den Abend mit Ihnen verbringen zu dürfen.«

Ich merkte, wie das Leuchten in ihre Augen zurückkam.

»Das stimmt nicht, was Sie da sagen. Das stimmt nicht.«

»Es stimmt«, sagte ich fest, und dann nahm ich ihre Hand und drückte sie leicht. »Doch, es stimmt. Auch wenn es komisch klingt und ich vielleicht nicht die richtigen Worte finde.«

Sie schluckte, entzog mir die Hand und wischte sich leicht über die Augen.

»Jedenfalls ist es ganz lieb, daß Sie es sagen. Wirklich«, meinte sie leise. »Auch wenn es nicht stimmt.«

Sie können mir glauben! wollte ich noch sagen. Aber sie schüttelte nur stumm den Kopf und bedeutete mir zu schweigen.

»Ich habe Sie übrigens gesehen, neulich, als Sie aus dem *Roma* kamen«, sagte sie nach einer Weile mit gespielter Fröhlichkeit. »In Begleitung einer auffallend schönen Frau.«

Ich merkte, wie mir das Blut in die Wangen schoß.

Auf einmal lachte sie. Es war ein herzliches, sogar leicht schallendes Lachen, fast schon ein bißchen zu laut für das feine Lokal, das sie vorgeschlagen hatte.

»Sie sind ja verlegen, mein Gott, ich hätte nie gedacht, daß ich Sie in Verlegenheit bringen könnte. Daß Sie rot werden.«

Ihr Lächeln wurde eine Spur boshaft. »War es geschäftlich oder privat?« fragte sie. »Hat Silke Sie auch geangelt und eingefangen?«

Plötzlich schien sie sich zu besinnen.

»Entschuldigung«, murmelte sie. »Das war indiskret und, ich glaube, auch etwas gemein. Bitte nehmen Sie es mir nicht übel.«

»Silke«, hatte sie gesagt. Kannte sie die Frau? Bot sich hier ein Schlüssel zu meinem Rätsel? Endlich nicht mehr warten müssen, warten auf die Polizei, warten, bis sich alles in einem furchtbaren Ende auflöste? Denn dieses Ende konnte nur furchtbar sein bei all den Indizien. Oder ein Leben in Angst und Ungewißheit für die nächsten Jahre?

»Sie kannten sie?« Alle Bereitschaft zur leichten Konversation war von mir abgefallen, und geblieben war nur noch das Verlangen nach Klarheit. Klang das in meiner Stimme durch? Der Blick von Ulrike Wienecke schien anders geworden zu sein.

»Wieso *kannte*?« fragte sie und betonte die Vergangenheitsform.

Ich ging leichthin über diesen Einwurf hinweg, als hätte ich ihn nicht gehört.

»Ihr Name war nicht Silke«, stellte ich klar. »Carola hieß sie. Carola von Theben. Ich habe sie zufällig kennengelernt, und wir haben uns locker verabredet.« Ich gab meiner Stimme einen leichten, unverbindlichen Tonfall. Trotzdem konnte ich nicht verhindern, daß sie belegt klang.

»Carola?« fragte sie zurück. »Carola von Theben? Ich glaube, Silke hat ihre Vorliebe für klangvolle Namen immer noch nicht abgelegt. Wenn ich mich nicht getäuscht habe, dann war es Silke. Wir haben zusammen in Hamburg bei derselben Firma eine Ausbildung angefangen. Ich bin dabeigeblieben. Silke wollte zwischendurch noch mal ans Theater. Sie spielte immer gerne. Am liebsten sich selbst. Und da ihr Name Silke Meyer nun alles andere als klangvoll war, mußte sie sich immer irgendwelche Künstlernamen zulegen. Anfangs französische, vielleicht ist sie jetzt auf klassische umgestiegen. Zu ihr passen würde es.«

Je länger sie sprach, desto mehr hatte sich ein leicht abfälliger, vielleicht sogar gehässiger Ton in ihre Stimme geschlichen. Eine alte Abneigung von früher? Ich wollte nicht nachfragen. Silke Meyer. Vielleicht konnte ich mit diesem Namen etwas anfangen.

»Sie mögen sie nicht?« fragte ich gegen meinen Willen nach.

»Was heißt nicht mögen? Befreundet waren wir nie, auch einen Freund hat sie mir nicht ausgespannt, nein, da liegen Sie falsch«, einen Moment lachte sie kurz, vielleicht etwas verlegen, »aber sie hat sich ziemlich an die Männer herangeschmissen.«

»Vor allem an Männer mit Geld«, setzte sie hart hinzu. Zu hart für eine bloß beiläufige Bekanntschaft.

Eine Zeitlang schwiegen wir.

Dann fragte sie unvermittelt: »Sie haben meine Frage nicht beantwortet: Warum haben Sie die Vergangenheitsform gewählt?«

Es gibt Augenblicke, in denen man sich entscheiden muß. Bei einer Liebeserklärung ist es so, ein Weinglas zu früh, ein Lidschlag zu spät, oder vielleicht auch dann, wenn man sich einem Menschen öffnen möchte. Und öffnen wollte ich mich. Wem hätte ich sonst vertrauen können, nahe genug, alles von sich preiszugeben, und entfernt genug, wieder auseinanderzugehen, ohne das Gefühl, zuviel gesagt zu haben. Meinen Freunden in der Schule? Klaus-Dieter? Merkwürdigerweise wäre er der einzige gewesen, den ich noch ins Vertrauen hätte ziehen wollen, ein alter Bekannter, etwas windig, aber sicherlich verschwiegen. Aber auch loyal?

Ulrike Wienecke schaute mich an. Eine interessante Frau, die mich offensichtlich mehr als sympathisch fand.

»Ich stecke in Schwierigkeiten«, hörte ich mich sagen. »Ich sitze ganz schön in der Tinte, wenn Sie es genau wissen wollen. Verdammt tief drin.«

»Hat Silke Ihnen den Kopf verdreht?« fragte sie zurück. »Haben Sie Schwierigkeiten mit Ihrer Frau?«

In diesem Augenblick entschloß ich mich, ihr alles zu erzählen, alles. Wir rührten das Essen kaum an, obwohl es gut war, wir sprachen dem Wein nicht zu, ich erzählte einfach. Von meinem Traum vom großen Geld, meinem Job als Mietmann, von meinem Kasinobesuch, von Carola oder Silke, von der Entfremdung mit Marion, Klaus-Dieter mit seinem vielen Geld. Der Mord. Alles. Und sie hörte zu. Geduldig, manchmal unterbrach sie mich mit einer Zwischenfrage, aber meist hörte sie nur zu. Als ich geendet hatte, wußte ich, daß ich schutzlos war. Daß ich mich, so wie vielleicht noch nie in meinem Leben, einem Menschen geöffnet und anvertraut hatte. War es richtig gewesen?

Sie nahm meine Hand, drückte sie leicht. Ihre Stimme klang fest, aber sie sprach leise.

»Sie sind unglaublich mutig. Vielleicht sind Sie der mutigste Mensch, der mir je begegnet ist.«

In diesem Augenblick wußte ich, daß ich nicht mehr alleine war.

»Danke, daß Sie zugehört haben«, sagte ich. »Ich mußte es irgendwie loswerden.«

Sie lächelte und wurde dann wieder ernst.

»Warum will Ihnen einer einen Mord anhängen?« fragte sie. »Sie werden betäubt, Silke ist tot, alle Spuren weisen auf Sie? Warum?«

»Ich weiß es nicht«, gab ich zu. »Ich weiß es nicht. Seit zwei Tagen beschäftige ich mich mit nichts anderem. Wer will mich vernichten? Und wer steckt mir vorher noch zwanzigtausend Mark in die Tasche?«

»Es werden Indizien gelegt«, erklärte sie bestimmt. »Indizien, die Sie überführen sollen. Sie sind geschickt gelegt. Nicht zu auffällig, gerade richtig dosiert. Wenn man Ihre Visitenkarte gefunden hätte, einschließlich Anschrift und Telefonnummer, vielleicht noch Faxnummer dabei, ich glaube, dann würde sogar die Kriminalpolizei argwöhnen, daß hier ein Täter präsentiert werden soll. Auf dem silbernen Tablett sozusagen. Aber so? Die werden langsam arbeiten. Den Schlüssel finden, vielleicht kann man anhand des Schlüssels seine Nummer feststellen und anhand der Nummer die Fahrgestellnummer. Ihr Schlüsselanhänger führt zu Ihrem Namen, und irgendwann klingelt die Kripo bei Ihnen zu Hause. Die Hauptspuren überführen Sie – das ist eigentlich alles. Aus dieser Falle kommen Sie nicht mehr heraus. Es ist nur eine Frage der Zeit.«

Ich wußte, daß sie recht hatte. Mochte ich mir noch einreden, daß die Schreckensbilder, die mich heimsuchten, Ausgeburten meiner Phantasie seien – hier wurde nur von einer unbeteiligten Person unmißverständlich dargelegt, daß dies alles Selbsttäuschungen waren, daß meine Zeit ablief. Vielleicht langsam, aber unerbittlich. Ich lebte von geborgter Zeit.

»Und Sie haben keine Hinweise, können sich an nichts erinnern?«

Was sollte ich sagen? Daß ich sie begehrt hatte? Doch wohl kaum. Der Schlüssel fiel mir ein. Merkwürdig, ich hatte ihn fast vergessen.

»Ich habe einen Schlüssel vor meinem Auto gefunden. Er lag am Morgen einfach da. Aber er paßt zu nichts. Ich habe es schon ausprobiert. Das ist alles.«

»Zeigen Sie mal.« Sie streckte die Hand aus und betrachtete ihn.

»Ein ganz normaler Sicherheitsschlüssel. So eine Art Zweitschlüssel für eine Wohnung. Wie man ihn der Putzfrau gibt. Oder für eine Kellertür. Jedenfalls keiner für den täglichen Gebrauch«, stellte sie fest. »Nicht bei dem Plastikanhänger. Und den hat sie verloren?«

Ich zuckte mit den Schultern.

»Weiß nicht, der lag einfach vorm Auto. Paßt aber nicht. Alles schon ausprobiert.«

»Was haben Sie mit dem Geld gemacht?« fragte sie auf einmal und wechselte damit abrupt das Thema.

»Ich habe es aufs Konto eingezahlt«, sagte ich kleinlaut. »Ich habe zwei Tage gewartet, es mit mir herumgeschleppt, und weil mein Konto in den Miesen stand, habe ich es einfach eingezahlt – Mir ist schon klar, daß das so ziemlich das dümmste war, was ich machen konnte«, setzte ich rasch hinzu, als sie etwas sagen wollte.

»Stimmt«, bestätigte sie nur. »Aber wer handelt schon immer vernünftig.«

Ich war ihr dankbar, daß sie es dabei bewenden ließ.

»Wollte der Mörder einen Mord verdecken oder Ihnen ganz gezielt einen unterschieben?« fragte sie mehr sich selbst.

»Ich weiß es nicht«, entgegnete ich. »Vielleicht beides? Aber dann müßte er uns beide gekannt haben. Ich habe wirklich keine Ahnung, wer der Mörder sein könnte. Ich habe keine Feinde, ich habe kaum jemandem etwas zuleide getan, ich weiß es wirklich nicht.«

Für eine Weile hingen wir beide unseren Gedanken nach. Ich fühlte mich leer. Vollständig leer. Ich hatte alles gesagt, was ich sagen konnte. Die Kellner fingen an, die Nachbartische abzuräumen, wir waren die einzigen Gäste, und anscheinend wartete die Bedienung darauf, daß wir gingen. Sie wartete höflich, und natürlich war das Restaurant zu hochkarätig, als daß wir durch das Ausknipsen des Lichtes, das Klappern von Geschirr oder ähnliche plumpe Hinweise mehr oder weniger hinauskomplimentiert wurden. Trotzdem wollten wir die Geduld des Personals nicht überstrapazieren.

Wir gingen, aber als wir aus dem Restaurant hinaustraten, faßte mich Ulrike Wienecke plötzlich an.

»Warum gehen wir eigentlich immer davon aus, daß der Mörder ein Mann ist?« sagte sie.

Einige Tage später versuchte ich noch einmal mit Marion zu reden. Schlimmer konnte es nicht mehr werden, und die fast schon körperlich zu greifende Feindseligkeit zwischen uns beiden bereitete mir Schmerz. Zudem kam sie abends meist später als sonst nach Hause, und der lapidare Hinweis ›Essen mit Kolleginnen‹ war eher dazu angetan, meine Besorgnis zu verstärken als zu zerstreuen.

»Du wolltest mit mir reden?« fragte sie kühl.

Ich hatte eine Flasche eines Bergeracs aufgemacht, die an einen besonders schönen Urlaub vor drei Jahren erinnerte, und hatte die Beleuchtung unseres Wohnzimmers gedimmt. Gemütlich, intim, aber auch nicht so, daß es nach Verführung aussah.

Marions Blick wirkte leicht amüsiert. Mal sehen, was er sich jetzt noch alles einfallen läßt, schien sie zu sagen.

Sollte ich Marion wirklich in alles einweihen? In *alles*? Obwohl ich dieses Gespräch vorbereitet hatte, gewünscht hatte, war ich mir unsicher. Aber so konnte es ja auch nicht mehr weitergehen.

Ich entschied mich für einen Teil der Wahrheit. Erzählte von unserem Traum. Unserem, ich sagte unserem, Traum vom Geld, meiner Idee, als Mietmann zu arbeiten. Deswegen die Telefonate, nun wisse sie es. Ich kam ins Reden, öffnete mich.

In den spöttisch-überlegenen Blick Marions mischte sich etwas wie Skepsis.

»Und Donnerstag morgen?« fragte sie. »Als du mit dem zerkratzten Gesicht nach Hause kamst? Auch nur ein geschäftliches Treffen?«

Ich spürte ihren Spott. Ich sah ihren Unglauben. Sie glaubte mir nicht. Spürte sie, daß ich ihr etwas verheimlichte? Du hast dich einer fremden Frau anvertraut. Einfach so. Versuch es doch mit Marion auch, ging es mir durch den Kopf.

Marion schwieg.

Du mußt jetzt ehrlich sein! Sei aufrichtig! Man kann ein neues Leben nicht mit einer Lüge anfangen.

»Nun gut«, sagte ich. »Dann erzähle ich alles. Wirklich alles.«

Ich berichtete von dem Kasino, der fremden Frau, meiner Faszination, dem Aufwachen, dem Argwohn ...

Ich beichtete. Es ist, glaube ich, einfacher, einem Fremden

die intimsten Geständnisse zu machen, als dem Menschen, den man am besten kennt. Ich redete. Und während ich sprach, merkte ich, daß ich Marion nicht erreichte. Sie schien mir nicht wirklich zu glauben.

»Mein Gott, das ist ja schrecklich«, flüsterte sie schließlich trotzdem. »Felix, das ist furchtbar für dich.«

Ich registrierte, daß sie ›dich‹ gesagt hatte, nicht ›uns‹.

»Willst du, daß ich dir helfe? Ein Alibi? Wenn du willst, dann helfe ich dir. Natürlich, zur Not beschwöre ich auch, daß du die Nacht hier gewesen bist, wenn es dir hilft, keine Frage ...«

Es klang halbherzig.

»Es würde mir nichts nützen«, sagte ich, »die Hautproben, denn mit Sicherheit werden Spuren meiner Haut unter ihren Fingernägeln sein, überführen mich, sobald sie meinen Namen haben. Mit tödlicher Sicherheit.«

Marion schwieg. Früher hatte sie mich trösten können. Aufmuntern. Da sein. Und unter ihrer manchmal spöttisch-ironisch kämpferischen Fassade steckte auch Mitgefühl. Noch vor wenigen Monaten, ja Wochen, wäre sie an mich herangerückt, hätte mich umarmt. Heute hörte sie nur zu. Interessiert, aber auch mit Distanz. So wie man sich die Lebensgeschichte eines Bekannten anhört. Mein Gott, wie weit hatten wir uns voneinander entfernt.

»Ist etwas zwischen uns?« fragte ich schließlich und suchte ihren Blick. Sie wich mir aus.

»Vielleicht haben wir uns ein wenig auseinandergelebt«, sagte sie schließlich. »Ich weiß es nicht. Wenn wir Kinder gehabt hätten, aber erst wolltest du keine, dann ich ..., vielleicht hätte es dann nicht so kommen müssen.«

Sie brach ab.

Eine seltsame Apathie hatte mich befallen.

»Willst du dich wegen dieser Sache von mir trennen?« fragte ich zurück.

Marion schüttelte langsam, aber mit Bestimmtheit den Kopf.

»Deswegen nicht. Ich glaube dir schon, daß du unschuldig bist. Wenn du es so sagst. Aber, schau mal ...« Dann unterbrach sie sich und sagte auf einmal leise: »Ich bin durcheinander, vielleicht gibt es sich, vielleicht nicht. Mit der Sache hier hat es nichts zu tun. Okay?« Zum ersten Mal schaute sie mir in die Augen.

»Gibt es einen anderen?« fragte ich.

»Nein«, sagte sie. »Es gibt keinen anderen.«

Ich war sicher, daß sie mir nicht die Wahrheit sagte. Aber wahrscheinlich wollte ich die Wahrheit auch gar nicht wissen.

»Ist schon gut«, sagte ich.

»Klaus-Dieter hat übrigens angerufen«, berichtete sie dann beiläufig. »Er hat uns eingeladen. Zu einer privaten Feier zu sich nach Hause. Am Freitag in einer Woche. Kommst du mit?«

Offensichtlich wollte sie in jedem Fall gehen.

»Ja«, sagte ich. »Ich komme mit.«

Der Hinweis von Ulrike Wienecke auf den wahren Namen der Toten ging mir nicht aus dem Kopf.

Silke Meyer. Eine ehemalige Schauspielerin.

Ich hatte die Wohnung in der Freiherr-von-Berlepsch-Straße vor Augen. Gut eingerichtet, geschmackvoll, steril. Sie hatte wenig Persönliches an sich. Hatte sie wirklich dort gewohnt? Je länger ich darüber nachdachte, desto unwahrscheinlicher erschien es mir. Nein, das war nicht ihre Wohnung. So hätte sie sich nicht eingerichtet. Das war wahrscheinlich nur eine Wohnung, die *für* sie eingerichtet worden war. Eine Absteige, wenn man es hart ausdrückte.

Ein Griff ins Hannoversche Telefonbuch zeigte mir, daß

zwei Silke Meyers eingetragen waren. Nur zwei. Ich hatte gedacht, daß der Name häufiger sein würde.

Kurz entschlossen rief ich an.

»Meyer.« Eine Frauenstimme. Sie schien älter zu sein.

»Spreche ich mit Frau Silke Meyer?«

»Am Apparat ...«

Ich legte auf. Die war es nicht.

Bei der anderen Nummer klingelte das Telefon endlos. Silke Meyer. Ihmeplatz drei. Sollte das ihre Adresse sein?

Der Schlüssel ging mir nicht aus dem Sinn. Der unscheinbare Sicherheitsschlüssel mit dem Anhänger. Ein Zweitschlüssel? Zufällig verloren, wie Ulrike Wienecke gemeint hatte? Man konnte es mal ausprobieren.

Ich glaubte nicht wirklich daran, daß der Schlüssel zur Wohnung paßte, aber ich hatte auch keine Lust, weiter in der Ecke zu sitzen und wie das Kaninchen auf die Schlange beziehungsweise auf das Erscheinen der Kriminalpolizei zu warten.

Eine halbe Stunde später stand ich vor dem Ihmezentrum. Es war ein großer Geschäfts- und Wohnkomplex in einer der zentralen Lagen Hannovers, ganz im Baustil der sechziger und siebziger Jahre gehalten. Damals war diese wuchtige Betonarchitektur als verdichtetes Bauen noch als der städtebaulich letzte Schluß angesehen worden. Leerstehende Wohnungen, der Auszug der Geschäftsleute, Zuzug sozialer Randgruppen, das alles hatte heute allerdings zu einer explosiven Mischung geführt, die man sicherlich damals nicht erahnt hatte.

Es dauerte eine Zeitlang, bis ich das Haus mit der richtigen Nummer gefunden hatte. Allein die Anzahl der Klingelschilder war beeindruckend. Ein riesiges Feld von Namensschildern. Einige beschriftet, einige frei, einige deutsch, ein großer Teil mit ausländischen Namen versehen. Schließlich fand ich ihren Namen. Silke Meyer, 711, das war wohl im siebten Stock. Ich drückte den Knopf und wartete. Nichts geschah. Noch einmal.

Offensichtlich war keiner da. Wenn es die richtige Wohnung war, war es auch nicht weiter verwunderlich. Aber wie kam ich in das Haus?

Ich zog meinen Schlüssel mit dem Plastikanhänger heraus. Sollte er wirklich passen?

Natürlich paßte er nicht. Ich konnte ihn nicht einmal einführen. Einen Augenblick stand ich ratlos da.

Das ist nur die Haustür, die Wohnung hat ein anderes Schloß, sagte ich mir. Bestimmt.

Ich hörte den Straßenlärm von unten, das entfernte Rattern der U-Bahn vom Schwarzen Bären, hinter mir hasteten Menschen zu Saturn-Hansa und kamen beladen mit Einkaufstüten zurück. Normaler Alltag.

Ich klingelte noch einmal. Abermals regte sich nichts. Kurz entschlossen drückte ich eine Reihe von Klingelknöpfen. Einige Stimmen quäkten durch die Sprechanlage, die ich mit ›Prospekte‹ beantwortete. Unvermutet machte mir eine barmherzige Seele auf. Nachdem ich mich von dem Szenario eines leicht dreckigen Aufzuges und das eines luftigen Vorflures nicht hatte abschrecken lassen, stand ich schließlich vor der Wohnungstür. 711. Sie befand sich am hinteren Ende eines langen Ganges, von dem eine lange Reihe Türen in regelmäßigen Abständen abzweigte. Er war düster, eine gut verdeckte Neonröhre gab ein Licht, bei dem offensichtlich auf einen ›Warmton‹ geachtet worden war. Geradezu heimelig. *Nüchtern trau' ick mir nich rein, und besoffen find' ich die Tür nich ...* Dieser Spruch aus dem Märkischen Viertel in Berlin schien auch bei dieser Wohnanlage Pate gestanden zu haben. Vielleicht sollten zur Abwechslung auch die Architekten für ein oder zwei Monate mal in diesen Gängen wohnen dürfen.

Ob der Schlüssel diesmal paßte? Durfte ich die Wohnung

überhaupt betreten? Und wenn es die falsche war? Die Eigentümerin plötzlich in der Tür stand? Doch neben der Anklage auf Mord schien mir die des unerlaubten Betretens einer Wohnung kaum noch ins Gewicht zu fallen.

Ich kramte den Schlüssel aus meiner Hosentasche. Er glitt ins Schloß, ließ sich anstandslos drehen. Die Tür schnappte auf. Wenige Augenblicke später stand ich im Dämmerdunkel eines Flures. Leicht fiel die Tür hinter mir ins Schloß. Ich war da. Ein Werk weniger Sekunden.

Der Flur war länglich geschnitten und lief an einer Seite in einer kleinen Biegung aus. An den weißen Wänden hingen einige großformatige Bilder. Moderne Kunstdrucke, ein Plakat der Hamburger Picasso-Ausstellung, ein Werbeplakat für eine Aufführung des Thalia-Theaters von Molieres Eingebildetem Kranken. Die Schauspielernamen, die aufgeführt waren, sagten mir nichts. Und dann, nicht zentral, fast versteckt, aber doch gut beleuchtet: ein Schwarzweißfoto. Die Studio-Aufnahme einer auffallend schönen Frau mit mittellangen, schwarzen Haaren und dunkel geschminkten Augen, die Lippen leicht geöffnet.

Sie war es.

In eigentümlicher Scheu ging ich die ersten Schritte. Die Wohnung einer Toten. Einer Frau, die für einen kurzen Augenblick meinen Weg gekreuzt hatte.

Es war absolut still. Kein Laut drang aus der Nachbarwohnung, nicht einmal der Lärm der Straßen war zu hören.

Ich verschaffte mir zunächst einen ersten Überblick. Es war eine großzügig geschnittene Dreizimmerwohnung. War der Hausflur auch furchtbar, die Wohnung konnte sich sehen lassen. Sie wirkte leicht exzentrisch und war in gekonntem Stilmix eingerichtet. Ein paar sehr kühle Möbel, chromblitzende Sessel, vermutlich italienisches Design, dann wieder ein dunkler Mahagonitisch, ein unglaublich bequem aussehendes, ein wenig zerschlissenes antikes Sofa,

Pflanzen, diese allerdings kurz vorm Verwelken. Nicht steril, sondern geschmackvoll, individuell. Vielleicht hätte sie mal aufräumen können, einen Putztick schien sie nicht gehabt zu haben. An einer Stelle des Wohnzimmers ein halb umgestürzter Stapel mit Zeitschriften. Brigitte, Cosmopolitan, Für Sie. Einige Fotos in einer Ablageschale. Zwei kleinere Nippesfiguren, ein Herr und eine Dame in Rokokokleidung, die Hand des Mannes leicht beschädigt.

Die Wohnung schien unberührt zu sein. Die Polizei hatte sie offensichtlich noch nicht durchsucht. Natürlich nicht, denn sonst hätte ich wohl auch ein Siegel an der Tür bemerken müssen.

Eine eigentümliche Erregung hatte mich gepackt. Nur kurz tauchte die Frage in mir auf: Was suchte ich hier eigentlich? Irgendwelche Hinweise auf den großen Unbekannten? Und wenn ja, wie sollten diese aussehen? Unschlüssig drehte ich die einzelnen Fotos hin und her. Urlaubsfotos. Silke oder Carola, ich hatte mich noch nicht entschieden, welchen Namen ich ihr eigentlich geben wollte, mit verschiedenen jüngeren oder älteren Männern. Zu zweit, allein, größere Gruppen. Es waren unterschiedliche Stationen, verschiedene Filme, unterschiedliche Jahreszeiten. Und keine der anderen Personen rief in mir irgendwelche Erinnerungen hervor. Ein weiteres schönes Porträtfoto von ihr. Etwas größeres Paßbildformat. Ich steckte es ein. Für alle Fälle.

Das Bild eines jungen Mannes weckte mein Interesse. *Peter* war mit einem Filzstift darauf geschrieben, eine schwungvolle Unterschrift. Ein Hinweis? Das Bild schien älter zu ein, jedenfalls hatte der junge Mann noch recht lange Haare. Es mochte Anfang der achtziger Jahre aufgenommen worden sein. Richtig. Auf der Rückseite war der Stempel des Labors zu sehen. *08.82.* Peter sah auch noch ziemlich jung aus.

Wohl nur eine Jugendliebe aus Hamburg.

Irgendwo in dieser Wohnung konnte, ja mußte es einen Hinweis geben, einen Hinweis auf den Mann, den sie gekannt hatte, der ihr vielleicht die Wohnung in der Freiherr-von-Berlepsch-Straße eingerichtet hatte, der sie möglicherweise ermordet hatte. War es ein Hinweis, den auch ich erkennen konnte? Briefe? Ein Tagebuch?

In einem Bücherregal stand ein Aktenordner. Ich blätterte ihn durch. Unterlagen über die Wohnung, Strom-, Gasrechnungen. Demnach hatte sie die Wohnung schon seit eineinhalb Jahren. Die Rechnungen fingen jedenfalls zu der Zeit an.

Wonach mußte ich suchen? Irgendein Bild, einen Brief? Und gab es einen solchen Hinweis überhaupt?

Je mehr ich in die Wohnung eindrang, die Schubladen aufzog, sie schloß, vorsichtig einzelne Papierstapel herausnahm, durchblätterte, wieder weglegte, desto unlösbarer erschien mir das Problem. Die ganze Wohnung war angefüllt mit persönlichen und persönlichsten Dingen. Schminksachen, Kleidung, ein paar Zeitungsartikel mit Rezensionen über eine Theateraufführung, an einer Stelle hatte sie sogar ihren Namen gefunden und unterstrichen, Einkaufszettel, Kfz-Brief für einen Golf-GTI, sogar die Kontoauszüge hatte ich gefunden. Alles säuberlich geordnet. Ihr Konto hatte einen Stand von fast vierzigtausend Mark gehabt. Dreißigtausend hatte sie vor einigen Tagen abgehoben. In bar. Wofür?

Fast jeder hat ein Notizbuch, einen Terminkalender, sagte ich mir. Ihrer muß hier irgendwo sein. Bestimmt.

Ich arbeitete mich systematisch durch die Wohnung. Das Schlafzimmer. Die Schmuckschatulle war gut sortiert. Ringe, Ketten, echte Perlen neben schönem, auffälligen Modeschmuck. Der Rubin fehlte, wie ich bemerkte.

Nach zwei Stunden angestrengten Suchens war ich keinen Schritt weitergekommen. In der ganzen Wohnung gab es keinen, aber auch gar keinen Hinweis, der mich weitergebracht hätte.

Kein Telefonverzeichnis. Nichts.

Und dabei hatte sie doch sicherlich mit Freundinnen telefoniert, Restaurants ausgesucht, Leute gekannt, Termine gemacht . . . Sollte sie das alles aus dem Kopf erledigt haben?

Ich glaubte es nicht. Zunehmend kam mir die Sache merkwürdig vor. Sollte ich doch nicht der erste gewesen sein?

In der Küche hing neben dem Tisch eine Pinnwand. Ein Kalorienplan, zwei großformatige Cartoons aus der Brigitte, eine Postkarte aus Bali, eine aus Berchtesgaden. Das war alles. Ich nahm die Karten ab. Standardurlaubsgrüße, Unterschrift Susanne und Peter, die Schrift der anderen war kaum zu entziffern, eine zittrige Sütterlinschrift, vielleicht eine alte Frau? Ihre Mutter?

Persönliches hatte ich jede Menge gefunden, aber nichts, gar nichts, was mir Aufschluß auf ihren Bekanntenkreis hätte geben können.

Je länger ich in dieser Wohnung war, desto mehr beschlich mich das ungute Gefühl, hier nicht der erste gewesen zu sein. Es war mehr eine unbestimmte Ahnung als ein klares Wissen. Hatte hier jemand sehr sorgfältig eine ganze Reihe von Dingen verschwinden lassen? An was konnte er nicht gedacht haben?

Konzentriert ging ich noch einmal durch die Wohnung. Die elektrischen Geräte hatte ich nicht untersucht, aber ich war auch nicht davon ausgegangen, daß Carola oder Silke ganz gezielt etwas versteckt hatte. Eine Stereoanlage, Videorecorder, Fernseher, Telefon daneben.

Das Telefon!

Es war ein modernes Tastentelefon von Siemens mit Speichertasten. Der Beschriftungsstreifen war nur unvollständig ausgefüllt. ›Mutter‹ stand oben, dann einige weibliche Vornamen. Katja, Sabine, Wiebke. Ein Schild ›Friseur‹.

Ich drückte auf eine der unbezeichneten Tasten. Das Display zeigte mir eine Nummer in Hamburg an.

Ich holte einen Stift und mein kleines Notizbuch heraus und schrieb sie auf.

In diesem Augenblick klingelte es.

Ich erstarrte in der Bewegung.

Wer konnte das sein? Reklame?

Noch einmal ging die Klingel. Sie hatte einen energischen, tiefen Summton. Dann noch einmal.

Das war keine Reklame. Ganz sicher nicht.

Auf Zehenspitzen schlich ich zur Tür und schaute durch den Spion. Vor mir stand ein bärtiger Mann, den ich nicht kannte. Er war recht gut angezogen, gut sitzende Jeans, ein legeres Jackett. Der Mörder?

Einen Moment schaute ich ihn an. Ein Geschäftsmann? Vertreter?

Er blickte auf die Uhr. Noch einmal klingelte er. Hatte er sich hier verabredet?

Schließlich, nach unendlich langer Zeit, wandte er sich ab und verschwand aus meinem Blickfeld. Ich hastete zurück.

Ich mußte sehen, daß ich hier wegkam!

Nur noch die Nummern im Telefon. Noch zwei unbesetzte Plätze waren zu erkennen. Wieder irgendeine Hamburger Nummer, dann die letzte. Eine aus Hannover. Sie kam mir bekannt vor, ich hatte sie schon einmal gesehen, aber wo? Die Nummer wies auf die Südstadt hin, Döhren, Kleefeld, Wülfel oder etwas in dieser Gegend. Ich hatte wirklich das deutliche Gefühl, daß ich sie kannte. Gut kannte.

Ich schrieb die Ziffern mit fliegender Hast ab. Und als sie so neben den Hamburger Nummern, den Nummern von Freundinnen und Bekannten auf dem Papier stand, da fiel mir ein, wo ich sie schon einmal gesehen hatte.

Es war meine. Meine eigene. Nicht die von meinem Mietmannanschluß, nein, meine andere, die private. Hier in dem Telefon war meine Privatnummer gespeichert.

Meine?

Entsetzt starrte ich das Telefon an. Ich hatte Carola die Nummer nie gegeben, das wußte ich. Und wir hatten uns ja nur zweimal getroffen. Sie kannte nicht einmal meinen Namen. Woher hatte sie meine Nummer?

Aus der Zeitung?

Ich schloß die Möglichkeit aus. Meine Privatnummer hatte ich in den Annoncen nie preisgegeben. Oder doch? Die ersten Male, die erste Annonce, noch bevor ich den zweiten Anschluß erhielt? Aber gleich einprogrammiert?

Das kannst du dir alles nachher überlegen! schoß es mir durch den Kopf. Es ist egal, wie die Nummer ins Telefon gekommen ist. Darüber konnte ich mir hinterher immer noch den Kopf zerbrechen. Jetzt gab es Dringlicheres: Die Nummer hier mußte gelöscht werden, und dann mußte ich hier weg, und das schnell!

So weit, so gut. Wie die meisten Menschen stehe ich jedoch mit den modernen Telefonen leider auf Kriegsfuß. Ich kann wählen, aber schon die Regulierung der Lautstärke ist ein Problem, das mich ohne eine viertelstündige Lektüre der Betriebsanleitung vor unlösbare Schwierigkeiten stellt. Von solch exotischen Dingen wie dem Einprogrammieren von neuen Nummern, Eingeben von Sicherungscodes und ähnlichen Angelegenheiten ganz zu schweigen. Und eine Betriebsanleitung war weit und breit nicht zu sehen.

›Speichern‹ stand auf einem Knopf. Halbherzig drückte ich darauf. Wie zum Hohn flammte meine Nummer auf dem Display wieder auf.

Einfach überschreiben, sagte ich mir.

Ich tippte viermal eine Eins.

Abspeichern.

Noch einmal die Speichertaste. Alles in Ordnung?

Zur Sicherheit drückte ich noch einmal meine Speichertaste. Wiederum leuchtete im Display meine Telefonnummer.

Ich knurrte etwas Unanständiges, drückte wild ein paar Tasten. Eine Speichertaste hier, eine andere da, dann noch einmal ein paar Zahlen, schließlich half wohl der Zufall. Nichts wie weg.

Ein Blick durch den Spion zeigte mir, daß der Weg frei war. Ich glitt hinaus, und ich vergaß auch nicht, die Tür abzuschließen. Das Warten auf den Fahrstuhl dehnte sich zu einer kleinen Ewigkeit. Schließlich war er da. Als sich die Tür hinter mir schloß und er sich rumpelnd in Bewegung setzte, atmete ich auf. Doch übrig blieben mehr Fragen als Antworten.

Wie kam meine private Telefonnummer in das Verzeichnis der eingespeicherten Nummern?

Obwohl ich mir auf dem Nachhauseweg den Kopf zermarterte, kam ich zu keinem Ergebnis. Gegeben hatte ich ihr die Nummer nicht. Nicht einmal am letzten Abend. Da war ich mir ganz sicher. Nicht einmal meinen Namen hatte sie vorher gekannt.

Wie also kam die Nummer in ihr Telefon?

Und wenn sie sie gar nicht selbst eingetippt hatte?

Wenn ... jemand, ihr Mörder ...? Immer unabweisbarer drängte sich nur diese Frage auf. Sollte hier eine weitere Spur gelegt worden sein, die zu mir führte? Mir wurde noch unbehaglicher, als mir ohnehin schon war.

Die Hannoversche Allgemeine lag noch auf dem Tisch, als ich schließlich gegen sechs nach Hause kam. Marion hatte sie angelesen und dann zu einem wirren Haufen zusammengelegt. Mit der Ordnung hielt sie es nicht mehr so wie noch vor wenigen Wochen. Nur ein Zettel lag auf dem Tisch.

»Bin gegen zweiundzwanzig Uhr wieder da. Gruß Marion.«

Nicht gerade überschäumende Herzlichkeit, aber immerhin mehr als die kühle Ablehnung der letzten Tage. Wir schienen zu einem Modus vivendi zu kommen. Wahrscheinlich hatte sie sich einen Freund geangelt. Anders konnte ich mir ihr Fernbleiben nicht mehr erklären. Es war mir natürlich nicht egal, aber ändern konnte ich es im Moment sowieso nicht, und in der Tat, es gab Dringenderes.

Die Zeitung enthielt nichts Interessantes, allerdings gab die vom letzten Tag, die ich auch noch nicht gelesen hatte, einiges her. Ein dreispaltiger Artikel im Lokalteil *Polizei tappt immer noch im dunkeln – Wer war die Ermordete wirklich?*

Der Artikel brachte nichts Neues. Eine kurze Beschreibung, kein Hinweis auf meinen Schlüsselbund, ein Hinweis auf eine mögliche Begleitperson, aber so vage beschrieben, daß die Hälfte der männlichen Einwohner Hannovers darunter fallen konnte. Sollten sie wirklich keine besseren Anhaltspunkte haben? Vielleicht hatte ich ja meinen Schlüssel woanders verloren? Es kam bei mir zwar – im Gegensatz zu Marion, die mindestens einmal im Monat ihre Schlüssel irgendwo liegen ließ oder verlegte – selten vor, aber möglich war es schon. Gott sei Dank waren die Kratzspuren im Gesicht schon nach zwei Tagen überhaupt nicht mehr zu sehen gewesen, vielleicht kam ich noch einmal mit einem blauen Auge davon.

Auf dem Anrufbeantworter war ein Telefonat eingegangen. Frau Mechtesheimer hatte aus München angerufen und wollte einen privaten Termin für übermorgen. Lust hatte ich eigentlich keine, aber konnte ich jetzt so einfach absagen?

Das Kasino war mir inzwischen vertraut. Ich wechselte dreihundert Mark ein, doch ich hatte nicht die Absicht zu spielen.

Wenn ich irgend etwas über Carola herausfinden konnte, dann hier. Hier hatte ich sie getroffen, hier hatten wir uns verabredet. Und es war der einzige Anhaltspunkt, der mir blieb. Ohnehin war der Umstand, daß Ulrike Wienecke sie gekannt hatte, schon mehr als ein glücklicher Zufall, fast ein Wunder. Und auf weitere Wunder konnte ich nicht mehr hoffen. Nicht auszudenken, wenn die Polizei auf meine Nummer im Telefonspeicher gestoßen wäre. Immer noch lief es mir eiskalt den Rücken herunter.

Wie immer um diese Zeit war das Kasino nicht gut besetzt. Von den fünf Roulette-Tischen waren nur die zwei kleineren in Betrieb, ein Black-Jack-Tisch, mehr nicht. Es wirkte wie sonst. Die Thailänderinnen, ein paar skurrile ältere Herren, die samt und sonders der *Feuerzangenbowle* hätten entstiegen sein können, ein bißchen Halbwelt, drei, vier schöne Frauen.

Wen konnte ich ansprechen? Vor wem mußte ich mich in acht nehmen?

Ich entschied mich für den einfachsten Weg, setzte mich an die Bar und bestellte ein Bier. Bei einem Bier ließ es sich immer gut reden.

Nach sieben Minuten, wie es sich gehörte, war es fertig. Der Barkeeper stellte es vor mich hin, drehte gekonnt das Glas so, daß ich das Etikett der Brauerei lesen konnte.

Ich dankte freundlich und nahm einige tiefe Schlucke. Am besten war es wohl, den Barkeeper anzusprechen.

Wie leitet man eine solche Befragung ein? In den amerikanischen Krimis ist es ganz einfach. Ein freundliches Grinsen, ein Geldschein, und schwuppdiwupp kehrt die Erinnerung bei dem schwarzen, gerissenen Barkeeper zurück. Ein weiterer Schein, und man hat den Fall halb gelöst.

Nur war der Barkeeper nicht schwarz und sah auch nicht gerissen aus. Im Gegenteil. Er war hochgewachsen und kräftig, hatte ein rundes, freundliches Gesicht und helle, aufmerksame Augen. Auf mich machte er einen vertrauenerweckenden Eindruck. Und auf den Kopf gefallen schien er auch nicht zu sein. Geld durfte ich ihm nicht anbieten.

Ich hatte nur ein kleines Glas bestellt, und nach drei weiteren Schlucken war es leer.

»Bitte noch eins«, sagte ich und hob es kurz hoch. Er nickte gleichmütig und zapfte ein neues, dann wandte er sich wieder den Gläsern zu, die er mit einem Tuch blankrieb und anschließend in die Halterung hängte.

Ich beugte mich über den Tresen, und für einen Augenblick unterbrach er seine Tätigkeit.

»Verzeihen Sie«, sagte ich. »Ich hätte eine etwas ungewöhnliche Frage. Könnten Sie mir helfen?«

Er betrachtete mich eine Spur aufmerksamer. Wahrscheinlich wurde ich jetzt durchgecheckt.

»Ich kann es versuchen«, sagte er.

Ich kramte das Paßfoto aus der Tasche, das ich in der Wohnung gefunden hatte.

»Kennen Sie diese Frau?«

Einen Augenblick vertiefte er sich in das Foto, dann glitt über sein Gesicht ein Anflug von Mißtrauen.

»Was wollen Sie denn von ihr?«

»Ich habe sie vor einigen Tagen hier getroffen und würde sie gerne wiedersehen.«

Das klang doch glaubwürdig, oder nicht?

Der Barkeeper schien nicht besonders überzeugt zu sein.

»Wir geben eigentlich keine Auskunft über unsere Gäste.«

Eigentlich – das hieß doch wohl zunächst einmal ja, entschied ich.

»Bitte«, sagte ich. »Es ist wirklich wichtig.«

»Sind Sie ein Privatdetektiv oder von der Polizei?«

Das Ja lag mir fast schon auf der Zunge, als ich einhielt. Einen Ausweis hatte ich nicht, daher konnte ich nur auf seinen guten Willen hoffen.

»Nein«, sagte ich. »Es ist privat. Aber es ist trotzdem wichtig.«

Für einen Moment grinste er.

»Für einen Detektiv hätte ich Sie auch nicht gehalten, weiß Gott nicht. Und wenn mich jemand offensichtlich anlügt . . .«

Ich schwieg und schaute ihn erwartungsvoll an.

»Also, wie ein Detektiv sehen Sie mir wirklich nicht aus, nein, wirklich nicht.«

Das war eigentlich nicht das, was ich wissen wollte, aber da ich nun schon einmal ein Gespräch begonnen hatte, fragte ich gleich nach.

»Und wie sehen Detektive aus?«

»Na, anders eben, nicht so seriös, Sie machen so einen korrekten Eindruck.«

»Ja?« fragte ich gedehnt.

»Ja, eher so wie ein Beamter, Lehrer, vielleicht Finanzbeamter.«

Ich war erschlagen. In meinem ganzen Leben hatte mich noch nie jemand für einen Lehrer gehalten. Auch bemühte ich mich, meinen Beruf vor anderen Leuten, im Urlaub beispielsweise, möglichst geheimzuhalten.

»Ich arbeite für die Regierung«, das war meist meine Standardformulierung. Und hier sagte mir ein Barkeeper meinen Beruf so einfach ins Gesicht. Meine Enttäuschung, ja vielleicht sogar mein Entsetzen, mußte er mir wohl angesehen haben, denn er lachte auf einmal breit.

»So schlimm ist es doch nun auch wieder nicht«, beruhigte er mich, »außerdem können Lehrer auch ganz nett sein. Mein Schwager ist einer, also die verdienen ihr Geld wie andere Leute auch. Sie sind doch Lehrer, oder nicht?«

Ich nickte betreten. Er schien zufrieden mit seiner Menschenkenntnis. Vielleicht war die Gesprächseinleitung auch gar nicht so schlecht gewesen.

»Sie kennen die Frau auf dem Foto?« fragte ich noch einmal nach.

Er zuckte mit den Schultern. »Was heißt schon kennen? Die war im letzten halben Jahr häufiger hier, meistens mittwochs, aber auch mal donnerstags, gelegentlich freitags, am Wochenende nie«, sagte er und grinste anzüglich.

Ich blickte ihn fragend an, die Pointe dieses Witzes verstand ich nicht.

»Also, wenn Geschäftsleute hier ins Kasino gehen, dann gehen sie in der Woche. Am Wochenende sind sie zu Hause bei Frau und Kind.«

»Sie meinen . . .?«

»Die kam nicht wegen des Spielens her, nein, wirklich nicht, so im Laufe der Zeit kriegt man dafür einen Blick. Einige gibt es hier, die verspielen Haus und Hof, das sieht man denen nach einiger Zeit richtig an, andere schnuppern mal so rein, ist ja auch ein ganz netter Zeitvertreib, mach' ich auch manchmal, aber hier ist es uns natürlich verboten, und wieder andere, Frauen, na ja, Sie wissen schon . . .«

In mir sträubte sich alles. Das war schon der zweite, der so von Carola sprach.

»Sind Sie da sicher?« Ich mußte wohl etwas ängstlich geklungen haben, denn in das Gesicht des Barkeepers trat ein mitleidiger Zug.

»Mein Gott, Sie hat es ja ganz schön erwischt. Ich gebe Ihnen den Rat, lassen Sie die Finger von ihr. Die bringt nur Ärger. Ich habe dafür so ein Gefühl, das können Sie mir glauben. Außerdem hat sie schon einen Macker, und der paßt ziemlich auf.«

Ich fühlte meinen Adrenalinspiegel steigen. Hier war der erste greifbare Hinweis.

»Sie hat schon einen?« Ich grinste bedauernd zurück.

»Ja«, bestätigte er. »Ein gutaussehender Geschäftsmann, ziemlich viel Geld, immer gut in Schale, alles vom Feinsten.«

»Den Namen kennen Sie nicht zufällig?« fragte ich scheinbar beiläufig. Zu beiläufig wohl, denn in sein Gesicht kam wieder ein kleiner Schatten des Mißtrauens.

»Nein«, sagte er. »Der hat seine Visitenkarte noch nicht bei mir abgegeben. Aber die Frau heißt Carola, Carola Tele oder Tehe oder so ähnlich. Ein Adelsprädikat hat sie, glaube ich, auch gehabt. Den Mann hat sie übrigens Lausi genannt, aber so steht der bestimmt nicht im Telefonbuch.«

»Nein«, sagte ich. »Bestimmt nicht.«

Ich nahm einen Schluck und prostete ihm zu.

»War ihr Freund in letzter Zeit häufiger hier? Könnten Sie ihn mir zeigen?« fügte ich noch hinzu.

Mein Gegenüber runzelte die Stirn. »Ich war in den letzten drei Wochen in Urlaub«, sagte er und fügte dann eine Tonlage schärfer hinzu: »Sind Sie nun hinter der Frau oder dem Kerl her?«

»Man muß doch seine Konkurrenten kennen.« Ich grinste anzüglich und bestellte noch ein Bier.

Die Antwort schien ihm zu gefallen, denn er lachte herzlich.

»Kommen Sie bei Gelegenheit mal wieder.«

9

Die Schlagzeile des Wirtschaftsteils, den ich normalerweise immer gerne überlas, fiel mir auf. Sie war nicht groß, nicht einmal auffällig plaziert, aber der Name Waldmühle-Papier-Union stach mir ins Auge. Waldmühle, das war der Tip, den mir Klaus-Dieter gegeben hatte. Ich ließ die Zeitung sinken.

»Hast du schon gelesen?« fragte ich Marion.

Seit längerer Zeit nahmen wir beide zum ersten Mal wieder ein gemeinsames Mittagessen ein.

»Nein«, sagte Marion, »welchen Artikel meinst du?«

»Über Waldmühe, im Wirtschaftsteil.«

»Habe ich nicht gelesen. Du weißt, Wirtschaftsteile langweilen mich. *Du* solltest ihn mal häufiger lesen, damit du mal ein bißchen erfolgreicher deine Aktien verkaufst.«

Dann tauchte sie ihren Löffel wieder in die Spaghettisoße ein. Es war ein Gericht aus der Tüte, aber ich war froh, daß es überhaupt etwas gab.

»Waldmühle hat pleite gemacht«, sagte ich. »Konkurs angemeldet.«

»Na und?« sagte sie. »Haben wir denn davon Aktien?«

»Nein«, sagte ich, »glücklicherweise nicht. Wenn ich welche gekauft hätte, dann wäre ich jetzt unser Geld los.«

Marion unterbrach kurz ihr Essen, um mir zu antworten. Mit vollem Munde spricht man nicht. Dieser Erziehungsgrundsatz ihrer Mutter hatte immer noch Gültigkeit.

»Da mußt du mal Klaus-Dieter fragen. Der kennt sich aus mit so etwas. Der hat den Bogen raus. Wenn du mit Aktien Geld verdienen willst, dann frag ihn doch einfach mal. Aber paß auf, daß du den Tip nicht wieder so verschläfst wie letztes Mal.«

Ich legte die Zeitung hin.

»Hörst du mir überhaupt zu?« fragte ich eine Tonlage

gereizter, als ich eigentlich vorhatte. »Klaus-Dieter hat mir den Tip mit den Waldmühle-Aktien gegeben. Wenn ich ihn befolgt hätte, wären wir jetzt unser Geld los. Und zwar alles.«

Für einen Moment wirkte auch Marion verblüfft.

»Klaus-Dieter hat damit viel Geld verdient«, sagte sie einfach. »Der weiß, was er tut. Du hast bestimmt mal wieder nicht aufgepaßt.«

Diese belehrende Art war eigentlich neu für sie. Und offen gestanden ärgerte sie mich.

»Ich weiß ganz genau, was Klaus-Dieter gesagt hat und was nicht. Kauf Waldmühle, hat er gesagt. Hören kann ich noch.«

Marion schluckte eine Entgegnung herunter, beugte sich vor und studierte mit verkniffenem Gesicht auf einmal interessiert den Sportteil, den sie sonst noch nie angeschaut hatte.

»Die Spaghetti schmecken übrigens wirklich gut«, sagte ich versöhnlich.

»Schön«, sagte Marion und blätterte um.

Dann bitte nicht.

Ich vertiefte mich in den Wirtschaftsteil.

Für Insider nicht überraschend hatte Waldmühle gestern Konkurs angemeldet. Gerüchte über die Übernahme durch den amerikanischen Großkonzern United Papers blieben unbestätigt, waren wohl auch nach Lage der Dinge bei dem völlig überschuldeten Unternehmen unbegründet. Seit längerer Zeit habe das Management des Unternehmens ...

Der Tip von Klaus-Dieter war falsch gewesen. Wenn ich damals investiert hätte, dann wäre ich heute arm. Wie mochte es Klaus-Dieter ergangen sein? Er war doch so siegesgewiß gewesen. Eine klammheimliche Freude stieg in mir auf, Schadenfreude. Die Freude des kleinen Mannes, daß auch den Erfolgreichen der Branche nicht immer alles gelingt. Es war kein edles Gefühl, aber auch wenig edle Gefühle können guttun.

Der Rest des Mahles verlief frostig. Marion gab nur noch einsilbige Antworten, ich schwieg, und zu einem ausgedehnten Streit hatten wir wohl beide keine Kraft mehr. Ich war fast erleichtert, als Marion sich mit einem ›Noch eine Mitarbeiterbesprechung heute‹ verabschiedete.

Es war mir wirklich nicht unlieb. Denn die Zeit brauchte ich auch, stand doch am Freitag meine Besichtigung vor der Tür. Früher hätte ich mich in besonders intensiver Weise auf dieses Ereignis vorbereitet, nächtelang Pläne gewälzt, Materialien gesichtet, alles das gemacht, mit dem ich hoffte, aus einer sehr guten Stunde eine Superstunde zu machen, um vielleicht auf der Karriereleiter ein kleines Stückchen nach oben zu klettern. Und diesmal? Ich war schon zu häufig besichtigt worden, ich hatte mich schon zu häufig beworben, immer oder fast immer mit glänzenden Ergebnissen – und immer erfolglos. Zuletzt hatte man mir diese Schleym-Kreischner vorgezogen, diese grüne Quotenfrau, die mich obendrein als erste Amtshandlung noch beurteilen durfte! Es reichte eigentlich!

Die Stunde stand mir vor Augen, für die angestrebte Stelle mochte es gehen, sie war gut, und die Unterrichtsvorbereitung ging mir rasch von der Hand. Fast war ich erleichtert, daß mich die Routine meines Berufes wieder einholte. Ich arbeitete zügig, professionell, wie ich mir sagte. Und eine meiner Stärken war es auch, mich auf eine Sache zu konzentrieren, all die Mißhelligkeiten und Gefahren gekonnt beiseitezuschieben. Oder verdrängte ich sie bloß?

Heute war Mittwoch, vielleicht konnte ich ja heute wieder in die Spielbank gehen, möglicherweise würde mir der freundliche Barkeeper noch einen weiteren Hinweis geben. Immerhin hatte ich ihm nach drei Bier noch ein reichlich bemessenes Trinkgeld überlassen. Der gestrige Nachmittag mit Frau Mechtesheimer war auch nett verlaufen, es war mal ganz gut gewesen, die Tapeten zu wechseln. Der finanzielle Ruin war abgewendet, die Polizei wohl nicht auf meiner Fährte, denn sonst hätte sie wohl schon längst hier sein müssen. Ich tauchte in die Routine meiner Arbeit ein, alles in allem war ich im Augenblick nicht unzufrieden. Und als es klingelte, machte ich ohne Arg auf.

Die gut angezogene junge Frau und den Mann in der Lederjacke kannte ich nicht.

»Guten Tag«, sagte sie. »Sind Sie Herr Reimann, Herr Felix Reimann?«

Sie brauchten mir ihre Dienstmarke nicht zu zeigen, ich wußte auch so, daß sie von der Kriminalpolizei waren. Ihre Namen, die sie mir nannten, hörte ich nicht einmal, wie betäubt tappte ich durch den Flur, trat in das Wohnzimmer. Immer noch standen die kümmerlichen Reste unseres Spaghettimahles auf dem Tisch. Das Tischtuch hatte ein paar rote, unansehnliche Flecken, aber darauf kam es jetzt auch nicht mehr an.

»Sie wissen, warum wir gekommen sind?« fragte mich die junge Kommissarin. Sie fragte nicht unfreundlich.

Vermutlich war es falsch, aber ich nickte nur.

»Bitte nehmen Sie Platz«, sagte ich nur. Komisch, daß das einprogrammierte höfliche Verhalten immer noch automatisch weiterlief, obwohl es längst seinen Sinn verloren hatte. Ich sah unser Zimmer, die Möbel, skandinavische Holzmöbel, daneben ein Bauernschrank aus Marions Familie. Ich sah es zum letzten Mal. Trotz allem, ich hatte gerne hier gelebt. Marions feministische Ausbrüche, die schönen Abende, ja sogar unsere hitzigen Debatten und Streits – jetzt war es zu Ende. Manchmal hatte ich mich früher gefragt, wie ein Autounfall aussehe. Der Augenblick vor dem Zusammenstoß, alle Reaktionen zu spät, das Warten auf das letzte, das endgültige Aus. Lief dann alles wie in Zeitlupe vor einem ab? Zog dann noch einmal das Leben an einem vorbei? Wie ein Film, wie viele sagten. Die schönen und die schrecklichen Erlebnisse?

Dies hier war so etwas wie der letzte Zusammenstoß. Es war das Ende. Ich hatte es kommen sehen, hatte es erwartet, immer wieder verdrängt, jetzt war es da, in Gestalt von zwei Menschen, einem Mann in Lederjacke, einer schönen Frau. Wenigstens eine schöne Frau, dachte ich und fühlte gleichzeitig Bedauern in mir aufsteigen.

»Wir untersuchen den Mord an Frau Silke Meyer«, sagte der Mann mit der Lederjacke. »Und wir hätten in diesem Zusammenhang einige Fragen an Sie.«

Ich nickte, immer noch betäubt. Erst die Fragen, dann die Handschellen.

»Wollen Sie ein Geständnis ablegen?« fragte der in der Lederjacke. Offensichtlich hatte er meine Befindlichkeit richtig eingeschätzt.

Für einen Moment kehrte mein volles Bewußtsein zurück. Ich nahm die Umgebung wahr, überdeutlich, sah den Fleck auf der Jacke, sah, daß die Steckdose an der Wand neben dem Toaster immer noch nicht repariert worden war und lose herunterhing, sah den unordentlich gelegten Läufer, darunter die Gummiauflage, die bewirken sollte, daß er auf dem glatten Parkett nicht verrutschte. Ich sah es. Und ich fühlte mich schlagartig lebendig, meine Augen suchten, keine Einzelheit entging ihnen. Meine Muskeln spannten sich, nur äußerlich blieb ich gelassen. So müssen sich Tiere zur Flucht rüsten.

»Nein«, sagte ich. »Ein Geständnis möchte ich nicht ablegen. Aber ich kann Ihnen erzählen, was passiert ist.«

Ich bemerkte das leichte Nicken der Kommissarin. Ich erzählte alles. Es war nun schon das dritte Mal, daß ich meine Geschichte erzählte, Ulrike Wienecke, Marion und jetzt der Polizei. Und je mehr ich erzählte, desto mehr gewann meine Stimme an Festigkeit. Sogar meinen Einbruch in der Wohnung am Ihmeplatz erzählte ich, die Sache mit dem Telefon, alles. Schließlich war ich fertig.

»Ich weiß, es klingt unglaubwürdig«, sagte ich. »Ganz unglaubwürdig, aber es ist trotzdem die Wahrheit.«

Eine Zeitlang sagten die beiden nichts. Vielleicht gehörte dies zur Verhörtaktik.

»Wie haben Sie mich überhaupt gefunden?« fragte ich in die Stille hinein. »Der Autoschlüssel?«

Die Kommissarin schüttelte den Kopf.

»Nein«, erklärte sie. »Der Schlüssel hat uns nicht weitergeführt. Es ist wie bei einer Scheckkarte. Wenn man die Geheimnummer kennt, kann man sie benutzen, und wenn man die Schlüsselnummer hat, dann findet man das Fahrzeug. Aber umgekehrt geht es nicht. Noch nicht«, fügte sie hinzu.

»Es war Ihre Adresse«, sagte sie auf meinen fragenden Blick.

Ich schaute verständnislos.

»Sie haben die Wohnung gründlich durchsucht. Aber an eines haben Sie nicht gedacht: Sie haben nicht an die Kleidung in den Schränken gedacht. Die haben Sie vergessen. Und in der Kleidung, in der Tasche eines Blazers, steckte Ihre Adresse. Fein säuberlich mit Schreibmaschine getippt. Ihr Name, Ihre Adresse, Ihre Telefonnummer. Wir brauchten bloß noch zu Ihnen zu kommen. Das war eigentlich alles.«

Ich nickte. So einfach war das also. Fast wäre ich davongekommen.

»Es sind die kleinen Fehler, die uns auf die Spur führen, die kleinen Ungeschicklichkeiten, nicht die großen«, setzte sie hinzu. Ihre Stimme klang weich, melodisch und kein bißchen hämisch oder herablassend. Einfühlsam.

»Ich habe ihr meine Adresse nicht gegeben«, sagte ich.

»Sie meinen, alle diese Spuren sind nur gelegt worden,

um Sie zu belasten? Vom Mörder? Warum sollte er das tun? Will Ihnen jemand schaden? Bitte erzählen Sie mir etwas Gescheiteres als diese Räuberpistole.« Die Stimme des Kommissars klang aggressiver, härter, herausfordernder. Vermutlich waren die beiden ein ganz gutes Gespann.

Ich merkte, wie meine Konzentration, meine Anspannung einer lähmenden Erschöpfung wich. »Es ist so«, sagte ich, »es ist aber so. Ich weiß es doch auch nicht.«

»Sie haben sicherlich eine Schreibmaschine im Haus«, fügte er hinzu. »Ich möchte sie gerne sehen.«

Ich führte sie in mein Arbeitszimmer, wo ich meine alte Olympia aufbewahrte. Sie hatte mich die ganzen Jahre über treu begleitet. Während des Studiums, der Schule. Seit fünf Jahren hatte ich nicht mehr mit ihr geschrieben. Ihre Tasten verhakten sich, als ich einen Probetext schrieb. Mein Computer mit dem Tintenstrahldrucker war besser und zeitgemäßer. Auch von diesem nahmen sie eine Schriftprobe, dann steckten sie noch einige Blätter meines Schreibmaschinenpapieres ein. Schließlich waren sie fertig.

»Sie haben noch Zugang zu den Schreibmaschinen in der Schule?« fragte die Kommissarin.

»Ja«, bestätigte ich. »Im Lehrerzimmer steht eine Schreibmaschine, die benutze ich manchmal. An die Computer im Sekretariat und im Computerraum komme ich nicht heran.«

»Es sind auch nur Nadeldrucker und ein HP-Tintenstrahler«, warf der Kommissar mit der Lederjacke ein.

Ich nickte, war aber trotzdem überrascht. Das hatten sie schnell herausgefunden.

»Sie waren schon in der Schule?« fragte ich.

Die Kommissarin nickte. »Wir haben die Drucker überprüfen lassen.«

»Und jetzt wird das Ergebnis ausgewertet?«

Spielte ein feines Lächeln um die Lippen der Kommissarin?

»Ja«, sagte sie. »Jetzt wird das Ganze labortechnisch ausgewertet. Sie wissen ja, jeder Drucker, jede Schreibmaschine hat eine individuelle Handschrift. Eine kleine Unebenheit hier, ein kleiner Fehler im Einzug dort, wie gesagt, es ist fast so gut wie ein Fingerabdruck.«

»Auf meiner Maschine habe ich nichts geschrieben, jedenfalls nicht diesen Zettel«, sagte ich noch einmal. Ein winziger Hoffnungsschimmer glomm in mir auf. Wenn sie wirklich nach Schriftproben suchten, dann sammelten sie vielleicht noch Beweise. Und wenn sie Beweise suchten, dann waren sie sich ihrer Sache möglicherweise noch nicht so ganz sicher. Vielleicht hatte ich ja doch noch eine Chance. Vielleicht gab es ja irgendwo ein entlastendes Indiz für mich.

Etwas unschlüssig stand ich im Wohnzimmer. Die Kommissarin schaute mich auffordernd an.

»Darf ich mir etwas einpacken? Eine Zahnbürste, Unterwäsche?«

Der in der Lederjacke grinste. »Sie haben es ja verdammt eilig, ins Gefängnis zu kommen.«

»Reicht es denn nicht für einen Haftbefehl?« fragte ich hoffnungsvoll. Benahm ich mich wie ein kompletter Idiot?

»Es reicht für zwei«, sagte die junge Kommissarin ernst. »Wenn wir wollten, könnten wir Sie mitnehmen. Eine kurze Überprüfung der Fingerabdrücke, eine genetische Probe Ihrer Haut ...«

»Die können Sie sich sparen«, meinte ich. »Ich bin sicher, daß es meine Hautfetzen sind, die unter ihren Fingernägeln stecken. Und in der Wohnung am Ihmeplatz habe ich auch keine Handschuhe getragen. Wenn Sie mich erst einmal haben, dann reicht der genetische Fingerabdruck, habe ich mir gedacht. Warum dann noch Handschuhe?«

»Auch eine Logik«, versetzte ihr Begleiter belustigt.

Die Atmosphäre fing an, entspannter zu werden. Ich verspürte etwas wie Erleichterung. Glaubten sie mir etwa?

»Glauben Sie mir?« fragte ich. Warum ich eigentlich immer das fragen mußte, was einen extrem dämlichen Eindruck macht, wußte ich selbst nicht.

»Ich weiß es noch nicht«, entgegnete die Kommissarin. »Vielleicht. Vielleicht auch nicht.«

»Sie warten noch auf die Probe mit den Schriften?«

»Nein«, stellte sie kategorisch fest. »Weder hier bei Ihnen noch in der Schule kann diese Adresse geschrieben worden sein. Das sieht man sofort.«

Und nach einer Pause fügte sie hinzu: »Der Zettel wurde auf einem Laserdrucker geschrieben. Wußten Sie das nicht?«

»Eine Kleinigkeit«, sagte ich leise. »Eine winzige Kleinigkeit . . .«

»Stimmt«, sagte sie. »Bevor wir gehen, möchten meine Kollegen noch eine Hausdurchsuchung machen. Sie haben nichts dagegen?«

»Ich glaube, ich könnte wenig dagegen machen«, versetzte ich.

»Stimmt«, sagte sie. »Ich habe sogar schon einen richterlichen Durchsuchungsbefehl in der Tasche. Wenn Sie ihn sehen wollen?«

Ich schüttelte den Kopf. »Nicht nötig.«

Sie telefonierte, und kurze Zeit später stand eine Reihe von Kriminalbeamten im Flur und untersuchte jeden Quadratzentimeter. So gründlich, wie ich es nie für möglich gehalten hätte. Verglichen damit war meine Leistung in Silke Meyers Wohnung reine Amateurarbeit.

Schließlich hatten sie ihre Arbeit beendet. Die Kommissarin, Frau Breugel hieß sie, wie ich mir jetzt endlich merken konnte, wandte sich zum Gehen. Ich gab mir einen Stoß und sprach sie ein letztes Mal an.

»Eine Frage hätte ich noch an Sie. Und auch wenn Sie natürlich nicht verpflichtet sind, sie zu beantworten, würde ich doch gerne die Antwort kennen.«

Frau Breugel drehte sich um. Auch Krüger, ihr Schatten, hörte aufmerksam zu.

»Sie hätten mich verhaften können«, sagte ich. »Meine Geschichte klingt unglaubwürdig. Völlig unglaubwürdig. Die Indizien sprechen gegen mich. Überwältigend. Und trotzdem, bitte sagen Sie mir das Gegenteil, wenn Sie anderer Meinung sind, haben Sie Zweifel? Sehr starke Zweifel? Es muß ein Indiz geben, das mich entlastet. So entlastet, daß Sie bereit waren, meiner wirren Geschichte wenigstens versuchsweise Glauben zu schenken. Welches ist es? Bitte sagen Sie es mir.«

Breugel und Krüger wechselten einen kurzen Blick.

Krüger nickte kurz und signalisierte dann sein Einverständnis.

Schließlich blickte sie mich prüfend an und sagte langsam: »Der Zettel, den wir gefunden haben und auf dem Ihre Adresse stand, dieser Zettel war etwas zerknittert und steckte in der Jackentasche eines Blazers. Es war ein ganz normaler Zettel. An den Seiten abgeschnitten ...«

»Und?« fragte ich.

»Er hatte keine Fingerabdrücke. Verstehen Sie, gar keine. Dieser Zettel ist von Anfang an nur mit Handschuhen angefaßt worden. Und das ist doch bei einem Adreßzettel, der in eine Jackentasche gesteckt wird, recht ungewöhnlich ...«

»Und«, so ergänzte Krüger, »am rechten oberen Ende, hinten, fand sich der abgeschnittene Rest eines Abdruckes. Wie er beim Einlegen in den Laserdrucker entstanden sein kann. Verstehen Sie? Nicht daß man den Zettel bewußt angefaßt hätte, vermutlich kam der Abdruck eher versehentlich aufs Blatt, als man den ganzen Papierstoß in den Drucker legte. Und dieser Teil eines Fingerabdruckes ist mit hoher Wahrscheinlichkeit von einer Frau, vielleicht einer Sekretärin, vielleicht aber auch der Täterin. Das war es, was uns stutzig machte. Es war möglicherweise eine Spur zuviel.«

»Der Abdruck stammt nicht von Silke Meyer?« fragte ich nach.

»Nein«, stellte Krüger fest. »Diesen Zettel hat Frau Meyer vermutlich nie angefaßt. Kennen Sie eine Frau in Ihrer Umgebung, die einen Mord begehen könnte und die an einen Laserdrucker herankommt?«

Dann gingen sie.

Bei aller Erleichterung ließen sie mich mit mehr Fragen als Antworten zurück. Es war mir klar, daß nur die Scharfsinnigkeit (oder Freundlichkeit?) der beiden Kommissare mir eine Gnadenfrist einräumte. Das Indiz mochte mich entlasten, vielleicht, aber genaugenommen war es eher so, daß es mich nur nicht noch weiter belastete. Und das war, bei Licht betrachtet, etwas ganz anderes.

Eine Frau. Eine Sekretärin in einem Geschäft, einem Büro?

Ich ging die Liste der Frauen durch, die ich kannte. Eine Kollegin? Ausgeschlossen. Keine würde morden, keine hätte die Gelegenheit, keine kannte Carola. Eine meiner Kundinnen? Der Reihe nach ging ich sie durch. Die Dame aus München, die mich auf die Idee gebracht hatte, Frau Mechtersheimer, mit der ich mich gestern noch getroffen hatte, Wiebke, die traurige Frau mit ihrer Hochzeit, Sylvia, die Kunststudentin mit ihrem eitlen Professor. Und Ulrike Wienecke? Alle Menschenkenntnis hätte mich verlassen müssen. Es war die einzige, der ich jetzt noch vertrauen konnte. Ich glaubte auch nicht daran, daß mich ein eifersüchtiger Ehemann beseitigen wollte. Dazu war ich denn doch nicht wichtig genug. Die Möglichkeit schied aus.

Marion.

Auf einmal tauchte ihr Name auf. Marion. Meine Frau? War sie nicht in letzter Zeit seltsam? Hatte sie nicht vermutlich einen Freund? Ein Laserdrucker, nun gut, da konnte man immer irgendwie herankommen. Eher war etwas anderes unwahrscheinlich: Marion besaß nun einmal keinerlei Computerkenntnisse. Ich glaube, sie konnte ein solches Gerät noch nicht einmal starten. Vor einem halben Jahr hatte ich ihr einmal ein Protokoll geschrieben, oder genauer gesagt, wir hatten es gemeinsam schreiben wollen. Doch die wenigen Minuten am Bildschirm hatten mir gezeigt, daß sie nun wirklich keine Ahnung hatte. Und da sie diesen ›technischen Kram‹ durchweg ablehnte, war es unwahrscheinlich, daß sie in der Zwischenzeit viel dazugelernt hatte. Aber trotzdem ... Sie war seltsam geworden. Verachtend, hart, hämisch. Es fiel mir eine Reihe von Eigenschaften ein, die allesamt nicht besonders positiv und liebenswürdig waren. Wollte sie mich verlassen? Ein kleiner Mord? Rache, dann noch an das Geld? Unmöglich, wollte ich sagen.

Jeder Mensch ist ein Abgrund, es schwindelt einen, wenn man hineinsieht, dieser Satz von Büchner fiel mir ein. Wer kennt einen anderen schon richtig?

Oder ein Komplott mit ihrem Lover?

Scheidungen sind teuer, da war es doch günstig, den ungeliebten Ehemann gleich wegen Mordes verhaften zu lassen und aus dem Verkehr zu ziehen.

Trotzdem. Ich glaubte es einfach nicht.

Marion war fort. Ich wartete. Zum ersten Mal wartete ich. Es wurde neun, es wurde zehn, so lange dauerte keine Besprechung. Den Film im Fernsehen verfolgte ich nur mit halbem Interesse. Irgendeine Komödie mit Louis de Funès. Ich verabscheue Filme mit de Funès, aber die Alternative, irgendein deutsches Schlagerfestival, war noch furchtbarer. Schließlich ging ich zu Bett. Schlafen konnte ich nicht. Ich holte ein Buch heraus und lag wach. Mein Blick glitt über das Papier, aber ich las nicht.

Gegen halb eins hörte ich die Tür gehen. Sie kam herein. Beschwingt. Lustig, die Augen geweitet, die Wangen gerötet. Ich wußte Bescheid, und ich fragte nicht. Der gehauchte Kuß auf meine Stirn. Oh, du bist noch auf? Oh es tut mir so leid, es ist etwas später geworden ...

Mich ekelte vor ihr.

Sie setzte sich leicht zu mir auf die Bettkante. »Ich bin so müde«, sagte sie, aber der Ausdruck auf ihrem Gesicht strafte sie Lügen. Sie zog sich aus. Sorgfältig legte sie den Pullover auf den Stuhl, hängte ihre Bluse auf den Bügel, faltete die Hose zusammen und hängte sie an den Kleiderständer.

Plötzlich hörte ich ein Geräusch. Aus der Hosentasche war ein Gegenstand gefallen und kullerte einige Meter auf dem Parkettfußboden durch den Raum. Ein schwerer, glänzender Gegenstand. Ich merkte, wie Marion bleich wurde, aber bevor sie zugreifen konnte, hatte ich schon unter das Bett gegriffen und ihn hervorgeholt.

Es war ein Ring. Ein schwerer, goldener Ring mit einem Rubin, der von einem Löwen gehalten wurde. Und ich hatte diesen Ring schon einmal gesehen.

10

»Ich fand es richtig, daß du ihm den Hinweis mit der Adresse gegeben hast«, meinte Harry Krüger. Dann trat er seinen Gang zum Kaffeeautomaten an, schüttete das Pulver aus der Tüte in den Filter, stellte die Maschine an.

Jetzt wird er bestimmt wieder bitter, dachte Susanne, mit dem ewigen Kaffeetrinken könntest du auch mal aufhören. Laut sagte sie: »Ich war mir erst nicht ganz sicher. Aber ich glaube, es ist besser so. Wenn er der Täter ist, dann ist der Hinweis belanglos, ist er es nicht, dann mag er uns vielleicht helfen, den wirklichen Schuldigen zu finden. Schade, daß das gestern so ein Reinfall war.«

Den letzten Tag hatten sie in Hamburg verbracht, und wieder waren sie kein Stückchen weitergekommen. Die Mutter wohnte in einem Seniorenheim, bettlägerig und von der Nachricht gebrochen. Sie weinte nicht einmal, so sehr hatte sie der Tod ihrer Tochter getroffen.

»So hat sie ausgeschaut«, sagte sie immer wieder und gab ihnen Fotos. Fotos eines lebenslustigen Mädchens, einer sinnenfrohen jungen Frau, Fotos aus Theaterproben. Sie hatten sie genommen, aber dabei gewußt, daß sie ihnen nicht weiterhelfen würden. Ob sie einen Freund gehabt hatte? Sicher, viele, sie war doch so beliebt, aber Namen? Und als sie gingen, ließen sie eine alte Frau zurück, die das Liebste, was ihr geblieben war, gerade verloren hatte. Unwiederbringlich.

Auch Sabine Behringer, eine der Freundinnen, deren Nummer im Telefon eingespeichert war, konnte ihnen nicht helfen. Ebensowenig wie die anderen, deren Nummern und Adressen sie auf die gleiche Weise erfahren hatten.

»Sie war eine großartige Freundin«, hatte die junge, dezent geschminkte Geschäftsführerin eines kleineren Modegeschäfts gesagt. »Verschwiegen, zuverlässig und so lebensfroh. Eine Freundin, auf die man sich verlassen konnte. Liebenswert. Vielleicht ein bißchen zu sehr hinter den Männern her. Geld, das wollte sie auch, viel und möglichst schnell. Und als sie dann merkte, daß das mit der Schauspielerei nichts wurde, Sie wissen ja auch, wie hart das Geschäft ist, dann holte sie ein Freund nach Hannover. Bot ihr eine Stelle an. Aber das ging dann ganz schnell in die Brüche. Und da saß sie nun. Irgendwie hatte sie mit Männern kein Glück ... Aber Namen? Silke hätte nie einen Namen genannt. Diskret war sie, verschwiegen, sie wollte durch unbedachte Plapperei nichts verderben. Und egal, was Sie von anderen hören werden, sie war großartig. Schön, großartig, liebenswert ...«

Harry Krüger zog die Glaskanne aus der Halterung, der Kaffee tropfte nach und verdampfte, die Luft wurde stickig. Susanne schluckte ihren Ärger herunter.

Wolters kam herein. Er hatte die Recherchen übernommen, wer hinter der Firma Interfinanz steckte.

»Sind wir mit der Interfinanzsache weiter?« fragte sie.

Wolters schüttelte den Kopf. »Keinen Schritt. Wir hängen noch fest. Die Behörden von Cayman-Islands rücken keine Unterlagen heraus. Geschäftsgeheimnisse. Das wird schwierig.«

»Das ist doch eine reine Steueroase«, fluchte Harry Krüger plötzlich unvermittelt. »Wir zahlen unsere Steuern, viele und pünktlich, und diese sauberen Herrschaften tun, was sie wollen.«

Harry und Irene hatten gerade gebaut, das Geld war knapp, der Zornausbruch verständlich.

Heute sind alle schlecht gelaunt, dachte Susanne. Der lange Aufenthalt in Hamburg, erst spät waren sie wieder nach Hause gekommen, der Krach mit Herbert wegen ihrer Überstunden. Als ob er seine Firmenbesprechungen nicht auch immer ansetze, wie es ihm gerade paßte! Und in vierzehn Tagen sollte es in Urlaub gehen. Segeln. Hoffentlich hatte sie bis dahin den Fall abgeschlossen. Obwohl: Zeitdruck war ja noch nie ein besonders guter Begleiter für Untersuchungen gewesen.

»François Poitier, der Geschäftsführer . . ., mein Gott, laß dir doch nicht alles immer aus der Nase ziehen!« fauchte sie schließlich Wolters an, der nur den Kopf einzog.

»Unbekannt«, sagte dieser. »Der Kerl ist abgehauen, wenn du es genau wissen willst. Die Luxemburger und belgischen Kollegen suchen ihn auch schon, wenn auch in anderen Sachen. Der ist Geschäftsführer von einem Dutzend Schwindelfirmen, gegen den liegt schon etliches vor, da sind wir ganz kleine Lichter. Aber natürlich, wenn sie ihn haben, dann dürfen wir ihn auch fragen, aber erst, wenn die fertig sind.«

Und das wird sicherlich nicht in den nächsten vierzehn Tagen der Fall sein, ging es Susanne durch den Kopf. Der nächste Krach mit Herbert stand wohl wieder ins Haus.

»Interfinanz hat übrigens seine Zahlungen eingestellt«, wußte Wolters noch zu berichten.

»Das heißt, die sind pleite?«

Wolters zuckte mit den Schultern. »Vielleicht ist hier wieder so eine Abschreibungsfirma zusammengebrochen. Kann sein, kann auch nicht sein. Allem Anschein nach wird die Firma wohl liquidiert. Und ihr Besitz geht an Gläubiger, vielleicht aber auch an die Holding, das weiß bisher keiner so ganz genau. Es ist jedenfalls ziemlich unübersichtlich.«

Sie haßte dieses Auf-der-Stelle-treten. Wozu schickte man Leute wie Wolters auf Lehrgänge, wenn sie doch nur Allgemeinplätze von sich gaben! Aber sie fühlte im Innern, daß ihr Zorn unbegründet war. Wolters tat seine Arbeit so gut wie die anderen auch. Was konnte er dafür, daß die einzigen Spuren, die sie hatten, mit ziemlicher Sicherheit in die Irre führten? Ob dieser Felix Reimann wirklich unschuldig war?

Sie war geneigt, ihm zu glauben. Was für ein Motiv sollte er gehabt haben? Aber wer sollte andererseits einen einfachen, biederen Lehrer so sehr hassen, daß er ihm einen Mord anhängen wollte? Denn ein bloßes Vertuschen war es längst nicht mehr. Hier sollte jemand ganz gezielt belastet werden – oder er war tatsächlich der Täter.

»Wir sollten noch einmal im Kasino vorbeischauen«, schlug Krüger vor. »Und uns dann erneut bei Waldmann mit einer Hausdurchsuchung melden. Wenn er freiwillig nichts sagen will, dann muß es eben so gehen.« Eine Viertelstunde erörterten sie noch das Für und Wider. Sollten sie tatsächlich wieder eine Hausdurchsuchung beantragen? Nach Unterlagen der Firma Interfinanz, die es bald nicht mehr geben würde? Susanne war nicht wohl, als sie sich schließlich dafür entschieden.

Das Gesicht von Waldmann war der fleischgewordene Hohn gewesen, als sie schließlich, nun schon zum dritten Mal innerhalb von drei Tagen, eine Hausdurchsuchung durchführten.

»Ich hoffe, Sie haben es sich gut überlegt, Frau Breugel«, hatte er nur gesagt.

»Darauf können Sie sich verlassen«, hatte sie zwar erwidert, aber wohl war ihr nicht dabei gewesen. Jeden Quadratzentimeter der Büroräume hatten sie durchsucht. Alles. Und die Ergebnisse waren mager. Äußerst mager. Alle Hinweise auf Interfinanz beschränkten sich auf die Angabe eines Postfaches in Luxemburg und das bekannte Konto, zeichnungsberechtigt: François Poitier. Nur mehr der Form halber hatten sie umfangreiche Geschäftsunterlagen sichergestellt, Unterlagen mit Hinweisen auf Geschäftspartner. Deutsche, internationale. Kontoauszüge, Buchungen. Auch die Schriftproben der Laserdrucker waren genommen worden, aber ein kurzer Blick hatte Susanne belehrt, daß sie hier nicht fündig werden würden. Die Epson-Drucker verwendeten einen anderen Toner als der Canon oder HP, der, so hatte ihnen Kleinmüller jedenfalls versichert, bei dem Zettel verwendet worden sein mußte.

»Für den morgigen Tag müssen wir uns warm anziehen, wenn der mit seinem Rechtsanwalt aufkreuzt«, meinte Susanne.

Auch Harry war sich seiner Sache nicht mehr so sicher. »Wird schon schiefgehen«, meinte er. »Obermüller wird's schon richten. Gott sei Dank haben wir ja noch gleich die Kollegen von der Steuerfahndung mitgenommen. Wenn wir nichts finden, die finden bestimmt etwas!«

Den klassenkämpferischen Unterton hatte Susanne zwar in letzter Zeit etwas zu häufig bei ihm vernommen, aber sie schwieg. Hoffentlich bringt das Kasino etwas, dachte sie nur.

»Komisch«, sagte der Barkeeper, als sie ihm das Bild von Silke Meyer vorhielten, »Sie sind schon die zweiten, die etwas über diese Frau wissen wollen. Aber Sie sind von der Polizei, oder?«

Susanne zeigte ihre Dienstmarke. Der Barkeeper warf einen flüchtigen Blick darauf. Die meisten Informationen, die er ihnen gab, hatten sie bereits. Felix Reimann hatte sie mit aller wünschenswerten Deutlichkeit wiedergegeben.

»Diese Frau ist ermordet worden«, sagte Susanne nach einigen Minuten Frage- und Antwortspiel. »Wir suchen ihren Mörder. Und wir suchen vor allen Dingen den Mann, den sie als ihren Freund angesehen haben. Lausi – hieß er?«

»So hat sie ihn jedenfalls genannt, aber der richtige Name ist es selbstverständlich nicht. Ist ja klar.«

»Natürlich.«

Wenn er seine Anschrift gleich dagelassen hätte, wäre es natürlich praktischer gewesen. Auch die Beschreibung blieb vage. Ein hochgewachsener, gut gekleideter Mann, Geschäftsmann vermutlich, aber das wußten sie ja bereits. Trotzdem hörte sie scheinbar interessiert zu.

»Irgend etwas Besonderes, ein Gesprächsfetzen, irgend etwas, eine Kleinigkeit, versuchen Sie sich zu erinnern ...«

Der Barkeeper hob bedauernd die Hände. »Man hört gelegentlich Gesprächsfetzen, aber die meisten vergißt man sofort wieder. Wir belauschen doch unsere Gäste nicht. Einmal beschwerte die Dame sich, er sei nie da, wenn sie ihn anriefe, es klang vorwurfsvoll, aber soll das ein Hinweis sein? Das sind die Vorwürfe aller Geliebten, aller Frauen ...«

»Hatten Sie den Eindruck, daß sie sich mochten?« Harry Krüger hakte nach. »Oder gab es häufiger Streit?«

Ihr Gesprächspartner reagierte sichtlich genervt. »Wie soll ich das wissen?« sagte er mit einem Anflug von Ungeduld. »Ich habe sie drei- oder viermal zusammen gesehen. Vielleicht zwei oder drei Gesprächsteile mitbekommen. Die letzten drei Wochen war ich im Urlaub, vielleicht hätte mein Kollege Ihnen weiterhelfen können, aber der ist auf Campingtour. In drei Wochen ist er wieder da. Wenn sie so lange warten wollen? Einmal haben sie sich etwas gezankt. Nicht so laut, man war ja in der Öffentlichkeit, aber schon ein bißchen. Vielleicht auch ein bißchen sehr. Aber wie gesagt, es ist reiner Zufall, daß ich überhaupt auf die beiden geachtet habe. Und das auch nur, weil die Frau hier häufiger aufgekreuzt ist und offensichtlich nach Männern Ausschau gehalten hat. Mehr kann ich Ihnen beim besten Willen nicht sagen.«

Er griff nach einem Glas und fing an, es zu putzen. Vielleicht eine Verlegenheitsgeste, vielleicht auch ein Hinweis, daß er dieses Gespräch abzubrechen wünschte. Von ihm würden sie wohl nichts mehr erfahren.

»Bitte rufen Sie uns an, wenn Sie ihn noch einmal sehen«, bat Susanne und gab ihm ihre Karte.

Es war nun doch wieder spät geworden. Fast halb zehn. Ein langer Arbeitstag ohne greifbares Ergebnis. Müde trotteten sie nebeneinander her.

»Hast du noch Lust auf ein Bier?« fragte Harry auf einmal.

Susanne nickte. »Aber mußt du nicht nach Hause?«

»Irene wird jetzt schon sauer sein«, meinte er. »Auf die halbe Stunde kommt es auch nicht mehr an.«

Susanne lachte. »Geht mir auch so. Und das Theater, wenn unser Urlaub platzt, das will ich mir gar nicht ausmalen. Du weißt doch, wie sehr Herbert an seinen Segeltörns hängt.«

»Und dann das neue Schiff ...«, setzte Harry hinzu, und in seiner Stimme schwang ein wenig Unzufriedenheit mit.

Der lauschige Biergarten in der Nähe des Maschparks gegenüber vom Rathaus war zwar erwartungsgemäß mehr als gut besucht, aber trotzdem fanden sie noch ein Plätzchen. Wenig später hielten sie ihre Gläser in den Händen und prosteten sich zu. Und obwohl sie eigentlich vorgehabt hatten, abzuschalten, über Privates zu reden, über Irene, über Herbert, über die Kinderwünsche von Harry, die an dem kategorischen Nein von Irene scheiterten, kamen sie wieder auf den Fall zu sprechen.

»Es will mir nicht aus dem Kopf, daß wir in der ganzen Wohnung keinen einzigen Hinweis auf den großen Unbekannten gefunden haben. Keinen einzigen. Er muß verdammt gründliche Arbeit geleistet haben. Wirklich.«

»Das gibt es nicht«, sagte Susanne. »Das gibt es einfach nicht. In jeder Wohnung finden sich Hinweise. Man kann ein Notizbuch verschwinden lassen, gut. Man kann Telefonnummern aus dem Speicher löschen und andere einprogrammieren, auch gut, aber alles, jedes einzelne Foto, alles weg?«

»Immerhin haben sie miteinander telefoniert«, sagte Harry, »das haben wir ja eben noch gehört. Sie muß die

Nummer doch irgendwo gehabt haben. In ihrer Handtasche?«

»Du weißt ganz genau, daß wir die schon in der Wohnung in der Freiherr-von-Berlepsch-Straße genauestens durchsucht haben. Nichts. Da dürfte er sofort nachgeschaut haben.«

»Häufig gewählte Nummern speichert man andererseits ein«, sagte Harry Krüger. »Und leider gibt es kein Verfahren, mit dem man gelöschte Nummern wieder sichtbar machen kann ... Wollen wir noch ein Bier?«

Susanne schaute auf ihre Uhr, die kleine Patek Philippe, die Herbert ihr zu ihrem ersten Jahrestag geschenkt hatte. Fast elf. Aber immer noch war der Garten voll. Lachende Menschen, Liebespaare, Freunde, und irgendwo zwischen all diesen Menschen und denen da draußen lief derjenige herum, den sie suchten. Sie zögerte.

»Komm«, sagte Harry. »Wir kriegen beide sowieso Krach, jetzt ist es auch egal.«

»Stimmt«, sagte Susanne. Ein Auto der Telecom fuhr vorbei und suchte nach einem Parkplatz. Anscheinend wurde es nicht nur für Dienstfahrten verwendet, denn die beiden männlichen Insassen sahen nicht so aus, als ob sie noch aktiv nach Telefonleitungen suchten oder Gebühren eintrieben. Harry fluchte über die Höhe der Telefonrechnungen. Irene telefonierte einfach zuviel. Und daß man jetzt jede Mark zweimal umdrehen müsse.

»Die Telefonrechnungen«, sagte Susanne plötzlich versonnen. »Auf manchen Telefonrechnungen werden die Nummern angegeben, die angewählt worden sind. Auf Antrag, aber immerhin. Vielleicht werden wir dort fündig ...«

Möglicherweise kamen einem die besten Ideen doch immer erst nach Dienstschluß.

11

Marion.

Natürlich hatte ich sie gleich gefragt.

»Woher hast du den Ring? Woher hast du ihn?«

Sie hatte ein spöttisch-aggressives Lächeln aufgesetzt. Ein Lächeln, das ich an ihr noch nicht kannte – und das mir zeigte, daß sie sich im Unrecht fühlte.

»Das geht dich gar nichts an«, sagte sie. »Überhaupt nichts.«

Und zu weiteren Fragen hatte ich nicht den Mut gehabt. Ich konnte nicht schlafen und lag lange wach. Lange. Den nächsten Tag gingen wir uns aus dem Weg. Ich hätte nur eine Frage gehabt, nur eines wissen wollen, und ich wollte es doch nicht wissen, weil ich Angst hatte.

Marion, ich wollte es nicht glauben. Sie, wirklich sie? Was hatte ich ihr angetan? Und zu allem Überfluß stand morgen noch meine Besichtigung an. Ich kniete mich in die Arbeit hinein, wie ich es nicht für möglich gehalten hatte. Immerhin arbeitete ich schon einige Tage an der Stunde. Es war wie eine Flucht. Ich prüfte, suchte Unterlagen zusammen, wählte den Text aus, feilte an den Fragen. Es würde eine gute Stunde werden, ›Der Absolutismus Ludwig des Vierzehnten‹, ein spannendes Thema, meine Klasse war gut, und sie hatte ja auch einiges gelernt. Nein, es würde eine wirklich gute Stunde werden, dessen war ich mir sicher, witzig, und mit dem Aufbau, den der Dezernent, der Leitende Regierungsschuldirektor Müller-Wetterkamp, so schätzte. Ohne viel Schnickschnack, aber mit klaren Ergebnissen. Ich würde nur aufpassen müssen, daß ich ihn nicht mit ›Müller-Lüdenscheid‹ anredete, seinem heimlichen Spitznamen nach dem bekannten Loriotsketch, den zwei Herren in der Badewanne.

Und trotzdem. Marion. Immer wieder dachte ich an sie. Woher hatte sie diesen Ring? Hatte sie ihn geschenkt bekommen? Und wenn ja, von wem? Carola hatte ihn nur einmal getragen, vielleicht wußte der Mörder gar nicht, daß ich ihn kannte, und wenn Marion ihn geschenkt bekommen hatte, konnte der Wohltäter in meinem engsten Bekanntenkreis zu finden sein. Doch wer? Wollte mich einer aus dem Weg haben?

Matthias Zornemann? Ein Kollege. Wir waren häufig zusammen gewesen, kürzlich war er geschieden worden. Stellte er Marion nach? Oder Olaf Mentzel? Oder gar Klaus-Dieter? Die alte Jugendliebe?

Aber Scheidungen sind heutzutage unproblematisch und sicherlich kein Grund für Mord. Ich drehte mich im Kreis.

Als das Telefon klingelte, war ich ganz froh über die Ablenkung. Ulrike Wienecke war es. Die einzige, mit der ich reden konnte. War es Gedankenübertragung gewesen?

»Ich muß Sie heute abend unbedingt sprechen«, sagte sie leise und eindringlich. »Haben Sie Zeit?«

Natürlich hatte ich Zeit.

Und obwohl sie es war, die anscheinend etwas auf dem Herzen hatte, hörte sie mir bei unserem Treffen geduldig zu. Fragte nach, ging meinen Gedanken nach, drehte sich mit mir im Kreis. Es tat gut zu reden.

»Ich glaube nicht, daß Ihre Frau so etwas machen würde. Ein Mord, warum?

Sie ist in etwas hineingezogen worden, wo sie nicht aktiv mitspielt. Und dahinter steckt Haß, tiefer, abgrundtiefer Haß. Oder eine tiefe Verletzung. Rache.«

»Ich habe Klaus-Dieter mal die Freundin ausgespannt. Vor vielen Jahren«, sagte ich. »Es ist unendlich lange her, eine Ewigkeit; als wir uns wiedergetroffen haben, haben wir beide darüber gelacht . . .«

»Kinderkram«, meinte sie. »Die Welt wäre leer, wenn

jeder den umbringt, der ihm als Jugendlicher mal die Freundin ausgespannt hat. Er ist doch ein erfolgreicher und, wie Sie wissen, auch reicher oder wohlhabender Geschäftsmann, hat sicherlich Frau oder Geliebte. Nein, hier jagt Sie jemand. Entweder ein Mann – oder vielleicht sogar eine Frau. Und die oder der will Sie vernichten. Total.«

Sie überlegte. »Fragen Sie Ihre Frau«, beschwor sie mich dann noch einmal. »Ich gebe Ihnen den Rat, fragen Sie sie. Es ist das einzige, was Ihnen bleibt.«

Ich schaute düster in mein Glas. Es klang überzeugend, aber ich ahnte, daß ich die Antwort zu spät finden würde.

Ich wollte schon gehen, morgen mußte ich fit sein, für eine Besichtigung zum Oberstudienrat, für eine Stelle, die ich wahrscheinlich nie antreten würde. Hundertfünfzig Mark mehr im Monat, als ob es darauf jetzt noch ankäme.

»Bitte bleiben Sie noch«, sagte sie auf einmal leise. Sie schluckte und schien mit sich zu ringen. Dann gab sie sich einen innerlichen Stoß.

»Sie haben sich lieb um mich gekümmert, ich war ziemlich fertig, müssen Sie wissen, ich hatte Angst, und ich wußte nicht mehr ein noch aus. Und das haben Sie völlig uneigennützig getan. Nein, widersprechen Sie mir nicht, und ich würde Ihnen so gerne helfen.«

»Das tun Sie doch«, sagte ich, aber sie unterbrach mich einfach.

»Jetzt kann ich Ihnen helfen«, sagte sie weiter, »nicht bei der Aufklärung des Mordes, aber Sie wollen doch reich werden. Ganz reich. Ich kann Sie reich machen. Wollen Sie?«

Ich starrte sie an.

»Ich bin Chefsekretärin unseres Unternehmens, wir sind ein großes Unternehmen, wenngleich nicht so bekannt, und wir sind solide, grundsolide, und unsere Aktien sind eher unterbewertet. Heute gab es eine Vorstandssitzung. Nur fünf Leute waren dabei, und ich, weil ich das Protokoll schrieb. Es ging um die Jahreshauptversammlung in vierzehn Tagen.«

Ich hing wie gebannt an ihren Lippen. Sie hatte die Stimme gesenkt, sie flüsterte fast. Die Nachbartische waren nicht besetzt, trotzdem schaute sie sich um, bevor sie weitersprach.

»Wie gesagt, die Hauptversammlung. Der Vorstand hat etwas beschlossen: und zwar die Ausgabe von Aktien. Für je zwei Aktien, so wird vorgeschlagen werden, soll eine zusätzliche, neue, kostenlos abgegeben werden. Sie können sich vorstellen, was mit dem Kurs passiert, wenn das bekannt wird?«

Ich nickte. »Der verdoppelt sich«, meinte ich.

»Vielleicht nicht verdoppelt«, meinte sie, »aber er wird stark steigen. Und die Hauptversammlung hat bisher immer das getan, was der Vorstand gemacht hat. Der Kurs geht in vierzehn Tagen steil nach oben.«

»Wenn ich also alles das zusammenkratze, was ich bekommen kann, unser Geld, Kredit aufnehme, meinen Cousin, der ist Arzt, anpumpe, also alles, dann kriege ich vielleicht hunderttausend zusammen. Dann hätte ich später zweihunderttausend?« Sie schüttelte den Kopf.

»Wenn Sie es ungeschickt machen, haben Sie hunderttausend mehr. Wenn Sie sich dämlich anstellen. Damit gewinnen Sie, aber Sie werden nicht reich. Nein, machen Sie ein Optionsgeschäft. Kaufen Sie für hunderttausend eine Option für einen bestimmten Kurs in drei Wochen, vielleicht etwas mehr als der heutige Kurs. Diese Anteile wird man Ihnen für das Zehnfache oder Zwanzigfache des Wertes abkaufen. Danach sind Sie reich. Kaufen Sie keine Aktien, kaufen Sie Optionen. Es ist ein Lottospiel, bei dem Sie schon jetzt die Zahlen kennen.«

Ich schaute zweifelnd, aber sie sagte nur: »Jeder Börsenmensch wird Ihnen das genau erklären können.«

»Warum machen Ihre Vorstandsmitglieder das Geschäft nicht selbst?« fragte ich. Irgendwo mußte doch ein Haken sein.

»Es ist ein Insidergeschäft. Dafür gehen sie ins Gefängnis«, sagte sie und wurde auf einmal ganz ernst. »Die Kontrollen sind strenger geworden, und die großen Käufer werden bei dieser Art von Aktien namentlich kontrolliert. Aber seien Sie unbesorgt: Auch Insider machen Geschäfte, und zwar genau auf diese Art. Ich weiß nicht, ob Sie aus der anderen Sache herauskommen, ich weiß es nicht, ich wünsche es Ihnen von ganzem Herzen, aber wenn, dann werden Sie reich sein. Für Ihre Verhältnisse sogar sehr reich.«

Das wohlwollende Nicken von Müller-Wetterkamp hatte die Bedeutung eines ausgewachsenen Schulterklopfens. Ich packte meine Unterlagen in den Aktenkoffer und zeichnete noch schnell das Klassenbuch ab. Berndt und Sylvia kamen kurz nach vorn.

»Wie war es denn?« fragten sie. »Wir waren doch echt gut? Oder nicht?«

»Spitzenmäßig.« Ich beruhigte sie. »Ihr wart einfach großartig. Auch du, Sylvia, warum nicht immer so?«

Sie grinste. »Ich werde es ja versuchen. Wirklich. Ab nächster Woche. Okay?«

Ich lachte. »Na, das hoffe ich aber auch.«

»Hatten die wirklich keine Klos?« fragte Berndt noch ungläubig. »Haben die im Schloß von Versailles wirklich an die Wand gepinkelt?«

»Ja«, sagte ich. »Die haben das gemacht. Und wenn es dann so gestunken hat, daß man es nicht mehr aushielt, dann zogen alle für ein paar Wochen in ein anderes Schloß. Und die Damen, wunderschön gekleidet, legten immer Parfüm auf, weil sie sich auch nur selten wuschen ...«

Berndt und Sylvia kicherten. Es war das Ende einer Spitzenstunde. Obwohl mir inzwischen von vielen Schülergenerationen bestätigt worden war, daß mein Unterricht meist ungewöhnlich spannend und interessant war, freute ich mich natürlich, wenn ich diese Rückmeldung so postwendend erhielt.

Auch Dr. Weinert, der als Direktor meiner Lehrprobe beigewohnt hatte, gab mir auf dem Weg zum Besprechungszimmer zu verstehen, daß ich wieder einmal so souverän unterrichtet hätte, wie er es von mir gewohnt sei.

Die Besprechung würde kurz werden.

Müller-Wetterkamp lachte jovial, schaute verstohlen auf die Uhr und freute sich wohl auf einen raschen und frühen Feierabend.

»Der Angeklagte hat das Wort«, sagte er aufmunternd.

Ich legte noch einmal kurz den Aufbau der Stunde dar, erläuterte, daß ich in Minute siebzehn vom geplanten Verlauf abgewichen war, weil ich auf diese Weise noch einige Lernziele der nächsten Stunde erreichen konnte, und fällte dann schließlich ein positives Urteil.

Müller-Wetterkamp nickte zufrieden. Auch er hätte buchstäblich der *Feuerzangenbowle* entstiegen sein können. Graue, dichte Haare, deren Schnitt die Vorschriften der Mode souverän mißachtete, ein rauschender, schlohweißer Bart, ein Gesicht, in das sich die Spuren des Alters eingegraben hatten.

Erst auf den zweiten Blick bemerkte man die munteren, aber sehr scharf beobachtenden Augen, die einen wachen Geist verrieten.

»Hätten Sie noch etwas anzumerken?« Er wandte sich an Frau Schleym-Kreischner, die als Fachberaterin für Geschichte ein fachliches Urteil über diese Stunde abgeben sollte. Ich hatte sie vorher in der Aufregung nur flüchtig wahrgenommen. Und konnte sie mir jetzt genauer anschauen. Diese Frau hatte mich bei meiner letzten Bewerbung ausgestochen.

Sie war knapp einssiebzig groß und hätte wohl noch in Konfektionsgröße achtunddreißig gepaßt, wenn sie Wert darauf gelegt hätte. Sie trug Jeans und einen weiten Pullover ungewisser Herkunft, vermutlich selbstgestrickt. Um den Hals trug sie ein geschlungenes Batiktuch undefinierbarer Farbe. Ihr Alter konnte ich nicht schätzen, vielleicht knapp vierzig oder leicht darüber, aber ihre Haut war noch glatt und wies mit Ausnahme von zwei scharfen Falten, die sich von der Nase bis zum schmalen Mund zogen, kaum Spuren des Alters auf.

Ihre helle Stimme klang fest und bestimmt.

»Ich kann mich leider der positiven Einschätzung dieser Stunde nicht so anschließen«, sagte sie und blickte auf eine Reihe von Zetteln, die sie während der Stunde mit einer Unmenge von Notizen gefüllt hatte.

»Das Thema der Stunde war die Einführung in den Absolutismus am Beispiel Ludwigs des Vierzehnten in Frankreich. Methodisch war diese Stunde vielleicht vertretbar, obwohl auch hier ein paar Fragezeichen anzubringen wären ...« Sie machte eine kurze Pause, blätterte eine Seite weiter und fuhr fort: »Aber der didaktische Ansatz ...«

Ich merkte, wie Müller-Wetterkamp leicht die Augen verdrehte, und auch ich hatte Mühe, ruhig zu bleiben. Didaktik, das war die Lehre, warum ein Stundenthema überhaupt wichtig war, Methodik, wie die Stunde zu halten war. Und ob eine Stunde wichtig war oder nicht, darüber konnte man natürlich immer geteilter Meinung sein.

»Es ist schon erstaunlich, daß auch heute immer noch von absolutistischen Königen geredet wird. Schon die Sprache ist verräterisch. Sie haben, Herr Reimann, immer von Königen geredet, nicht, wie es korrekt gewesen wäre, von Königinnen und Königen. Und offensichtlich war das nicht nur ein einmaliger Versprecher, sondern hatte System. Dahinter steckt das Bild: Männer machen Geschichte, die Rolle der Frau wird systematisch unterbewertet.«

»Ludwig der Vierzehnte war aber ein Mann«, warf ich zaghaft ein.

Souverän überging sie meinen Einwurf. »Sie wählen Geschichte so aus, wie es Ihnen gerade paßt. Und die Rolle der großen Frauen in dieser Zeit wird von Ihnen nicht einmal erwähnt ... Elisabeth von England ...

»Mit Beginn dieser Zeit immerhin seit über hundert Jahren tot ...«, warf ich ein, aber sie fuhr unbeirrt fort.

»Katharina die Zweite von Rußland, Maria Theresia, Madame Pompadour, alle diese großen Herrscherinnengestalten kommen bei Ihnen nicht vor, Sie unterschlagen sie einfach.«

»Sie haben vergessen, die antiken Pharaoninnen Kleopatra und Nofretete zu erwähnen«, gab ich noch zu bedenken.

»Lassen Sie die Witze«, entgegnete sie nur. »Es hat Sie keiner gezwungen, sich um die Stelle als Oberstudienrat zu bewerben, aber wenn Sie dies tun, dann müssen Sie sich auch eine sachliche Kritik an Ihrer Stunde gefallen lassen. Frauen tauchen bei Ihnen nur als Sexualobjekt auf: als Hofdamen ...«

»Nun machen Sie mal halblang«, sagte ich. Ein Blick auf Müller-Wetterkamp zeigte mir, daß dieser unseren Streit mit boshafter Belustigung verfolgte.

»In Frankreich wurde der Absolutismus von Ludwig dem Vierzehnten sozusagen eingeführt, alle anderen haben ihn mehr oder weniger nur kopiert. Und daß Frauen an diesen Höfen, zum Beispiel als Geliebte, wichtigen Einfluß hatten, habe ich ja ausdrücklich gesagt. Madame Pompadour ...«

»Dann hätten Sie doch Ihre Stunde über diese bedeutende Königin halten können – und warum haben Sie das nicht gemacht?«

Ich schaute sie an. Ihre zunächst so sachlich blickenden Augen hatten Feuer gefangen, sie glühten vor Begeisterung. Madame Pompadour – die Geliebte Ludwig des Fünfzehnten, für einige Jahre die ungekrönte Herrscherin Frankreichs. Aber Königin? Hatte sie wirklich *Königin* gesagt?

»Sie hätten diese bedeutende Königin wirklich nicht übergehen dürfen, auch wenn sie fünfzig Jahre später als unser Ludwig gelebt hat.« Müller-Wetterkamp betonte das Wort *Königin* auffallend deutlich. Ich verstand.

»Ich gebe zu, daß ich einen Fehler gemacht habe«, sagte ich reumütig. »Diese bedeutende Gattin Ludwig des Siebzehnten – vielleicht hätte ich damit tatsächlich anfangen sollen. Immerhin hat sie ja Frankreich lange Zeit beherrscht.«

»Ludwig der Siebzehnte?« fragte Schleym-Kreischner zweifelnd.

Ich nickte. »Sicher, der Siebzehnte.« Kein Wort sagte ich, daß es diesen König nie gegeben hatte. Es gab einen sechzehnten und einen achtzehnten, einen siebzehnten gab es nicht. Das wußte jeder Historiker.

»Sicher«, ließ sich auch Müller-Wetterkamp vernehmen. »Ludwig der Siebzehnte war ein Depp, wenn man das mal so sagen darf, aber seine Frau, seine Königin Pompadour, die hat den Laden geschmissen.«

Schleym-Kreischner war wieder in ihrem Fahrwasser. »Es hätte sich doch geradezu angeboten, hier am Beispiel Ludwig des Siebzehnten einen anderen, die Rolle beider Geschlechter würdigenden Zugang zur Geschichte zu entwickeln. Die Rolle einer wichtigen Frau herauszuarbeiten, hervorzuheben.«

»Ich glaube, wir können dieses Verfahren abkürzen«, meinte Müller-Wetterkamp mit Blick auf die Uhr. »Methodisch war die Stunde in Ordnung. Das meinen Sie doch auch?«

Schleym-Kreischner nickte zustimmend.

»Und wir geben Herrn Reimann einfach als Hausaufgabe auf, die nächste Stunde über Madame Pompadour und Ludwig den Siebzehnten zu halten. Und Sie, Herr Dr. Weinert, kontrollieren das im Klassenbuch. Wären Sie damit einverstanden, Frau Schleym-Kreischner?«

Zum ersten Mal umspielte der Ansatz eines freundlichen Lächelns ihre Lippen.

»Wir als Fachberaterinnen und Fachberater wollen schließlich den Kolleginnen und Kollegen Hilfestellung für einen fachlich besseren Unterricht geben, und ich finde, dies wäre ein guter Vorschlag.«

»Ich kann mich also darauf verlassen«, sagte Müller-Wetterkamp, als er mir zum Abschied die Hand gab, »die nächste Stunde über Ludwig den Siebzehnten und seine Königin Madame Pompadour.«

»Jawohl, Herr Müller-Lüdenscheid«, rutschte es mir heraus. Und Kollegen bestätigten mir später, daß sie genau gesehen hatten, wie der große Dezernent beim Abschied ganz leicht das linke Auge zusammengekniffen habe.

Susanne schluckte. »Aber ...«

»Nichts aber!«

Die Stimme ihres Vorgesetzten, des leitenden Polizeidirektors Obermüller, war schneidend und hatte alle Verbindlichkeit verloren.

Harry Krüger hielt den Kopf eingezogen und versuchte das Unwetter möglichst unbeschadet zu überstehen. So war ihnen noch nie der Kopf gewaschen worden. Und das, obwohl Obermüller in den letzten Jahren der große Förderer von Susanne gewesen war. »Was haben Sie sich eigentlich dabei gedacht ...« Obermüllers sonst ruhige, sonore und freundliche Stimme drohte überzukippen, »was haben Sie sich eigentlich bei dieser Hausdurchsuchung gedacht? Ja?«

Jetzt fängt das alles wieder von vorne an, seufzte Susanne innerlich.

Bitte nicht noch einmal.

»Wir haben geglaubt ...«

»Wie lange waren Sie eigentlich auf der Polizeischule? Wir sind hier nicht im Mittelalter. Wenn Sie Beweise haben ...«

Ist ja gut, dachte Krüger. Ist ja alles gut. Und es stimmt ja auch alles, aber als er seine Chefin wie ein Häufchen Elend vor sich sitzen sah, fühlte er sich dann doch bemüßigt, etwas zu sagen.

»Wir hatten gehofft ...«

»Gehofft? Haben Sie wirklich ›gehofft‹ gesagt?« ereiferte sich Obermüller.

»Der Richter hat doch aber auch ...«

»Der Krüger unterschreibt doch alles, vorausgesetzt, es trifft einen der Oberen Zehntausend. Dieser Spät-Achtundsechziger, dieser ..., aber daß Sie, daß ausgerechnet Sie ...« Jetzt brüllte Obermüller.

Harry Krüger schwieg betreten. Mann, mußte der einen auf den Deckel bekommen haben.

Auf einmal wechselte Obermüller die Tonlage. Er holte tief Luft, dann sagte er sachlich: »Frau Breugel, Sie wissen, wie ich Sie schätze. Und daß ich Sie nach bestem Wissen und mit besten Kräften unterstützt habe und weiterhin unterstütze. Aber nicht bei Selbstmordaktionen. Was haben Sie sich denn eigentlich von dieser Hausdurchsuchung bei Waldmann erhofft? Ein paar Beweise für Ihren Fall? Aber dann suchen Sie sich die Leute doch gefälligst besser aus. Und fangen nicht bei solchen an, die die besten Drähte zu Politikern und zur Stadtverwaltung haben.«

»Wir hatten gehofft, Unterlagen über den Wohnungsinhaber zu finden. Und ich bin fest davon überzeugt, daß Waldmann mehr weiß, als er zugibt. Und wenn wir Erfolg gehabt hätten, wäre es eine gute Idee gewesen«, setzte sie hinzu. Kein Wort davon, schwor sie sich, daß sie selbst gegen das Unternehmen gewesen war.

»Wenn sie Erfolg gehabt hätte, wäre es eine großartige Idee gewesen«, sagte Obermüller. »Da sie aber keinen Erfolg hatte, war es eine blödsinnige Idee.«

Und nach einer Weile fügte er hinzu: »Wenn Sie Beweise haben, dann können Sie meinetwegen die Wohnung des Oberbürgermeisters durchsuchen oder die des Bundeskanzlers, aber«, seine Stimme wurde wieder eine Tonlage schärfer«, solange sie die nicht haben, lassen Sie die Finger von solchen Aktionen. Hausdurchsuchungen als Rasterfahndung lehne ich ab. Haben wir uns verstanden?«

Susanne nickte wortlos.

Obermüller verzog zufrieden das Gesicht.

»Was haben Sie denn herausgefunden?« fragte er auf einmal interessiert.

»Eine Reihe von Telefonnummern, Geschäftspartnern, aber es sind ziemlich viele.« Susannes Stimme klang leicht brüchig.

»Gott sei Dank haben wir heute die Telefonrechnung von Silke Meyer untersuchen können. Sie lag seit zwei Tagen im Briefkasten. Die Post funktioniert immer noch. Wir haben den Brief geöffnet«, warf Krüger ein.

»Und?« Obermüller war auf einmal sehr aufmerksam. »Irgendwelche Übereinstimmungen? Mit den Geschäftspartnern von Waldmann?«

Harry Krüger zuckte mit den Schultern. »Ja und nein. Es ist ganz besonders häufig eine Nummer im Bereich Kleefeld oder Waldhausen angewählt worden. Diese Nummer ist auch die letzte, die von dem Telefon aus gewählt worden ist. Am Tag ihrer Ermordung. Am Vormittag. Aber die letzten beiden Ziffern sind ja bei der Telefonrechnung gelöscht. Datenschutz . . .«

»Konnte die Post nicht weiterhelfen? Die müssen doch die

vollständigen Nummern im Kasten haben. Irgendwo gespeichert?«

»Computerausfall«, erwiderte Krüger resigniert. »Die einzige Unterlage ist die Rechnung.«

»In anderen Worten: Die Nummer trifft auf hundert Anschlüsse zu«, fragte Obermüller nach.

»Es gibt ein paar Übereinstimmungen mit den Geschäftsfreunden Waldmanns. Einige Büros liegen in der Nähe und haben ähnliche Nummern. Außerdem könnte es natürlich eine Privatnummer sein, die bei Waldmann auch nicht aufgeführt ist«, fügte Susanne hinzu. Langsam gewann ihre Stimme an Sicherheit.

»Um es sehr deutlich zu sagen, Frau Breugel«, erklärte Obermüller scheinbar liebenswürdig, »ich bin nicht bereit, alle Laserdrucker Hannovers untersuchen zu lassen. Und das Einverständnis für hundert Hausdurchsuchungen bekommen Sie von mir nicht. Wenn Sie Beweise haben – ich bin Ihr Mann. Aber noch einmal so ein Unternehmen auf blauen Dunst ... Ich habe gehört, daß im Emsland seit Jahren eine Planstelle frei ist ... Haben wir uns verstanden?«

»Ja.« Susanne nickte. So deutlich hätte er nun auch nicht werden müssen.

»Dann ist es ja gut«, fügte Obermüller hinzu. »Schönen Tag noch. Und die Unterlagen sind morgen wieder bei Waldmann. Das wäre im Moment alles.« Dann verließ er den Raum.

»Scheiße«, knurrte Krüger.

»Was soll's?« meinte Susanne. »Im Prinzip hat er recht. Hausdurchsuchung als Rasterfahndung, das war wirklich das Letzte.«

»Dann schauen wir wenigstens noch einmal hinein«, meinte Krüger. Vielleicht finden wir doch etwas.«

Es gab Zahlen, Nummern, Abrechnungen, Namen, es gab eigentlich alles. Aber wonach sollten sie suchen?

»Herbert ist doch Makler – hast du den nicht gestern gefragt, der muß die Leute doch kennen«, stöhnte Harry nach einer Weile. »Was hat der denn gesagt?«

»Nichts«, antwortete Susanne. »Er hat sich die Namen angeschaut, einige kannte er, einige nicht. Den Waldmann würde er nicht einmal mit der Kneifzange anfassen, und die Leute, die er sonst noch kennt, die sollte man seiner Meinung nach alle ohne irgendwelche Beweise verhaften – den Richtigen hätte man bei denen immer dabei. Gauner, Halbwelt. Aber mit solchen Sprüchen kannst du ja keinen Haftbefehl erwirken.«

Damit wühlten sie sich weiter durch den Berg.

»So geht es nicht«, murmelte Susanne schließlich. »Die ersten Ziffern treffen auf fünfzehn Nummern in den Unterlagen zu. Aber welche ist die richtige? Oder sind sie alle falsch?«

Im Gebäude war es still geworden, der Parkplatz hatte sich geleert, das Wochenende hatte begonnen. Und sie spürten die Arbeit einer Woche, die Mißerfolge, die vielen Stunden.

»Hier finden wir nichts.« Susanne war sich auf einmal sicher. »Wir brauchen einen Hinweis, irgendeinen Hinweis. Ein Name, eine Nummer, dann können wir vielleicht entscheiden, welcher dieser Namen, welche dieser Nummern die richtige ist.«

»Sollten wir noch einmal in die Wohnung gehen?« schlug Harry Krüger vor. »Jede Wohnung, auch wenn sie noch so gründlich durchsucht worden ist, muß Spuren enthalten. Den anderen Fall gibt es einfach nicht.«

Und obwohl sie nicht innerlich überzeugt waren, gingen sie noch einmal in das Ihmezentrum. Die Spuren der Durchsuchung waren noch zu sehen. Ein paar nicht weggeräumte Zettel, durcheinandergeworfene Kleidungsstücke. Slips, ein BH, ein paar Kleider. Sie nahmen sich das Schlafzimmer vor, die Küche, das Wohnzimmer, das Gästezimmer, das Bad. Aber die Spurensicherung hatte ganze Arbeit geleistet, es gab nichts, gar nichts, was sie nicht vorher schon bemerkt hätten.

Unschlüssig standen sie vor der Pinnwand. Die Brigitte-Karikatur war noch daran befestigt. Eine Reihe von Schweinen mit einem Transparent *Kein Urlaubsort, wo Schweinemord.* War dahinter etwas? Sie nahm das Blatt ab. Nichts.

»Es gibt keine Spur, es ist nichts zu sehen, kein Zettel, kein Tagebuch, aber irgend etwas muß es doch geben!«

Zum letzten Mal ging sie durch die Wohnung. Vielleicht war der Hinweis zu offensichtlich, gar nicht versteckt, lag einfach da?

Ihr Blick fiel aufs Telefon. Ein modernes, aber nicht zu aufwendiges Siemens-Tastentelefon. Zehn Speicherplätze, schwarz, oder vielmehr anthrazit, nichts Besonderes. Hier war eine Nummer einprogrammiert worden, die Nummer, die Felix Reimann belastete. Immer noch belastete.

»Und wenn er es doch war?«

Die Frage Harry Krügers stand im Raum. Der sympathische Lehrer ein Mörder? Raubmord?

»Für eine Verhaftung reicht es jedenfalls«, sagte Krüger. Und leise fügte er hinzu: »Und wahrscheinlich auch für eine Verurteilung.«

Susanne sagte nichts. Ihr Blick hing am Telefon. Die Speichertasten, einige beschriftet, einige leer, Funktionstasten, Mikro an, Mikro aus, Kindersicherung, komplizierte Funktionen, einfache Funktionen ...

Und auf einmal hatte sie das Gefühl, die Antwort gefunden zu haben.

12

Marion wich meinem Blick aus. Sie hatte ein schwarzes, kurzes Kleid an, das ich noch nicht kannte. Solche Art von Kleidung hatte sie früher immer verschmäht. Sie schien sich geändert zu haben. Sie hatte den Ring angesteckt, und alle Fragen nach seiner Herkunft beantwortete sie nichtssagend. Und als ich ihr schließlich kurzerhand erklärte, daß es eben jener Ring sei, den ich einmal an der Hand der Ermordeten gesehen hätte, schüttelte sie nur verwundert den Kopf. Was ich auch sagte, ich erreichte sie nicht mehr. Und auf die Frage: »Wer ist es? Warum, Marion? Warum?« gab sie keine Antwort.

»Vielleicht haben wir uns auseinandergelebt in den vielen Jahren, schleichend, ohne es zu merken.« Sie wiederholte diesen Satz in Variationen immer wieder, es schien ein Ommani-padme-hum einer tibetanischen Gebetsmühle zu sein, das sie beruhigte. Sie klang fröhlich und traurig zugleich, traurig, weil es mit uns zu Ende ging, fröhlich, weil sie offensichtlich heute auf der Feier ihren Liebhaber treffen wollte. Ob ich mitkam oder nicht, es war ihr bereits egal. Die Aggressivität der letzten Tage war geschwunden, und übriggeblieben nur eine nachdenkliche Freundlichkeit mir gegenüber, die den Abschied einleitete. Den Abschied nach so vielen Jahren.

Wer war es?

Einer, den ich kannte?

»Du weißt, daß er ein Mörder ist«, sagte ich, als wir kurz vor Klaus-Dieters Haus waren. »Du weißt es.«

»Du bist einfach nur eifersüchtig«, sagte sie. »Mach es nicht schwerer, als es ohnehin schon ist. Es ist ein Cartier-Ring, ein seltener, sicher, aber wer weiß, es gibt etliche Ringe dieser Art. Wer weiß, was du gesehen hast. Und du hast mir übrigens nie einen Ring geschenkt. All die Jahre hast du mir nie einen Ring geschenkt. Keinen Schmuck, nichts ...«

»Du hast nie welchen gewollt«, sagte ich leise. »Ich habe dir immer welchen schenken wollen, aber du hast nie welchen gewollt ...«

Klaus-Dieters Haus tauchte vor uns auf. Die Auffahrt stand voll von noblen Autos. Mehrere Jaguars, Mercedesse, BMWs, diverse Geländewagen, sogar zwei Ferraris und irgendein obskurer italienischer Sportwagen, scheußlich, aber wohl teuer.

Wir mußten eine Zeitlang fahren, um einen Parkplatz zu finden. Unser Wagen fiel direkt auf. Ich bemerkte die Beule, die ich immer hatte reparieren wollen, die leichten Kratzer, die sich in dem dunklen Lack besonders deutlich abzeichneten. Und auf einmal kam er mir schäbig vor. Und so fühlte ich mich auch.

Es paßte alles mit beängstigender Perfektion. Wie der kleine Moritz sich das Anwesen eines Reichen vorstellt: Das Haus lag zurückgezogen, auf der anderen Straßenseite begann der Stadtwald, die Eilenriede. Im Vorgarten eine große Rasenfläche, eine weit ausladende Fichte, ein schöner, großer Baum, kein Vergleich mit den struppigen Tannenbäumchen, die die phantasielosen Gärten mancher unserer Bekannten verunzierten. Der Kies knirschte unter den Füßen. Ich hatte immer ein Faible für einen schönen Jaguar gehabt, mit Doppelscheinwerfern, in Flaschengrün, aber auf einmal wurde mir klar, daß es noch andere Statussymbole gab, unerreichbar, noch unerreichbarer.

Die sorgfältig restaurierte Holztür öffnete sich auf Klingelzeichen, eine Angestellte nahm uns die leichten Sommermäntel ab, von denen wir geglaubt hatten, daß wir sie mitnehmen müßten. Aus dem Inneren des Hauses drang fröhliches Stimmengewirr. Die Party hatte wohl schon begonnen.

Klaus-Dieter kam mit ausgestreckten Händen auf uns zu, umarmte Marion eine Spur zu herzlich, die diese Umarmung eine weitere Spur zu herzlich erwiderte und ihm einen Kuß auf die Wange drückte. Dann wandte er sich mir zu.

»Ein alter Freund, der kommt, es ist wirklich schön, dich hier zu sehen, Felix. Du hättest viel früher kommen müssen, wirklich, viel früher ...«

Dann drückte er mir ein Sektglas in die Hand. »Komm, ich zeig' dir alles.«

Der Empfangsraum wurde von oben durch Jugendstilfenster erhellt. Schwäne, schöne Frauen, Blumen, trotz der hereinbrechenden Dämmerung eine leuchtende Farbenpracht. Er nannte den Namen des Künstlers, ich kannte ihn nicht und vergaß ihn sofort wieder, er führte uns durch den Wohnbereich, einen mittleren Saal mit mehreren Sitzgruppen, englische Möbel, ein paar moderne. Meine Kenntnisse des Möbelmarktes waren gering, aber ich hörte den Erläuterungen Klaus-Dieters höflich zu, er nannte Herstellungsjahr, Stilrichtung, auch Preise.

»Dieser Schrank hat achtunddreißigtausend Mark gekostet? Wirklich?« Marion war sichtlich beeindruckt. Sie hielt sich auffällig eng an Klaus-Dieter.

»Nicht der Rede wert«, wehrte Klaus-Dieter ab. »Eine Gelegenheit, gibt es heute nur noch ganz selten. Flandrisches Barock, Ende des siebzehnten Jahrhunderts, aber eine besonders schöne Arbeit.«

Und so ging es fort.

Ich hätte nicht kommen sollen.

»Da hast du ja einen guten Innenarchitekten gehabt, denn du hast doch davon keine Ahnung, oder?« sagte ich plötzlich, nur um irgend etwas zu sagen, etwas Bitteres, vielleicht Verletzendes.

Plötzlich spielte ein Lächeln um seine Lippen.

»Neidisch?« fragte er. »Felix, es kommt auf die inneren Werte an. Ob man glücklich ist, seine Pflicht tut, gebildet ist, darauf kommt es an. Nicht auf diesen ganzen Schrott ...«

Seine Stimme troff vor Ironie.

»Übrigens hatte ich wirklich einen guten Innenarchitekten. Einen hervorragenden sogar. Aber das war nicht das wichtigste, das war wirklich nicht das wichtigste ...« Er machte eine Pause und genoß es, wie Marion an seinen Lippen hing. Aber auch ich schaute ihn an.

»Nein, der Innenarchitekt war nicht das wichtigste. Übrigens, ihr könnt ihn heute abend treffen, ich stell' ihn euch vor. Ein Könner. Aber das wichtigste war er nicht. Nein, das war er wirklich nicht ...« Dann verstummte er.

»Geld«, sagte er plötzlich, »Geld, das war es. Ich hatte Geld. Und damit kannst du alles kaufen, ein Haus, ein Auto, Leute, die was können, alles ...«

Frauen auch, ging es mir durch den Kopf. Frauen auch. Aber das sagte er nicht.

»Marion hat mir erzählt, du wolltest immer umziehen, nach Kleefeld, Waldhausen, Kirchrode, Tiergarten, Felix, ich kann dich nachher jeder Menge Leute vorstellen, die bauen dir jede Villa um, jede. Perfekt. So gut, wie du selbst es nie kannst. Ich stelle sie dir nachher vor. Kein Problem. Wir helfen uns doch, sind doch Freunde.«

Er verlagerte sein Gewicht und berührte mit seinem Körper ganz leicht Marions Schulter. Und mit der Klarheit des Ausgeschlossenen, des Düpierten, erkannte ich, daß sie den Druck leicht erwiderte.

»Ist es nicht schön, wirklich schön?«

Er legte seinen Arm leicht um ihre Schultern und wies mit der Hand nach oben auf die Jugendstilfenster, die zu einem Lichtband zusammenflossen. Sie lehnte sich an ihn, und ihr Blick folgte seiner ausgestreckten Hand.

»Schau mal«, sagte er. »Das Gold im Haar der Frau, dieser

dort, und das Schwarz im Haar der anderen. Ist es nicht wunderbar?«

Marion nickte nur leicht.

»Und dort, wo der Schwan auftaucht, dort zwischen den Wasserpflanzen, dort war ein Fenster kaputt. Einfach zerstört. Bereits im Krieg. Ich habe es richten lassen. Sieht man eine falsche Farbe, eine Abweichung, ist es nicht wie immer, als sollte es so sein?«

»Es ist wunderschön«, sagte Marion leise. »Es ist einfach wunderschön.«

Mit Marion im Arm drehte er sich zu mir um. Schaute mich an.

»Dir gefällt es auch?« fragte er. Er lächelte breit. Ein selbstgefälliges, überhebliches Grinsen.

»Es fiel mir nicht leicht«, fuhr er fort, ohne daß ich geantwortet hätte. »Wirklich nicht. Mir hat keiner den Weg geebnet wie bei dir. Aber schau, die Spielregeln, die habe ich irgendwann begriffen: Du kannst rackern und rackern, dich abplagen für dein Lehrergehalt oder in der Sparkasse: Du bleibst ein armer Schlucker ...«

Er ließ Marion los und wandte sich mir zu. Beugte sich vor.

»Mal ein Beispiel: Als die DDR aufgelöst und die D-Mark drüben eingeführt wurde, da gab es eine Zeit, in der die Mehrwertsteuer nicht abgeführt werden mußte. Bis zum ersten Juli mußte keine Mehrwertsteuer bezahlt werden ... Und wir alle haben sie unseren Kunden in Rechnung gestellt. Vierzehn Tage lang. Und in der Zeit die Zehnjahresverträge abgeschlossen, für Werbung, Vermietung, Verpackung, Maklern und so weiter. In vierzehn Tagen – das war Geld für einen Jaguar, einfach so nebenbei. Was hast du verdient in der Zeit?«

»Ich habe die Steuern bezahlt, die du sparst, die du hinterzogen hast«, sagte ich kalt.

»Bravo«, sagte er, »bravo. Immer schön redlich. Beamter. A 13, oder bald auch Oberstudienrat? Aber ich begehe kein Unrecht. Gar nicht. Ich scheffele Geld und zahle keine Steuern. Ganz legal.« Dann richtete er sich auf, legte den Arm um Marion. »Und wenn du es nicht kannst, beschwer dich nicht. Stimme keine Klagelieder an.«

»Du und deinesgleichen . . .« Ich merkte, daß mein Protest matt klang.

»Felix«, sagte Marion auf einmal. »Klaus-Dieter ist nun mal erfolgreich. Aber deswegen brauchst du nicht ausfallend zu werden.«

Klaus-Dieter wandte sich ihr wieder zu. »Komm, Marion, gehen wir, ich möchte dir noch etwas zeigen.« Sie gingen.

Ich blieb zurück, sah ihnen nach. Klaus-Dieter. Klaus-Dieter. Der Rubin fiel mir ein. Marion hatte ihn von Klaus-Dieter bekommen, nachdem dieser ihn Carola abgenommen hatte. War sie die Vorgängerin von Marion gewesen? War sie von ihm beim Seitensprung ertappt worden? Schließlich war er am selben Tag im Kasino gewesen wie sie und ich. Hatte er sie ermordet?

Aber warum? Man ermordet keinen wegen eines Flirts oder doch? Klaus-Dieter ein Psychopath?

Die Mehrzahl der Gäste war inzwischen eingetroffen, machte Honneurs, kurzer Small talk, ich ging ziellos durch die sich füllenden Säle. Elegante Frauen, Schmuck, schwarze Kleider, nacktes Fleisch. Männer in gut sitzenden Anzügen, die Gesichter gebräunt, satt, zufrieden. Hin und wieder ein quellender Bauch über teurem Gürtel. Geld. Dazwischen Geier.

»Liebe Freunde«, die Stimme Klaus-Dieters tönte durch die Wohnhalle. »Meine lieben Freunde . . .« Er hatte ein Sektglas in der Hand, neben ihm Marion. Die beiden gaben ein gutes Paar ab.

Die große Schar der Gäste bildete einen Halbkreis. Klaus-

Dieter dankte für ihr Kommen, gab seiner Freude Ausdruck. Schließlich machte er eine Pause.

»Ich freue mich über euch alle. Aber einen alten Freund möchte ich besonders begrüßen. Ganz besonders. Einen Freund aus Jugendzeiten. Ich habe ihn vor einigen Wochen wiedergetroffen. Er wartete im Regen an einer Straßenbahnhaltestelle ...«

Leichtes Gelächter erscholl in einer Ecke, blieb aber verhalten.

»Felix Reimann«, jetzt deutete er in meine Richtung. »Wir sind zusammen zur Schule gegangen, waren Freunde, er hat mir sogar mal die Freundin ausgespannt, aber unserer Freundschaft hat es keinen Abbruch getan. Nein. Und im Gegensatz zu mir hat er sogar studiert. Und im Gegensatz zu mir ist aus ihm auch noch etwas geworden: Jetzt ist er Studienrat. Und heute ist ein besonderer Glückstag für ihn ... Er hat gerade heute seine Prüfung zum Oberstudienrat abgelegt, er hat sie auch bestanden ... Und ich finde, das ist einen Applaus wert ...«

Die Blicke wandten sich mir zu. Abschätzige, spöttische. Und in das beginnende Klatschen hinein verbeugte ich mich geziert. Was sollte ich auch sonst tun?

Marion schaute weg.

Ich hörte noch, wie der Service zum Essen lud, und im Ansturm der Gäste verschwand ich in der Menge. Für einen Moment hatte ich das Gefühl, daß alle Vorübergehenden mich musterten, anstarrten mit dem Ausdruck unverhohlener Geringschätzung, der Lächerlichkeit preisgegeben, doch erkannte ich bald, daß ich mit diesen Befürchtungen wohl meine Bedeutung maßlos überschätzte.

Das Büfett bot alle Köstlichkeiten, die man sich denken konnte. Ich hatte auch nichts anderes erwartet. Gegrillte Scampis mit Parmaschinken umwickelt, Meeresfrüchte, eine berstende Fülle von Fleischgerichten, Fisch – obwohl die geladene Gesellschaft groß war, sie mochte vielleicht an die sechzig, siebzig Personen zählen, durften die Reste ausreichen, noch eine Reihe von Partyservices zu beliefern. Wenn ein erfolgreicher Unternehmer Marktlücken erspähen muß, hier wäre eine solche gewesen. Wiederverwertung von Party-Resten. Recycling-Party-Service Felix Reimann: RPS. Ein entsprechendes Logo – aber vermutlich würde dies auch wieder ein finanzieller Flop werden. Von der Verletzung der Lebensmittelgesetze mal ganz abgesehen.

Ich verkrümelte mich in eine Ecke.

Klaus-Dieter. Eigentlich hätte ich schon eher darauf kommen müssen. Marions anhimmelnder Blick, schon beim ersten Treffen, das Protzen mit Geld, Geld macht sexy, vermutlich war sie nicht das erste Mal hier, er hatte sie eingeladen, verführt ... Vielleicht ein bißchen schlichter als ich, aber wohl wirkungsvoller. Wie man sah. Carolas Erschrecken, als er im Kasino auftauchte. Der Ring. Es paßte alles zusammen. Aber ein Mord? Er hatte doch alles. Und Marion bekam er als Draufgabe. Scheidung gratis.

Vielleicht hätten andere Weltschmerz gefühlt. Ungerechtigkeit der Welt. Aber ich war zu sehr Historiker, als daß ich nicht wußte, daß es wirklich so war. Geld regierte die Welt. Zu jeder Zeit, in jeder Epoche. Es hatte etwas Beruhigendes, sich in den allgemeinen geschichtlichen Kontext zu stellen. Vor dem Hintergrund der Weltgeschichte wirkte auch das eigene Unglück nicht mehr so überwältigend. Und trotzdem.

Ob sie schon mit ihm geschlafen hatte? Ich wollte die Frage nicht weiter verfolgen, sie war wohl auch belanglos.

Eine seltsame Leichtigkeit hatte mich ergriffen. Ich kannte den Täter oder glaubte ihn zu kennen, aber nicht sein Motiv. Denn daß es Rache war für das, was in unserer Jugend geschehen war, diesen Gedanken konnte man getrost in den Bereich Phantasie verweisen. Und ich wußte, daß ich kein

Indiz in der Hand hatte. Keinen Fingerzeig. Er könnte mir geradezu alles ins Gesicht gestehen – und er konnte später alles abstreiten. Wie lange würde die sympathische Kommissarin meine Verhaftung noch aufschieben können? Eine Woche? Maximal. Der Fall wirbelte noch immer Staub in der Presse auf, und man würde wohl bald einen Täter präsentieren wollen. Es dürfte meine letzte Feier sein. Eigentlich schade.

Ich stellte mich noch einmal am Büfett an, häufte ein paar gegrillte Calamaris auf meinen Teller, griff nach dem Hummer, der Kaviar war leider schon abgeräumt, und stopfte das Zeug in mich hinein. Ich merkte, daß ich fraß.

In der Ecke des Raumes gewahrte ich eine Sektbar. Davor einige Herren im Gespräch. Ich hatte Zeit zu beobachten. Vorher hatte ich die Unterschiede nicht so beachtet, jetzt fielen sie mir auf. Der Dicke da hinten, mit seinen Wurstfingern. Schlachtermeister oder Abbruchunternehmer. Vielleicht auch Gebrauchtwarenhändler. Daneben noch so einer. Fett, satt, selbstzufrieden, hängender Bauch. Unweit davon entfernt zwei asketische Gesichter, die Bräune des Sonnenstudios oder Kenias oder Mauritius' gut sichtbar, durchtrainiert. Obwohl sie bereits einige Gläser getrunken hatten, scharf beobachtender Blick. Ich hatte nicht den Eindruck, daß ihnen etwas entging.

Ich trat näher und ließ mir von der Bedienung den Sekt geben. An dem Etikett der Flaschen erkannte ich, daß es Champagner war. Eine Marke, die ich nicht kannte, aber sie wies einen älteren Jahrgang auf, meist ein Zeichen für Klasse.

»Titten«, hörte ich. »Ich sehe bei einer Frau immer erst auf die Titten. Dann weiß ich, wie gut sie ist.« Der Dicke öffnete seinen Mund und schob seinen Scampi hinein. Die Sahnesoße troff ihm leicht aus den Mundwinkeln. Der andere lachte und zog die Hose hoch. Sie deuteten auf eine jüngere

Frau im obligatorischen kurzen schwarzen Kleid, eng geschnitten, leicht geschlitzt. Sie machten eine Bemerkung, die ich nicht verstand. Aber die Handbewegung war eindeutig.

»Wenn die Frau vierzig wird, dann mußt du sie durch zwei Zwanzigjährige ersetzen«, sagte der Dicke und lachte wieder. Der andere stimmte meckernd ein. An seinem Mundwinkel hing noch ein weißer Streifen Sahnesoße, der im Licht der Spotlights glänzte.

Die beiden Hageren unterhielten sich leiser. Ein flüchtiger Blick streifte mich, taxierte mich für einige Augenblicke, beiläufig, wandte sich dann einer durch den Raum gehenden Brünetten zu, ebenso beiläufig, aber genau.

»... ist doch alles schon vorbei ...«, hörte ich, »Müller hat schon nicht mehr prolongiert, na ja Theater, ... Montag ... ich bin der erste bei der Bank ... Das Haus gefiele mir schon ...«

Ich spitzte die Ohren und lehnte mich an die Bar. Die Bedienung gab mir ein neues Glas. Der Champagner schmeckte. Er hatte einen wunderbaren Weingeschmack, weich, aber mit dem leichten Hauch von Säure, nicht dieses Meerschweinchenpipi, das hierzulande von den Leuten für ›trocken‹ gehalten wird, die trocken nicht von sauer unterscheiden können.

»Waldmühle«, hörte ich noch einmal, »... hängen wir doch alle mit drin ... ganz schön gelinkt ...«

Die Stimmen wurden leiser, sie verließen nach einem weiteren Glas die Bar. Aus einem der Nachbarräume erscholl Musik. Eine Kapelle spielte auf, die Bar füllte sich mit Männern. Offensichtlich wurde getanzt.

Ich nahm ein neues Glas und stellte fest, daß ich anfing, zu viel zu trinken.

Hör auf damit, sagte ich mir, besaufen kannst du dich zu Hause, aber das Schauspiel eines Betrunkenen gibst du hier nicht ab. Ich ging in den Tanzsaal, eine kleine Band spielte, nicht zu laut, nicht zu leise, sie spielte gut, einfache Tänze, Rumba, Cha-Cha, Walzer, Fox. Es tanzten einige, aber nicht allzu viele, immerhin, die Tanzfläche war leidlich gefüllt. Sogar Marion und Klaus-Dieter versuchten es, sie mußten noch ein bißchen üben, aber sie würden ja wohl Zeit haben.

Eine schlanke, gutaussehende Frau vielleicht Mitte Dreißig rempelte mich leicht an, sie hatte auf dem Weg nicht aufgepaßt, verschüttete den Inhalt ihres Glases auf meinen Anzug, sie schien etwas beschwipst zu sein. Kurze Entschuldigung, dann tupfte sie mir die Flecken ab, wir tanzten dann noch ein paar Mal. Sie tanzte gut, wie überhaupt die meisten, die tanzten, gut tanzten, wir tranken noch einen Sekt, Small talk, kleine Komplimente, Routineprogramm ...

Marion und Klaus-Dieter waren verschwunden, einige Paare lösten sich von der Tanzfläche, gingen durch den Wintergarten am Swimmingpool vorbei in die laue Nacht. Im Dunkel des Gartens schemenhafte Umrisse einzelner Personen.

Meine Tanzpartnerin wollte von mir geküßt werden, und ich küßte sie.

Ein Platschen erscholl vom Swimmingpool her. Der Abbruchunternehmer hatte eine Frau ins Wasser gestoßen und hielt sich mit einigen anderen Männern den Bauch vor Lachen. Er hatte den Gürtel etwas geöffnet, und sein Jackett stand offen. In diesem Stilleben fehlte offensichtlich nichts. Verstohlen suchten einige Paare die oberen Räume auf.

»Wartest du auf mich?« fragte meine Partnerin. Ich versprach es und wollte ihr auch noch einen Teller vom Büfett holen. Es war doch reichlich abgeräumt worden, mein geplanter Party-Recycling-Service war möglicherweise doch nicht der heiße Tip. Ich balancierte mit meinen beiden Tellern durch die Menge.

Unversehens stieß ich auf Klaus-Dieter. Er stand in einer

Traube von Menschen und hielt große Reden. Die Geier von vorhin sprachen freundlich mit ihm. Klopften ihm auf die Schulter. Wie gute Freunde. Marion sah ich nicht.

Er bemerkte mich.

»Felix, wo hast du denn gesteckt?« rief er und kam auf mich zu. Bei einem Schritt schwankte er ein kleines bißchen, offensichtlich hatte auch er einiges getrunken. »Ich hoffe, du amüsierst dich gut?«

»Danke sehr«, sagte ich. »Danke der Nachfrage, eine wirklich gelungene Party. Wirklich toll.« Dann gab ich vor zu stolpern und schüttete ihm die Kalbsmedaillons in Sahnesoße, die Scampiröllchen in Basilikum und die Rindslendchen in Burgunder über das Jackett und die Hose. Leider kriegte ich auch etwas ab.

»Tut mir leid«, sagte ich, »tut mir echt leid. Wirklich, ich bin ausgerutscht.«

Für einen Moment traf mich ein flammender, haßerfüllter Blick. Dann hatte er sich wieder in der Gewalt.

»Scheiße«, knurrte er. »Verdammte Scheiße.«

Mit dem weißen Bratenfleck auf dem dunklen Anzug ging er in einen Nebenraum, ich folgte ihm. Während er sich mit einer angefeuchteten Serviette an seinem Anzug zu schaffen machte, schloß ich die Tür.

Jetzt waren wir allein. Er blickte auf, legte die Serviette weg und richtete sich auf. Wir standen uns gegenüber. Allein. »Warum?« fragte ich leise. »Warum hast du sie umgebracht?«

Er musterte mich. »Wovon redest du?«

»Ich rede von Carola von Theben oder von Silke Meyer, wenn dir das lieber ist. Warum hast du sie getötet?«

»Das möchtest du gerne wissen.« Er grinste. »Wie hast du es denn herausgefunden, war ja spät genug . . .«

»Der Ring«, sagte ich. »Du hast Marion den gleichen Ring geschenkt, den sie trug, als ich sie zum ersten Mal sah.«

Klaus-Dieter nickte. »Das habe ich gar nicht einmal gewußt«, meinte er. »Man denkt eben nicht an alles.« Dann lachte er breit.

Ich stand erstarrt da. Er leugnete es nicht einmal? Und ganz langsam, aber immer deutlicher, stand das Bild vor mir. Hier gestand ein Mörder eine Tat, gestand sie lachend, aber ich war es, der dafür ins Gefängnis gehen würde, denn sein Geständnis nutzte mir nichts. Gar nichts.

Etwas wie Begreifen mußte auf einmal wohl in meinem Blick gestanden haben, denn er beugte sich vor.

»Merkst du was, Felix, merkst du schon etwas? Ich sage es dir ins Gesicht: Ich habe Carola getötet. Ich. Ich habe ihr das Betäubungsmittel in den Wein geschüttet, oder euch beiden, dann habe ich ganz fest gekratzt, mit ihrer Hand, versteht sich ... Hat es denn wenigstens am nächsten Tag noch ordentlich weh getan, ja? Und dann habe ich sie abgestochen. Übrigens: Ich habe gute Ohren, also blieb mir eure Verabredung nicht verborgen. Und Mittwoch war der einzige Tag, an dem Carola nichts vorhatte, es war nicht einmal schwierig. Und die Schlüssel hatte ich ja ... Ach, und die zwanzigtausend, die habe ich dir noch in die Tasche gesteckt. Du hattest ja beim Roulette so viel verloren, du Armer. Und Carola war noch so lieb gewesen, sie mir zwei Tage vorher von der Bank abzuheben. In registrierten Scheinen, versteht sich ... Und weißt du was, Felix?«

Er machte einen Schritt auf mich zu. Er ging zielstrebig, und er wirkte kein bißchen angetrunken. »Und weißt du, Felix: Ins Gefängnis, da gehst du hin. Du ganz allein. Kein Oberstudienrat, kein Studiendirektor oder wie das heißt: eine einfache, kleine Zelle, und bei guter Führung gibt's einen Fernseher. Vielleicht. Lebenslänglich. Felix, lebenslänglich ... Lebendig begraben, für immer ...«

Sein Gesicht verzog sich zu einem Grinsen.

Mit einem Mal war auch bei mir die Wirkung des Alkohols verflogen. Ich war hellwach, ich starrte in sein Gesicht, eine grinsende Fratze, bemerkte die Selbstgefälligkeit darin, sein Lachen, begriff plötzlich mit aller Deutlichkeit, daß ich hier einen Feind hatte, einen Todfeind – und begriff doch nichts.

»Warum?« fragte ich nur. »Warum haßt du mich so?«

»Warum?« äffte er mich nach. »Warum? Solltest du wirklich nichts wissen? Gar nichts? Denk mal nach ... denk mal gut nach ...«

»Marion ...«, flüsterte ich. »Ist es wegen Marion?«

Klaus-Dieter machte einen Schritt auf mich zu. »Marion? – Schon besser –«, sagte er gedehnt. »Fast schon richtig ...« Dann lachte er. Es klang böse, auch ein wenig schrill. Hatte ich es mit einem Verrückten zu tun?

Klaus-Dieter schien meine Gedanken zu erraten. »O nein, mein Lieber, ich bin nicht verrückt. Ich habe jahrelang auf diesen Moment gewartet. Jahrelang. Erinnerst du dich nicht mehr? Gemüsehändler sollen Gemüse verkaufen, hat unser Direx immer gesagt. Und dann war ich weg vom Fenster. Geschichte sechs. Latein fünf. Das war's. Aus die Maus. Und die ganzen feinen Herrschaften, Akademiker, Geschäftsleute, die feine Gesellschaft ... die kam durch. Die kam immer durch ... Weißt du, daß mein Vater sich für meinen Schulbesuch richtig krummgelegt hat? Richtig gerackert? Und daß er danach fertig war?«

»Ich habe dir keine Sechs in Geschichte gegeben«, sagte ich kalt. »Ich nicht. Ich habe mit dir geübt, du hast bei uns gegessen, mein Vater hat sich immer ganz gern mit dir unterhalten. Du vermischst Dinge, du reimst sie dir so zurecht, wie sie dir gerade passen ... du bist krank, Klaus-Dieter, du bist einfach krank ...«

Er beugte sich vor. Und auf einmal fühlte ich, daß er größer war als ich. Ich hatte es immer gewußt, natürlich, aber jetzt fühlte ich seine Größe körperlich.

»O ja«, höhnte er. »Der hohe Herr Doktor. Dr. med. Reimann. Medizinaldirektor, Leiter des Gesundheitsamtes in unserem Kaff. In diesem Scheißkaff Peine. Am Herzberg, da wohntet ihr doch. In der Nähe des Parks, Tennisplatz gleich hundert Meter weiter. Weit weg vom Sanierungsgebiet. O ja, es war doch so schön eingerichtet hier in diesem Kaff. Hier die einen, dort die anderen. Und gelegentlich hielt man sich ein Haustier. Einen von den anderen. Ein Schmuddelkind. Und es durfte auch mal mitessen ... Aber weißt du was, Felix, weißt du was?«

Er machte eine kleine Pause. Sein Blick bohrte sich in meinen, ich spürte dieses triumphierende Leuchten.

»Felix, ihr mit euren Titeln, eurer Ausbildung, eurem Standesbewußtsein, eurer Hochnäsigkeit: Schaut an, was aus euch geworden ist! Und ich sage es dir: nichts. Hat dein Vater ein solches Haus gehabt wie dieses? Ja? Ich habe kein Abitur, ich habe nicht studiert, aber eines habe ich verstanden: Ich habe Geld gemacht. So viel, daß ich es nicht mehr ausgeben kann. Und du? Schau dich an, schau dich einfach mal an. Und deine Hilfsbereitschaft: Es waren gerade vier Wochen, nachdem ich von der Schule geflogen war, vier Wochen, und dann hast du mir Marion weggeschnappt. Einfach so. Papas Auto. Und bald gehst du ins Gefängnis. Nur weißte, was schade ist?«

Ich blickte ihn fragend an.

»Daß dein Vater es nicht mehr erlebt. Der Sohn im Gefängnis. Ein Mörder. Wegen zwanzigtausend Mark. Geld, mit dem ich mir den Arsch abwischen kann.«

Er lehnte sich zurück. Im Raum stand ein großer, viereckiger Tisch. Dort lehnte er sich an. Zufrieden. Wenn er ein Glas gehabt hätte, dann hätte er mir zugeprostet. Aber er hatte nur ein paar weiße Flecken auf dem Anzug, doch das störte ihn nicht mehr.

»Du willst mir doch nicht erzählen, daß du mir seit Jahren

einen Mord in die Schuhe schieben willst, Klaus-Dieter«, sagte ich spöttisch. Aber mir war nicht zum Lachen zumute. »Das willst du mir doch nicht erzählen. Das ist alles lange her. Du hast ein Haus, Geld, mein Gott, du hast alles ... Vor ein paar Wochen haben wir uns das erste Mal wieder gesehen – und du willst mir erzählen, daß du seit Jahren deine Rache planst?«

Schlagartig stand mir das Bild im Kasino vor Augen. Carola, mit mir flirtend, sich verabredend. Sollte er eifersüchtig gewesen sein?

»Carola?« fragte ich leise. »War es wegen Carola? Weil ich dir trotz deines Geldes wieder einmal über war? Weil man Charme nicht kaufen kann? Klaus-Dieter, war es das? O Gott ... Neid auf den kleinen Beamten, auf die Bildung, auf die wohlgesetzten Worte? Du, ein schäbiger Halbweltmakler mit Geld und zweifelhaften Geschäftspraktiken?«

»Spiel dich nicht als Redlichkeit in Person auf«, sagte er böse. »Bildungsbürgertum, daß ich nicht lache. Brav und unbestechlich, pah! Wer hat dich denn getrieben, Carola anzulocken, dieses läufige Weib? So ehrenwert? So moralisch? Es wäre dir doch gar nichts passiert, wenn du einfach so gelebt hättest, wie du vorgibst. Aber gib zu: Du warst unzufrieden, einfach unzufrieden, und damit warst du verführbar. Und glaubst du im Ernst, ich hätte Marion rumkriegen können, wenn sie die treue Ehefrau gewesen wäre? Oder die Emanze, die sie immer sein möchte? Das glaubst du doch wohl selbst nicht. Ihr habt es euch selbst zuzuschreiben, beide. Erst du. Und sie landet auch noch in der Gosse, aber erst du.«

Er richtete sich auf. »Und jetzt verlaß mein Haus, hau ab hier, sauf noch ein Glas, und dann verschwinde!«

»Nein«, sagte ich. »Diese Erklärung nehme ich dir nicht ab. Du lügst. Wenn du mich demütigen wolltest: Bitte sehr, es ist dir heute gelungen! Wenn du meine Ehe zerstören wolltest: Bitte, du hast Marion mit deinem Geld überzeugt. Ich hätte es nie geglaubt, aber es ist so. Also: Mehr Triumphe kann man doch gar nicht haben? Und deine Ex-Freundin umbringen? Ich bitte ich, wir sind nicht mehr sechzehn. Du hast sie gekauft, sie wollte dich betrügen, schmeiß sie raus, aber Mord? Das ganze Risiko? Nein, Klaus-Dieter, dahinter steckt etwas anderes, etwas ganz anderes. Etwas, was du genau weißt, was die anderen da draußen auch wissen: Du bist pleite.«

Jetzt ging ich auf ihn zu.

Ich sprach leiser, und ich zischte ihn an: »Weißt du, Klaus-Dieter, du bist am Ende. Irgendeine der Spekulationen hat dir den Hals gebrochen. Du hast auf einem Vulkan getanzt und bist hineingefallen. Was war es? Die Waldmühle-Spekulation? Ich glaube nicht! Wenn man so riskant spielt, dann steht einem das Wasser schon bis zum Hals. War es irgendein Geschäft in der DDR? Ist auch egal . . . Hast du gesehen? Draußen lauern schon die Schakale auf die Beute. Taxieren dein Haus, schätzen deine Möbel, so ist es doch. Du hast verloren. Und dann ich, der kleine Studierte, am Ende doch noch erfolgreich, noch einmal die Freundin ausgespannt, nicht mit Geld, nicht mit Bildung, als Mann, verstehst du, als Mann, und du wieder in der Gosse, dort, wo du hergekommen bist, dort, wo du in jedem Falle wieder hingehst: Da wolltest du mich mitnehmen. Für immer. Deswegen hast du gemordet. Und du bist das geblieben, was du im Herzen immer warst: eine kleine, miese Ratte. Das war der Grund. Nichts anderes.«

Klaus-Dieter schwieg.

»Und, Klaus-Dieter, den perfekten Mord gibt es nicht, irgendeinen Fehler wirst du gemacht haben, einen kleinen, einen ganz winzigen Umstand. Irgend etwas wirst du übersehen haben. Du hast gemordet für nichts. Für gar nichts. Wie sagt man im Roulette: rien ne va plus.«

Ich drehte mich um und machte die Tür auf. Lautes Stimmengewirr schlug mir entgegen. Klaus-Dieter folgte mir.

Die Kommissarin sah ich sofort. Ihre Kleidung war wie beim letzten Mal elegant, aber der helle Farbton stach vom Schwarz der übrigen ab. Sie neigte zur Begrüßung leicht den Kopf.

»Jetzt kommt Frischfleisch«, hörte man die Stimme des Abbruchunternehmers. Einige Männer lachten.

»Kriminalpolizei. Ich hätte gerne Herrn Klaus-Dieter Schreier gesprochen.« Ihre Stimme war melodisch, aber sie trug. Das Lachen verstummte. Im Raum wurde es still. Klaus-Dieter trat aus der Tür. Er trat forsch auf, aber mir fiel auf, daß er leicht strauchelte. Der Alkohol.

»Ich bin Herr Schreier.« Er blickte sie unverwandt an.

»Kriminalpolizei«, sagte die Kommissarin noch einmal. »Bitte kommen Sie mit.«

»Und warum, wenn ich fragen darf?« In Klaus-Dieters Stimme kam noch einmal ein drohender Unterton. Ein letztes Auflehnen.

Susanne Breugel lächelte dünn. »Wegen Mordes, Herr Schreier. Wegen Mordes an Silke Meyer.«

»Da haben Sie sicherlich auch Beweise.« Klaus-Dieter suchte Blickkontakt mit einem der Geier. Der wandte den Blick ab. Er stand allein.

»Haben wir«, sagte Frau Breugel kühl. »Einen Laserdrucker, ein besonderes Kopierpapier, Fingerabdrücke Ihrer Sekretärin auf einem Blatt Papier. Sichergestellt bei einer Hausdurchsuchung vor zwei Stunden. Auf richterliche Anordnung. Und eine Telefonnummer, eine Nummer in einem elektronischen Speicher. Ihre Nummer. Ihre geheime Privatnummer.«

Überraschung malte sich in den Zügen von Klaus-Dieter. Aber er sagte nichts.

»Sie haben alle Speicher gelöscht, alle Tagebücher und

Terminkalender entfernt, alle Spuren beseitigt. Sie haben es perfekt gemacht. Fast perfekt.« Susanne Breugel machte eine kleine Pause. Dann fügte sie hinzu: »Aber eines haben Sie nicht bedacht: Das Telefon speichert automatisch die letzte gewählte Nummer. Und das war Ihre. Wir hatten das Glück, daß auch die Änderung der Kurzwahlspeicher diese Nummer nicht aus dem Telefon entfernt. Es sind eben doch recht komplizierte Apparate ... Na ja, wie gesagt, meistens sind es die kleinen Fehler, die einen verraten.« Und, einen Ton schärfer: »Wenn ich bitten dürfte.«

Das letzte, was ich von Klaus-Dieter sah, war, daß ihm ein Beamter Handschellen anlegte.

Die Feier war zu Ende. Einige stürzten noch schnell ein paar Gläser Champagner herunter, einige Pärchen kamen in notdürftig geordneter Kleidung aus Garten und oberer Etage. Dann wurde es leerer.

Mitten im Wohnraum sah ich Marion. Im schwarzen Kleid, allein, und auf einmal sah sie alt aus. Sie hielt ein Sektglas in der Hand und starrte auf die Musiker, die ihre Instrumente abbauten.

Ich trat auf sie zu und nahm ihre Hand.

»Gehen wir«, sagte ich. »Marion, laß uns nach Hause gehen.«

Ein gutes halbes Jahr später. Der Frühling hing in der Luft, der ungewöhnlich kalte Februar war einem ebenso ungewöhnlich milden, ja jetzt sogar schon warmen März gewichen. Das Wetter spielte wie üblich verrückt.

In meiner Aktentasche steckte meine Ernennungsurkunde zum Oberstudienrat. Oberstudienrat Felix Reimann. Und Dr. Weinert, mein Direktor, hatte eine liebenswürdige, wenngleich leicht geschmeichelte Laudatio gehalten.

Ich trat auf den Parkplatz, um nach Hause zu fahren. Es

gab noch einiges einzuräumen, die Umzugskisten waren noch nicht alle ausgepackt. Die schrecklich vielen Bücher, aber das kennt man ja.

Herr Dr. Weinert trat auf mich zu.

»Kann ich Sie mitnehmen?« fragte ich ihn. »Richtung Kirchrode?«

Dankbar nahm er an.

Fast geräuschlos glitt mein Jaguar mit seinen zwölf Zylindern auf die Straße und nahm Fahrt auf.

»Danke für die liebenswürdige Rede«, sagte ich. »Es waren wirklich nette Worte. Aber ein bißchen übertrieben haben Sie doch.«

»Mitnichten«, beteuerte er. »Sie wissen, wie sehr ich Sie schätze. Ihr Engagement, die Qualität Ihres Unterrichtes. Und Sie haben sich ja auch sonst immer sehr für die Schule eingesetzt.«

Wir bogen auf die Hauptstraße ein, und die Automatik schaltete unhörbar hoch. Nur das Zurückspringen des Drehzahlmessers verriet, daß ein neuer Gang eingelegt worden war.

»Wir feiern ja dieses Jahr«, fuhr Herr Weinert fort, »wir feiern ja dieses Jahr unsere zehnjährige Partnerschaft mit der Schule in England, und da haben wir uns überlegt . . .«

Ich lächelte. Und ganz dunkel hatte ich das Gefühl, diese Szene schon einmal erlebt zu haben.

ENDE

Band 19 603

Egbert Osterwald

Eisvogel, flieg!

Deutsche Erstveröffentlichung

EGBERT OSTERWALD arbeitet als Studienrat im Schuldienst und ist passionierter Hochseesegler. Sein erster Roman *Eisvogel, flieg!* verbindet mitreißende Spannung mit erfrischender Situationskomik. Eine aufregende Krimikomödie für alle, die selbst hin und wieder vom großen Abenteuer träumen ...

Auf seiner Fahrt zur Schule wird der Studienrat Heribert Mehrtens Zeuge eines schweren Autounfalls. Ein schwarzer Saab, der ihn zuvor rasant überholt hat, liegt im Straßengraben, der Fahrer klemmt bewußtlos hinter dem Steuer. Mehrtens leistet Erste Hilfe – und entdeckt dabei im Kofferraum des Unfallwagens eine Tasche mit drei Millionen Mark. Fast mechanisch nimmt er das Geld an sich. Endlich kann er mit seiner Freundin ein neues Leben beginnen und sich seine Träume erfüllen! Doch was Mehrtens zuerst als Chance seines Lebens erscheint, wird bald zum tödlichen Risiko: Er hat die Beute eines Bankraubs gestohlen! Sein gefährlichster und unberechenbarster Gegner jedoch ist nicht die Kripo, sondern der Komplize des Verunglückten, der auch vor Mord nicht zurückschreckt. auf Mehrtens Boot, der ›Eisvogel‹, kommt es zu einem dramatischen Showdown ...

BASTEI LÜBBE

Sie erhalten diesen Band im Buchhandel, bei Ihrem Zeitschriftenhändler sowie im Bahnhofsbuchhandel.

Band 19 611
Egbert Osterwald
Tod eines Schweins
Deutsche Erstveröffentlichung

Der niedersächsische Vorort scheint für einen Ferienprospekt Pate gestanden zu haben: hübsche Einfamilienhäuser, freundliche Menschen, heile Welt, wohin man sieht. Doch die Idylle trügt, das stellt sich heraus, als ein Mord geschieht. Opfer ist Gregor Sattler, Schulleiter und angesehenes Mitglied der Gesellschaft. Das Besondere: Sattler ist vergiftet worden – und in seiner Brust steckt eine Kugel! Ein Mörder, der auf Nummer Sicher gehen wollte? Die Kriminalkommissarin Susanne Breugel glaubt nicht daran. Ihre Theorie: Gregor Sattler hatte mehr als nur einen Todfeind. Und tatsächlich stößt sie bei ihren Ermittlungen auf Korruption, gefährliche Machtspiele – und eine verhängnisvolle Affäre, die nicht nur einen Biedermann enttarnt…

BASTEI LÜBBE

Sie erhalten diesen Band im Buchhandel, bei Ihrem Zeitschriftenhändler sowie im Bahnhofsbuchhandel.

Band 19 609

Theodor J. Reisdorf

Todestörn vor Juist

Deutsche Erstveröffentlichung

Führerlos treibt die Jacht ›Novesia‹ vor der friesischen Küste. Die nach der Bergung herbeigerufenen Beamten sind sich einig: Hier hat es kein Verbrechen gegeben, sondern einen Unfall. Opfer ist der neunzehnjährige Firmenerbe und Abiturient Pitt Hänneschen, der nach einem Brand an Bord ins Wasser gesprungen sein soll. Seine Leiche wird wenig später angespült.

Doch zwei Menschen, die Pitt näher gekannt haben, zweifeln an dieser Theorie: Jupp Broichler, sein Lehrer vom Juister Inselinternat, und Orbner, der Steuerberater der Familie, der nicht nur die finanzielle Situation der Industriellen-Dynastie kennt. Beide sind sicher, daß der gutaussehende Bursche nicht nur Freundinnen hatte, sondern auch Feinde. Tatsächlich stoßen sie auf drei von ihnen – und alle haben ein Motiv für Mord.

BASTEI LÜBBE

Sie erhalten diesen Band im Buchhandel, bei Ihrem Zeitschriftenhändler sowie im Bahnhofsbuchhandel.

Band 19 607

Manfred Maurer
Opus G
Originalausgabe

Nach der Trennung von seiner Frau hat der Wiener Polizeifotograf Thomas Beck sein Leben nicht mehr im Griff. Trost spendet ihm nur seine neue Liebe: Whiskey. Eines Tages erreicht Beck ein Hilferuf seiner Schwester. Sie befürchtet, daß ihr vierzehnjähriger Sohn Frank Mitglied einer okkulten Sekte ist. Beck, mit sich selbst beschäftigt, sieht darin keine Gefahr.
Tage später wird die Leiche eines Jungen im Prater gefunden, der vor seiner Ermordung mißbraucht wurde. Es ist Frank, Thomas´ Neffe. Beck fühlt sich schuldig. Wenn er jemals wieder ruhig schlafen will, muß er den Mörder finden! Sein einziger Anhaltspunkt ist ein Kettchen mit einem goldenen Kreuz, das der Täter als Trophäe mitgenommen hat. Aber dann findet Beck in Franks Tagebuch ein Stichwort, das ihn auf eine gefährliche Spur führt: OPUS G…

BASTEI LÜBBE

Sie erhalten diesen Band im Buchhandel, bei Ihrem Zeitschriftenhändler sowie im Bahnhofsbuchhandel.

Band 19 612
Frank Bresching
Der Teddybär
Deutsche Erstveröffentlichung

Später fragte man sich, wie es dazu hatte kommen können. Kurt Weinbach hatte doch alles gehabt, was ein Mann sich wünschen kann: Erfolg im Beruf, eine liebevolle Frau, ein großzügiges Haus. Die Leute sagten, nichts an ihm sei irgendwie auffällig gewesen. Einer wie alle eben. Daß er ganz und gar nicht wie alle war, ahnte niemand. Bis er eines Tages mit diesem Teddybären heimkam. Und die ganze unglaubliche Geschichte, die das nette, ruhige Haus in ein Horrorkabinett verwandelte, begann ...

BASTEI LÜBBE

Sie erhalten diesen Band im Buchhandel, bei Ihrem Zeitschriftenhändler sowie im Bahnhofsbuchhandel.